AF282613

Darius Dreiblum

Hirten des Todes

Politthriller

Darius Dreiblum

Hirten des Todes

Politthriller

Impressum

Bibliografische Information der Deutschen Nationalbibliothek:
Die Deutsche Nationalbibliothek verzeichnet diese Publikation in der Deutschen Nationalbibliografie; detaillierte bibliografische Daten sind im Internet über http://dnb.dnb.de abrufbar.

© 2023 Darius Dreiblum

Covergestaltung: www.canva.com
Coverbild: www.pixabay.com

Herstellung und Verlag: BoD – Books on Demand, Norderstedt

ISBN: 978-3-7583-0013-4

1. Kapitel

Es dauerte eine ganze Weile, ehe ich begriff, was wirklich mit mir passiert war. In was für eine vertrackte Situation ich mich gebracht hatte und was dies in letzter Konsequenz für mich bedeutete. Ich konnte dem nicht nur stumm zuschauen. So wie ich es früher oft getan hatte. Ich musste irgendwas machen, auch wenn es mir schwerfiel.

Dann kamen mir jedoch Zweifel. War es nicht besser, es einfach auszusitzen und abzuwarten? Mich meinem Schicksal zu ergeben? Ich konnte doch eh nichts tun. War vollkommen machtlos. Und die Idee, alles was passiert war, niederzuschreiben, war tatsächlich nur hirnrissig. Wem sollte das denn was bringen?

Ich überlegte hin und her, wurde wütend über mich selbst. Vor kurzem war ich noch stolz auf mich gewesen, dass ich so viel riskiert hatte, und jetzt wollte ich einfach den Schwanz einziehen? Nein, nein, so funktionierte das nicht.

Was wäre denn, wenn das was ich erlebt hatte, nicht weitererzählt werden würde? All das Leid, all das vergossene Blut, all die guten Menschen, die dabei ums Leben gekommen waren, wären für immer verschwunden. Ganz so, als ob es sie nie gegeben hätte. Das hatten sie nicht verdient. Das Mindeste was ich für sie tun konnte, war, die Geschichte zu erzählen. Also habe ich den Stift hervorgeholt und damit begonnen, die Worte und Sätze, die mir im Kopf schwirrten, niederzuschreiben. Das konnte ich beileibe nicht offen tun. Ich musste mir heimlich Papier besorgen und die geschriebenen Blätter sorgfältig verstecken, denn ich wurde beobachtet.

Natürlich konnte ich nicht voraussehen, ob jemand diese Worte je wirklich lesen würde. Denn das würden die Mitglieder der Oosterbeek Society versuchen zu verhindern.

Aber ich hoffte darauf. Genauso wie ich darauf vertraute, dass der Inhalt dieser Seiten nicht als Hirngespinst eines Verrückten angesehen werden würde.

Mich brauchten die Leute der Geheimgesellschaft nicht mehr zu fürchten. Ich saß dank ihnen in dieser Zelle fest und wartete darauf, was weiter mit mir passierte. Mir war klar, dass ihnen hier völlig ausgeliefert war. Meine Hände zitterten bei dem Gedanken, was sie alles mit mir anstellen könnten. Ich hatte noch nie so sehr Angst, wie in diesem Moment. Nicht davor, dass sie mich töteten, sondern eher, dass sie mich misshandelten. Oft arbeiteten sie mit unerträglichen Schmerzen, um dich zu brechen. Du tatest irgendwann alles, damit diese Pein endlich aufhörte. So erging es auch Paul Altmann. Er war mein Kollege beim BAkI (Bundesamt für künstliche Intelligenz).

Durch Paul erfuhr ich das erste Mal von der Oosterbeek Society. Ich glaubte ihm damals natürlich kein Wort. Wie sollte ich auch? Jetzt bedauerte ich es, dass ich nicht auf ihn gehört hatte. Ich war zu dieser Zeit noch frisch beim BAkI. Wechselte dorthin, da es mir als ein sicherer Arbeitsplatz in unseren krisengeschüttelten Zeiten erschien. Paul arbeitete mich seinerzeit ein. Dabei entwickelte sich eine lockere Freundschaft zwischen uns. Er war ein sehr netter Kerl. Überragte mich bestimmt um einen Kopf. War groß und schlaksig. Aber auch hochintelligent. Hatte genau wie ich einen Abschluss als Robotik Ingenieur gemacht. Paul war mir auf den ersten Blick sympathisch. Er hatte eine zwanglose Art drauf, nicht wie meine anderen Kollegen. Das waren eher typische deutsche Beamte.

Ich besaß zu diesem Zeitpunkt noch die Sicherheitsstufe G, während er sich schon auf Stufe E befand. Somit besaß er vereinzelt Zugang zu Dokumenten der Geheimhaltungsstufe VERSCHLUSSSACHE – VERTRAULICH. Und Paul war neugierig. So neugierig, dass er sich auch für Dinge interessierte, die mit unserem Arbeitsbereich eigentlich gar nichts zu tun hatten. Das ging auch eine ganze Weile gut.

Doch eines Abends passierte es. Ich wollte gerade Feierabend machen, da stürzte er in mein Büro und war völlig außer sich. So aufgewühlt hatte ich Paul bis dahin noch niemals erlebt. Sein Gesicht war rot angelaufen und Schweiß stand ihm auf der Stirn. Seine Augen waren vor Nervosität ständig in Bewegung. Außerdem bemerkte ich, dass seine Hände zitterten. Ehe ich ihn fragen konnte, was geschehen war, fing er an zu erzählen:

„Du wirst nicht glauben, was mir eben passiert ist. Der Chef hat doch diese neue Sekretärin. Ulla Maier heißt die, glaube ich. Die so ein wenig gothicmäßig aussieht. Immer schwarze Kleidung an und dunkel geschminkt. Gar nicht so übel sieht die aus."

„Ja, die kenne ich. Die ist wirklich ganz hübsch, übertreibt allerdings etwas mit der Schminke."

„Genau die ist mir auf dem Flur begegnet. Da haben wir uns ein wenig über die Songs unterhalten, die sie derzeit hört. Schon ein bisschen abgefahren, aber auch hochinteressant. Am Schluss hat sie mir noch diese Umlaufmappe in die Hand gedrückt. Vom Chef war die schon abgezeichnet. Ulla hat bloß übersehen, dass daran ein Dokument mit dem Stempel STRENG GEHEIM hing. Das hat sie allerdings sehr bald bemerkt und kam mir nachgelaufen. Hat mir das Schriftstück wieder weggenommen.

Ich konnte trotzdem vorher einen kurzen Blick darauf werfen. Es war das Protokoll einer nicht öffentlichen Sitzung des Innenausschusses im Juni. In der Hektik konnte ich es allerdings nur überfliegen. Was mir aber sofort auffiel, war ein spezieller Tagesordnungspunkt. In der Sitzung wurde beschlossen, die Empfehlung auszusprechen, die Zuleitung des besagten Alkalimetalls wie geplant zu erhöhen, um die Gefährdung der kritischen Infrastruktur zu minimieren und widerstrebende B.t. ruhig zu stellen. Kannst du dir vorstellen, was das bedeutet?"

Ich schüttelte den Kopf.

„Ich befürchte, das heißt, dass wir mit dem Wissen unserer Regierung vergiftet werden oder warum sollten sie sonst ein Alkalimetall einleiten, um aufsässige Bevölkerungsteile zu besänftigen?"

„So verstehst du das also? Mir kommt da eine ganz andere Bedeutung in den Sinn. Kann es nicht einfach sein, dass dieses Alkalimetall dazu benutzt werden soll, Bauteile von einsturzgefährdeten Gebäudeteilen der vorhandenen Infrastruktur zu stabilisieren. Wenn ich in der Schule richtig aufgepasst habe, werden Alkalimetalle doch dazu genutzt, verschiedene Arten von Metallen zu härten, oder nicht?"

„Ja, das stimmt. Aber eines der Alkalimetalle wird in seiner Form als Salz auch zur Dämpfung der Impulsivität und zur Verringerung des Aggressionspotenzials verwendet. Das Lithium."

„Und du meinst ernsthaft, sie führen dieses Lithiumsalz dem Trinkwasser zu, um Aufstände zu verhindern und die Bevölkerung ruhig zu stellen? Und das hier in unserem Land, wo so viel Zufriedenheit und Wohlstand herrschen? Das ist doch ziemlich abwegig, oder meinst du nicht?"

„Das wäre vielleicht nur der erste Schritt."

„Und was wäre der zweite?"

Jetzt wurde Paul still. Entweder konnte er es nicht einschätzen, ob er mir soweit vertrauen konnte, dass er mir auch den zweiten Schritt ohne Angst erzählen konnte, oder er kannte den zweiten Schritt nicht. Von Letzterem war ich zu diesem Zeitpunkt vollkommen überzeugt. Paul wusste nicht mehr weiter. Somit war unsere Diskussion beendet und Paul ging mir eine Weile aus dem Weg. Zumindest bis zu jenem Tag an dem er spurlos verschwand.

Diesmal war es früher Morgen, als er zu mir kam und mich darum bat, nach Feierabend mit ihm noch etwas trinken zu gehen. Paul sah sehr blass und ziemlich übernächtigt aus. Genau wie beim letzten Mal, fanden seine Augen keine Ruhe. Als ich von ihm wissen wollte, ob es einen besonderen Anlass für dieses Treffen gab, hielt er seinen Zeigefinger vor den Mund und schüttelte den Kopf. Das sollte wohl heißen, dass er mir das erst heute Abend erklären wollte. Ich lächelte ihn daraufhin an und sagte:

„Ja, das können wir gerne machen. Treffen wir uns kurz nach sieben bei Angelo?" Er nickte und war dann wieder weg.

Als ich ein paar Minuten später als vereinbart an diesem Abend in die Kneipe kam, saß Paul schon an einem Tisch in der dunkelsten Ecke des Lokals und kaute nervös Fingernägel. Sein Blick schweifte in dem gut gefüllten Raum hektisch von einem Gast zu dem anderen. Dann entdeckte er mich und versuchte zu lächeln. Es gelang ihm nur ansatzweise. In diesem Moment sah ich in seinen Augen, dass Paul Angst hatte. Eine tief gehende schreckliche Furcht. Gleich darauf stand er auf, kam auf mich zu und umarmte mich zur Begrüßung.

Nach den geleerten Gläsern auf dem Tisch zu urteilen, hatte er zu dieser Zeit schon mindestens drei Bier intus und eine gewisse Schwere erreicht. Das sah ich auch seinem Gang an. Außerdem brannte ihm etwas auf den Fingernägeln, was er mir unbedingt erzählen wollte. Denn sobald ich mir etwas zu trinken bestellt und mich zu ihm gesetzt hatte, fing er auch schon an zu sprechen:

„Du kennst doch sicherlich 1984?"

„Du meinst das Buch von George Orwell?"

„Ja, genau."

„Ja, das kenne ich. Was ist damit?"

„Das ist alles real, nur noch tausendmal schlimmer."

„Du meinst, dass Deutschland ein totalitärer Überwachungsstaat ist?"

„Nicht nur Deutschland. Die ganze Welt wird von ihnen kontrolliert."

„Von wem?"

„Es gibt eine kleine Anzahl von Menschen, die alles über dich wissen und denen so gut wie die ganze Welt gehört. Die sogenannte Oosterbeek Society. Keiner weiß, wie sie aussehen und keiner weiß, wer sie sind. Aber es gibt sie. Und sie sorgen dafür, dass sich die Menschen in Sicherheit wiegen und nichts davon mitbekommen, dass sie eigentlich über keinen freien Willen mehr verfügen. Die Menschen geben freiwillig alles über sich preis und werden dadurch lenkbar. Können ganz leicht zu dieser oder jener Handlung gebracht werden. Das geschieht mit Hilfe modernster Computersysteme und der Medien, die übrigens alle gekauft sind."

„Du weißt, dass sich das ziemlich verrückt anhört? Hast du denn irgendwelche Belege dafür?"

„Ja, ich habe inzwischen eine Menge von Beweisen zusammengetragen. Sowohl in Papierform als auch digital. Aus Sicherheitsgründen habe ich sie aber nicht bei mir. Es wäre zu gefährlich. Sie wissen, dass ich ihnen auf die Schliche gekommen bin und lassen mich deswegen überwachen. Ich habe die Dokumente an einem sicheren Ort untergebracht. Aber das wird sie wahrscheinlich nicht davon abhalten, mich zur Strecke bringen zu wollen. Doch ehe sie das tun, muss ich mich irgendjemanden anvertrauen. Und dabei ist meine Wahl auf dich gefallen. Dir vertraue ich."

Ich war mir in diesem Augenblick nicht sicher, ob ich mich über diese Ehre geschmeichelt fühlen sollte, oder ob es nicht besser wäre, schnellstmöglich das Weite zu suchen. Denn das klang alles ziemlich irre. Doch dann sah ich den verzweifelten Blick in Pauls Augen und blieb sitzen. Schließlich hatte er mich stets gut behandelt, war ein sehr netter Kollege und auch ein Freund.

Gerade setzte Paul an, mir ausführlich von den Dingen zu erzählen, die er herausgefunden hatte, da löste ein panischer Blick, der auf etwas hinter meinem Rücken gerichtet war, den eben noch verzagt wirkende Ausdruck auf seinem Gesicht ab. Als ich mich umdrehen wollte, um zu sehen, wer oder was diese Reaktion bei ihm ausgelöst hatte, hielt er meine Hand fest und sagte:

„Dreh dich jetzt nicht um! Wenn sie merken, dass du etwas von ihnen weißt, bist du deines Lebens nicht mehr sicher."

Also ließ ich es bleiben und wartete darauf, dass Paul mir weitere Anweisungen gab. Die blieben jedoch aus, denn sein Gesicht war von einem Moment auf den anderen schmerzverzerrt. Er hielt sich mit beiden Fäusten so fest seine Schläfen, als ob sein Kopf drohte auseinanderzuplatzen. Voller Mühe und laut stöhnend stammelte er:

„Mein Kopf tut so weh. Das ist nicht auszuhalten. Jeden Tag überkommen mich diese schrecklichen Schmerzen, seitdem ich die Wahrheit entdeckt habe. Die wollen mich um den Verstand bringen. Ich kann nicht mehr. Muss hier raus." Kaum hatte er das hervorgestoßen, rannte er wie ein Wilder zur Ausgangstür und war kurz darauf verschwunden. Das war vorerst das letzte Mal, dass ich Paul gesehen habe. In diesem Augenblick ahnte ich noch nicht, dass sich ab diesem Tag die Ereignisse überstürzen und ich Dinge erleben würde, die ich mir auch in meinen kühnsten Träumen nicht hätte vorstellen können.

2. Kapitel

Clara Zweig konnte es kaum fassen, so ungewohnt war es für sie. Sie horchte nochmals in sich hinein und fand es bestätigt, dass es ihr richtig gut ging. Sie war zufrieden mit sich und der Welt, fühlte sich beinahe schon glücklich. Das letzte Mal, dass sie sich so wohl gefühlt hatte, war eine kleine Ewigkeit her.

Bis vor kurzem sah das noch ganz anders aus. Da war Dunkelgrau die bestimmende Farbe ihres Lebens gewesen. Jetzt schimmerte warmes Licht aus jeder Ecke. Das war sehr schön, aber nicht von allein geschehen. Sie hatte es sich selbst zu verdanken, dass es so war. Hatte etwas geschafft, was vor einiger Zeit noch undenkbar gewesen wäre. Nämlich ihn zu verlassen. Hatte einfach ihre Sachen gepackt und war abgehauen. Jetzt musste er zusehen, wie er ohne sie zurechtkam, dieses Arschloch. Sich jemanden anderes suchen, den er klein und hilflos halten konnte. Er war ein Narzisst wie er im Buche stand. War stets der erfolgreiche Geschäftsmann gewesen, attraktiv und von allen bewundert. Sie war die graue Maus, die froh sein konnte, etwas von seinem strahlenden Glanz abzubekommen. Damit war jetzt endlich Schluss.

Clara hatte es in ihrem Leben nie einfach gehabt. Auch wenn man es ihr dank ihres kleinen und zierlichen Körperbaus nicht ansah, war sie jedoch durchaus in der Lage, sich durchzusetzen und große Willenskraft zu zeigen. Zumindest in ihrem beruflichen Umfeld war ihr das stets gelungen. Dort war das auch zwingend notwendig, denn sie war Fachkrankenschwester für Psychiatrie. Ein Beruf, der ihr viel Freude bereitete. Besonders der Umgang mit den Verrückten, wie sie liebevoll ihre Patienten nannte, gab ihr sehr viel.

Ihre großen Probleme waren immer privater Natur gewesen. Sie war im Haushalt einer Mutter aufgewachsen, die manisch-depressiv war, und sich daher nur unzureichend um sie kümmern konnte. Ihr Leben damals war so wechselhaft gewesen, dass es kaum auszuhalten war. Um dem zu entfliehen, hatte sie sich sehr früh an ihren späteren Mann gebunden, der zehn Jahre älter war als sie und ihr auf Dauer nicht guttat. Am Anfang war sie von seinem Einfallsreichtum, mit der er um sie warb, und seinem Charme überwältigt gewesen. Sobald er sie jedoch fest in seiner Hand wusste, zeigte er sein wahres Gesicht. Viele Jahre war sie wie eine Fliege im Netz einer bösartigen Spinne gefangen gewesen. Zehn Jahre hatte es gedauert, ehe es ihr gelungen war, sich aus seiner Umklammerung zu befreien. Das war jetzt ein halbes Jahr her. Erst nachdem sie fortgelaufen war, hatte sie zum ersten Mal wieder richtig und unbeschwert atmen können.

Zum gleichen Zeitpunkt hatte sie die Chance gehabt, in der Klinik für forensische Psychiatrie Traisa anzufangen. Sie hoffte, so würde ihr ein Neubeginn gelingen. Es war eine gut dotierte, aber auch sehr verantwortungsvolle Stelle. Sie war dort direkt dem Pflegedirektor unterstellt und als Stationsleiterin tätig.

Schon bei ihrem ersten Rundgang fiel ihr allerdings ein Mann auf, der irgendwie nicht hierher passte. Er war in einer Einzelzelle eingesperrt und sollte drei Frauen gewissenlos und grausam ermordet haben. Diesen Eindruck machte er jedoch ganz und gar nicht auf sie. Natürlich wusste sie, dass psychotische Patienten nur selten auf Anhieb zu erkennen waren, aber dennoch hatte sie schon genügend viele von ihnen kennengelernt, um an gewissen Verhaltensmustern zu erkennen, dass mit diesem oder jenen Menschen etwas nicht stimmte. Auch wenn die äußere Fassade auf den ersten Blick makellos war, verfügte sie häufig nach wenigen Augenblicken über eine Anfangsdiagnose, die sich oft als zutreffend herausstellte.

Bei diesem Mann war es aber anders. Er war nicht nur sehr gebildet, sondern auch äußerst charmant und ausgesprochen freundlich. Wenn er wirklich so wahnsinnig war wie alle sagten, dann war er ein hervorragender Schauspieler. Aber das Tag und Nacht und über Wochen und Monate durchzuhalten, würde schon an ein Wunder grenzen. Nein, Clara hatte sich vorgenommen, herauszufinden, was es mit diesem Mann wirklich auf sich hatte. Sie würde sich um eine Gelegenheit bemühen, mit ihm ins Gespräch zu kommen und ihn etwas auszufragen. Und ihre Chance dazu kam schneller als sie es sich vorgestellt hatte.

Am Anfang der Woche wurde vom ärztlichen Direktor probeweise eine leichte Lockerung der Maßnahmen für Max Rilke angeordnet, weswegen er sich zwei Stunden täglich nach dem Abendessen im Aufenthaltsraum Zeit verbringen durfte, und nicht mehr nur in seiner Zelle. Während einer dieser Abende suchte er ihre Nähe und sprach sie an. Da gerade ein Fußball-Länderspiel im Fernsehen lief, das sich viele der Patienten und der Pflegekräfte anschauen wollten, hatten sie die entsprechende Ruhe und waren fast unter sich:

„Darf ich Sie etwas fragen?"

„Natürlich, tun Sie sich keinen Zwang an."

„Sie haben meistens ein so nettes Lächeln auf ihren Lippen, so als ob es Ihnen gut gehen würde. Daher nehme ich an, dass Sie sich als neue Stationsleiterin bereits gut eingelebt haben und Ihre Arbeit mögen. Liege ich damit richtig?"

„Ja, das haben Sie gut erkannt. Alle waren sehr freundlich und auch sehr hilfsbereit zu mir. Ich fühle mich hier sehr wohl. Die Klinik war mir dabei behilflich, ein kleines Häuschen in der Nähe zu finden, von wo aus ich innerhalb von wenigen Minuten bei der Arbeit sein kann. Das passt alles sehr gut. Und bei Ihnen? Wie geht es Ihnen?"

„Ich bin auf einem guten Weg. Die Medikamente machen mich zwar etwas träge und müde, aber ich bin froh, dass sich der Chefarzt darauf eingelassen hat, mir etwas mehr Freiraum zu geben.

Sehr schön finde ich allerdings auch, dass Sie die Leitung der Station übernommen haben. Ihre Vorgängerin war eine richtige Schreckschraube."

„Und das bin ich nicht?"

„Nein, beileibe nicht. Sie sind die anziehendste Frau, die ich seit vielen Jahren zu Gesicht bekommen habe. Außerdem haben Sie sich mir gegenüber immer sehr fair benommen, was ich nicht von allen Pflegekräften und Ärzten behaupten kann."

„Versuchen Sie gerade mit mir zu flirten?" Ein jungenhaftes Schmunzeln ging über sein Gesicht.

„Um Gottes Willen, das würde ich niemals wagen. Die starken Medikamente, die ich zu mir nehmen muss, sorgen dafür, dass kaum noch über irgendwelchen sexuellen Regungen verfüge. Falls Sie also den Eindruck haben sollten, dass ich dabei bin, Ihnen zu nahe zu treten, dann bitte ich das zu entschuldigen. Gerne können Sie mir auch in einem solchen Fall auf die Finger klopfen."

„Gut, das werde ich bei Gelegenheit tun." Sein Blick wurde ernst, ehe er sie fragte:

„Haben Sie denn keine Angst vor mir? Immerhin gelte ich hier als ein schreckliches Ungeheuer, das drei Frauen kaltblütig ermordet hat."

„Im Augenblick fühle ich mich nicht von Ihnen bedroht. Haben Sie denn die Frauen wirklich umgebracht?"

„Auch, wenn ich jetzt behaupten würde, dass ich noch nie in meinem Leben einem anderen Menschen etwas zuleide getan habe, so würden Sie nie mit Sicherheit wissen, ob dies wirklich so ist. Ich gelte als gefährlicher Psychopath. Zu diesem Krankheitsbild gehört auch, dass Psychopathen hervorragende Lügner sind und sehr gut schauspielern und manipulieren können. Und vielleicht bin ich ja gerade dabei, dieses Talent bei Ihnen anzuwenden."

„Ja, das könnte sein. Aber ich gehe davon aus, dass ich das mit meinen weiblichen Instinkten und meinen langjährigen Erfahrungen im Umgang mit psychisch kranken Menschen erkennen würde. Vielleicht nicht sofort, aber doch recht schnell."

Max fing an zu grinsen, dann sagte er mit einem ironischen Unterton in der Stimme:

„Gut, dann kann ich es ja zugeben. Ich bin vollkommen unschuldig. Zwar ein bisschen verrückt, aber ich habe diese Frauen nicht ermordet."

„Und wer hat diese Frauen dann umgebracht?"

„Wenn ich das wüsste, und es auch noch beweisen könnte, dann hätte ich wahrscheinlich niemals die Gelegenheit bekommen, mich mit einer so netten und entzückenden Frau wie Ihnen über so ein schreckliches Thema zu unterhalten." Das charmante Lächeln, das auf Max Gesicht erschien, verführte Clara dazu, es ihm gleichzutun und es zu erwidern. Gleichzeitig erschien ein leichtes Funkeln in ihren Augen, so als ob sie soeben eine Einladung zu einem Geplänkel erhalten und diese angenommen hatte.

Doch ehe sich die Situation noch mehr anheizen konnte, neigte sich die Übertragung des Fußballspiels im Fernsehen dem Ende zu und Max musste sich in seine Einzelzelle zurückbegeben. Dabei ließ es sich Clara aber nicht nehmen, ihn persönlich dorthin zu begleiten und ihm eine gute Nacht zu wünschen. Das belohnte er wiederum mit einem einnehmenden Lächeln.

Im Laufe der nächsten Wochen ergriffen Clara und Max so oft wie möglich die Gelegenheit, sich über dies und jenes zu unterhalten. Dabei erwies sich Max als äußerst gebildeter und vielseitig interessierter Gesprächspartner. Ihm waren die verschiedensten Fragen der Philosophie genauso geläufig, wie die Geschichte der Popmusik seit den 50er Jahren. Clara konnte es nicht verhindern, dass ihre Faszination für diesen Mann immer stärker wurde, sie immer mehr Gefallen an ihm fand. In jeder Hinsicht. Doch ihr gegenseitiges Interesse blieb nicht unbeobachtet und führte bald darauf zu einer Ermahnung durch den ärztlichen Direktor der forensischen Klinik.

Von einem Tag auf den anderen musste sich Clara von Max zurückziehen. Aber ihr Interesse an ihm wurde durch diese erzwungene Distanz nur noch erhöht. Sie wollte und konnte nicht die Finger von ihm lassen. Nur wie konnte ihr das gelingen, ihm so nah zu kommen, wie sie sich das wünschte? Ohne dabei ihre Karriere in Gefahr zu bringen?

Viele Tage wusste sie nicht, was sie tun sollte und fühlte sich sehr niedergeschlagen. Sie schleppte sich voller Wehmut durch ihren Alltag. Wagte es kaum, Max auch nur anzublicken. Wollte nicht ständig so schwermütig sein. Doch dann hatte sie eine rettende Idee. Sie würde ihm Briefe schreiben und versuchen ihm dadurch näherzukommen.

Gleich am Abend begann sie damit, den ersten Brief zu verfassen. So als ob sie beide auf zwei weit voneinander entfernten Kontinenten leben würden und nur schriftlich Kontakt halten konnten, schrieb sie ihm von ihrem Alltag zu Hause und was sie sich von ihrem Leben erträumte. Übergab ihm das Schreiben dann heimlich.

Er antwortete ihr gleich am darauffolgenden Tag. Beschrieb ihr eine Welt, die er sich in seiner Fantasie erdacht hatte und in der sie keine Zellentüren und dicke Mauern trennten, sondern sie frei und ungezwungen miteinander umgehen konnten.

Bald darauf erzählte sie ihm in diesen Briefen von ihrem früheren Leben. Was für eine schwere Kindheit sie hinter sich hatte. Mit einer Mutter, die psychisch krank war. Die Clara nachts voller überschwänglicher Freude aus dem Bett geholt hatte, um ihr ihr neuestes gemaltes Kunstwerk zu zeigen. Sich am nächsten Tag nicht mehr aus dem Haus traute, da sie Angst davor hatte, jemanden ihrer Nachbarn zu begegnen. Was wiederum für Clara hieß, dass sie wieder einmal nicht in die Schule gehen konnte, sondern stattdessen etwas zum Mittagessen einkaufen und kochen musste. Dann die Wochen, in denen ihre Mutter in ihrem Bett liegen blieb, einfach nicht aufstehen konnte. Tag und Nacht die Rollläden geschlossen bleiben mussten. Dass irgendwann deswegen in ihr der Wunsch entstand, Krankenschwester zu werden und psychisch kranken Menschen zu helfen.

Aber auch, dass sie, um der Krankheit ihrer Mutter und ihrem Zuhause zu entfliehen, an einen Mann geriet, der hochgradig narzisstisch war. Der versuchte, sie so klein zu halten, dass sie drohte, wie eine Blume ohne Wasser zu verdorren. Wenn sie es wagte, Kritik an ihm zu üben, war er sogleich zu Tode beleidigt. Sah sich immer im Recht und benötigte stets ihre größte Bewunderung. Nutzte sie immer aus, ohne auf ihre Gefühle Rücksicht zu nehmen oder diese überhaupt wahrzunehmen. Bis sie schließlich die Kraft fand, ihn zu verlassen und ein neues Leben zu beginnen. Hier in der Klinik, wo sie letztlich Max traf und sich in ihn verliebte.

Auch Max machte irgendwann keinen Hehl mehr daraus, wie er zu ihr stand, und schrieb, wie froh er sei, dass sie in sein Leben getreten sei und seinen Aufenthalt in dieser Anstalt einigermaßen erträglich machte. Sich so sehr wünschte, zusammen mit ihr zu fliehen und irgendwo unterzutauchen, wo sie keiner kannte – und sie glücklich zusammenleben konnten. Dass er in den wenigen Stunden, die er schlief, nur noch von ihr träumte, er ihre Nähe entsetzlich vermisse.

Alles schien sich, trotz der Hindernisse die ihnen im Weg lagen, gut zu entwickeln. Doch dann passierte es. Sie merkte es sofort, als sie morgens ihren Dienst antrat. Etwas stimmte nicht mit Max. Sie hörte ihn schon von weitem in seiner Zelle schreien. Er klang wie ein verwundetes Tier. Schlug in ihrem Beisein seinen Kopf immer wieder gegen die Wand. Hielt sich die Schläfen, als ob er furchtbare Kopfschmerzen erdulden musste. Schließlich wurde er von mehreren Pflegern festgehalten, damit sie ihn auf Anordnung des Arztes mit Hilfe einer starken Beruhigungsspritze sedieren konnte. In diesem Moment schaute er ihr direkt in ihre Augen und flüsterte ihr zu:

„Hilf mir. Bitte hilf mir. Ich halte es nicht mehr aus." Sie strich sanft über seine Stirn und antwortete:

„Keine Sorge, ich werde dich nicht im Stich lassen. Jetzt schlaf erst einmal." Kurz darauf wirkte die Spritze und schlief er ein. Was war nur mit ihm geschehen? So hatte sie ihn noch nie erlebt. Glücklicherweise konnte sie den Arzt davon überzeugen, ihr zu erlauben, in Max Nähe zu bleiben, bis er wieder aufwachte. Allerdings wurde er vorher an seinem Bett fixiert, sodass er sich kaum noch bewegen konnte. Nachdem er wieder zu Bewusstsein kam, blickte er sie orientierungslos und verwirrt an. In diesem Moment war Clara voller Sorgen, dass irgendetwas in Max zerbrochen war und er nie mehr der Mann sein würde, den sie kannte.

Dann trat ein Ausdruck des Erkennens auf sein Gesicht, der sie ein wenig beruhigte. Er schien sich wieder daran zu erinnern, wo er sich befand und wer sie war. Er versuchte sogar zu lächeln. Aber das gelang ihm nur ansatzweise. Er sprach ganz leise und stockend zu ihr:

„Die Schmerzen in meinem Kopf waren so furchtbar. Ich hätte sie keinen Moment länger ertragen können, ohne meinen Verstand zu verlieren. Jetzt sind sie fast verschwunden, aber sie werden wiederkehren. Da bin ich mir sicher. Sie werden schon dafür sorgen. Solange bis sie ihr Ziel erreicht haben."

„Wer wird sein Ziel erreicht haben?"

„Die Oosterbeek Society."

„Hat die Oosterbeek Society dich auch gezwungen, die drei Frauen zu ermorden?"

„Ich habe niemanden ermordet. Die Oosterbeek Society hat es nur so aussehen lassen, als ob ich es gewesen wäre. Und da mich ohnehin alle für verrückt hielten, haben die Ermittler gar nicht weiter nachgeforscht. Obwohl ich ihnen einige hilfreiche Hinweise gegeben habe."

„Und jetzt will die Oosterbeek Society dich töten?"

„Wohl eher in den Wahnsinn treiben, damit ich auch noch meinen letzten Rest Glaubwürdigkeit verliere."

„Daran glaubst du wirklich?"

„Ja, denn es ist die Wahrheit. Denkst du jetzt etwa auch, dass ich verrückt bin?" Max Blick war nun so niedergeschlagen, dass er Clara tief in ihrem Inneren berührte und sie zögern ließ, ihm zu sagen, was sie wirklich dachte.

„Ich weiß nicht, was ich glauben soll."

„Ich dachte, du vertraust mir?"

„Ja, das tue ich, aber das mit der Oosterbeek Society klingt doch sehr seltsam. Wie soll es ihnen möglich sein, solch starke Kopfschmerzen bei dir auszulösen? Und wie sollen sie hier drinnen überhaupt in deine Nähe gelangen. Die Klinik ist ein Hochsicherheitstrakt mit meterhohen Stahlzäunen, vergitterte Fenstern, Überwachungskameras und diversen

Sicherheitsschleusen. Hier kommt niemand rein oder raus, ohne dass es bemerkt wird."

„Keine Ahnung wie es ihnen gelingen konnte, aber sie haben es geschafft. Irgendwie haben sie es fertiggebracht, diese Schmerzen in mir zu erzeugen."

„Du weißt sicherlich, wie das klingt?"

„Klar, es klingt verrückt. Doch was kann ich dir anderes sagen als die Wahrheit? Inzwischen müsstest du mich so gut kennen, dass du weißt, dass ich dich niemals anlügen würde."

„Das schon. Aber ist das, was du als deine Realität wahrnimmst, wirklich real? Oder findet das alles nur in deiner Vorstellung statt?"

„Du meinst also, dass ich an einer schizophrenen Psychose leide. Dass ich Wahnvorstellungen habe?"

„Vielleicht?"

„Du brauchst also Beweise dafür, dass ich nicht irgendwelchen Blödsinn erzähle? Nun gut. Ich wollte dich eigentlich aus dieser Sache heraushalten. Aber wenn es nicht anders geht, sollst du deine Beweise haben. Dazu musst du in meinem Haus in Groß-Umstadt vorbeischauen. Dort habe ich einen USB-Stick versteckt. Die Dokumente darauf werden dir helfen zu verstehen, was in dieser Welt wirklich vorgeht." Clara bekam ein seltsames Gefühl, als Max das gesagt hatte. So als ob sie soeben eine Tür aufgestoßen hatte, die sie direkt zu ihrem Verderben führen würde.

3. Kapitel

Dass Paul am nächsten Tag nicht zur Arbeit kam, hatte ich vorausgesehen. So viel Bier wie er getrunken hatte. Doch als er auch am zweiten und dritten Tag nicht auftauchte, begann ich mir Sorgen um ihn zu machen. Daher fuhr ich am vierten Tag nach der Arbeit zu ihm, um nach ihm zu schauen. Soweit ich wusste, lebte er allein. Wir hatten uns einmal in der Nähe seiner Wohnung zum Spazierengehen getroffen, nur deswegen wusste ich überhaupt, wo er wohnte.

Doch als ich vor dem Hauseingang trat, erlebte ich eine Überraschung. Das Klingelschild von Paul existierte nicht mehr. Statt seinem Namen stand auf der Klingel eine gewisse Petra Winkler. Das durfte doch nicht wahr sein. So schnell konnte Paul auf keinen Fall ausgezogen sein. Nun bekam ich Zweifel, ob es wirklich das richtige Gebäude war. Ich ging zurück auf die Straße und schaute mir alles nochmals genau an. Das Haus war das einzige Mehrfamilienhaus in dieser Gegend, außerdem wies es einen alten Baumbestand auf, der seinesgleichen suchte. Ich war hier richtig. Ich war mir sicher.

Also ging ich erneut zur Haustür, drückte auf die Klingel von Petra Winkler. Es dauerte eine Weile, ehe ihre Stimme aus der Wechselsprachanlage erklang:

„Ja, hallo."

„Hallo, mein Name ist Max Rilke. Ich bin auf der Suche nach meinem Freund Paul Altmann, der bis vor kurzem hier gewohnt hat."

„Hier gibt es keinen Paul Altmann."

„Ich bin mir sehr sicher, dass er hier gelebt hat. Sagt ihnen der Name gar nichts?"

„Ich wohne hier schon seit über fünf Jahren. Hier in dem Haus gibt es keinen Paul Altmann und hat es ihn auch nicht gegeben, solange ich hier wohne. Tut mir leid."

„Sind Sie sich da sicher?" Etwas genervt antwortete sie: „Absolut sicher." Ein Klicken, dann war die Verbindung unterbrochen und ich war wieder für mich. Irgendetwas stimmte hier doch nicht. Das war das Haus, von dem ich Paul vor nicht allzu langer Zeit abgeholt hatte. Und ich war mir hundertprozentig sicher, dass sein Name auf der Klingel gestanden hatte. Er musste hier gewohnt haben.

Wer konnte wissen, wo er sich aufhielt? Hatte er mir von irgendwelchen Verwandten erzählt, die in der Nähe wohnten? Ich konnte mich nicht daran erinnern. Hatte er irgendwelche Freunde im BAkI? Ich wusste von Keinem. Vielleicht sollte ich Ulla Maier fragen? Sie hatte Paul gefallen und eventuell waren sie sich irgendwann ein wenig nähergekommen. Ja, das war eine gute Idee. Ich würde sie gleich morgen früh ansprechen. Doch jetzt fuhr ich erst einmal nach Hause und aß zu Abend.

Ich konnte nicht verhindern, dass meine Sorge um Paul von Minute zu Minute wuchs. So war meine Nacht ziemlich unruhig und ich machte kaum ein Auge zu. Wenn es mir zwischendurch gelang einzuschlafen, hatte ich Alpträume. Immer wieder sah ich Paul, wie er aus unserer Stammkneipe schreiend hinauslief. Und ich bemerkte, wie eine dunkle Gestalt ihn verfolgte.

Ich war froh, als der Wecker klingelte und ich endlich zur Arbeit gehen konnte. Doch dort erwartete mich eine weitere Merkwürdigkeit. Nachdem ich meine E-Mails beantwortet hatte, ging ich auf die Suche nach Ulla Maier. Ich traf sie in der kleinen Teeküche im Flur der Fachabteilung I. Paul hatte wirklich recht gehabt. Durch ihre Art sich gothicmäßig zu kleiden und zu schminken, übte sie eine seltsame Anziehungskraft aus und hatte mächtig viel Sexappeal. Aber ich war ja nicht hier, um mit ihr zu flirten, sondern um herauszufinden, wo Paul sich befand. Also ließ ich mich nicht länger ablenken und sprach sie auf Paul an:

„Du kennst doch Paul Altmann? Ihr habt Euch öfters über Songs aus der Gothic-Szene unterhalten? Kannst du mir sagen, wo er steckt?"

„Ich kenne keinen Paul Altmann. Du musst dich irren."

„Du weißt doch. So ein großer hagerer Mann. Mit kurzen roten Haaren und blauen Augen. Überragt mich um einen Kopf."

„Nein, tut mir leid, den kenne ich nicht. Ich weiß nicht, von wem du sprichst."

„Bist du dir sicher? Ich dachte, ich hätte Euch öfters zusammen gesehen?"

„Nein, du irrst dich. Hatte noch nie mit ihm zu tun. Tut mir wirklich sehr leid, dass ich dir nicht weiterhelfen kann. Ich muss jetzt leider gehen. Entschuldige mich. Tschau." Sie drehte sich um und war kurz darauf im nächsten Flur verschwunden. Irrte ich mich oder hatte ich Furcht in ihren Augen gesehen? Sie verheimlichte mir etwas. Da war ich mir sicher. Sie kannte Paul, aber irgendetwas hielt sie davon ab, das zuzugeben. Vor wem oder vor was hatte sie Angst? Was ging hier nur vor? Erst die Sache mit seiner Wohnung und dann auch noch das hier.

Ich kehrte gedankenverloren an meinen Arbeitsplatz zurück. Überlegte die ganze Zeit, was dies alles zu bedeuten hatte. Hatte Paul vielleicht doch recht gehabt mit seiner Theorie, dass hier etwas nicht mit rechten Dingen zuging? Dass nicht alles so war, wie es schien? Ich musste dieser Angelegenheit auf den Grund gehen. Musste versuchen herauszufinden, wo Paul steckte. Nur wo sollte ich damit anfangen? Was wusste ich überhaupt über Paul, außer dass er auf Gothic-Musik stand? Nicht sehr viel. Vielleicht konnte ich in seinem Schreibtisch einen Hinweis finden.

Also begab ich mich ein Stockwerk höher, um zu versuchen, irgendwie an Pauls Schreibtisch zu gelangen. Doch als ich vor der Bürotür stand, traf mich fast der Schlag. Auch hier gab das Türschild keinen Hinweis mehr auf Paul Altmanns Existenz. Erneut war sein Name durch einen anderen ersetzt worden. Diesmal durch den Namen Sandra Bechtel. Mir wurde übel. Ich konnte das nicht glauben. Trotzdem nahm ich all meinen Mut zusammen und klopfte an der Tür. Eine nette weibliche Stimme antwortete auf das Klopfen und bat mich herein.

Da saß eine junge Frau an Paul Altmanns ehemaligen Schreibtisch und lächelte mich zuvorkommend an. Sie hatte dunkelrote Haare und ein hübsches Gesicht. Kaum das ich eingetreten war, stand sie auf und kam mir mit ausgestreckter Hand entgegen:

„Hallo, mein Name ist Sandra Bechtel. Was kann ich für Sie tun?"

„Hallo, ich heiße Max Rilke. Ich bin auf der Suche nach meinem Freund Paul Altmann. Eigentlich ist das sein Büro. Wissen Sie von ihm?" Sie überlegte kurz, dann schüttelte sie ihren Kopf:

„Nein, leider nicht. Ich habe gestern meinen Dienst hier im Amt angetreten und dabei wurde mir dieser Raum zugewiesen."

„Hat denn Paul irgendwelche persönlichen Dinge hier liegengelassen?"

„Nicht das ich wüsste. Der Raum war bis auf die Büromöbel völlig verwaist. Tut mir leid." Ich blickte Sandra Bechtel unverwandt in die Augen. Sie erwiderte meinen Blick mit einem offenen Lächeln. Sie schien es ehrlich zu meinen. Also verabschiedete ich mich von ihr und trottete in mein Büro zurück.

Das Pech klebte an mir wie ein Stück Hundedreck. Das alles ging nicht mit rechten Dingen zu. Irgendjemand hatte mich in eine Sackgasse getrieben und ich wusste nicht, wie ich dort wieder herauskommen sollte. So brütete ich stundenlang vor meinem Computer und konnte mich nicht überwinden, auch nur einen Handstreich zu tun. Irgendwann war es an der Zeit für mich, nach Hause zu fahren.

Die seltsamen Ereignisse fanden jedoch kein Ende. Schon vor der Haustür meines Hauses beschlich mich abermals ein seltsames Gefühl. Meine Frau hatte mich vor einigen Jahren wegen so einem verrückten Künstler verlassen. Seitdem wohnte ich allein in meinem Haus. Es machte mir aber nichts mehr aus, für mich zu sein. Inzwischen hatte ich gerne meine Ruhe. Doch heute war die Stille mehr als auffällig. Meine Straße wirkte wie ausgestorben. Kein Mensch war zu hören oder zu sehen. Ganz so, als ob alle den Atem anhielten und gebannt lauschten, was gleich passieren würde.

Ich schloss die Tür auf. Durch den entstandenen Spalt wehte mir ein eigenartiger Geruch entgegen. Es roch nach einem Duschgel, das ich nicht verwendete. Es war eindeutig jemand in meinem Haus gewesen. Und das vor kurzer Zeit. Was war, wenn er sich noch dort befand? Hatte ich irgendeine Art von Waffe im Haus, falls ich mich gegen den Einbrecher zur Wehr setzen musste? Da fiel mir mein alter Baseballschläger ein. Er lag mit verschiedenen anderen Dingen in der Kammer unter der Treppe.

Ich drückte die Tür etwas weiter auf, lauschte hinein. War nicht eben ein Knacken zu hören gewesen? Ich überlegte, ob es nicht sinnvoller wäre, die Polizei zu rufen, als selbst den Helden zu spielen. Aber dann sah ich in Gedanken die Gesichter der Polizisten vor mir, in dem Augenblick, als ich ihnen sagte, dass ich einen eigenartigen Geruch wahrgenommen und sie deswegen gerufen hatte. Nein, ich musste einfach davon ausgehen, dass der Einbrecher schon das Weite gesucht hatte.

Ich öffnete die Tür nun ganz. Ließ sie aber offen, damit ich zur Not weglaufen konnte. Ich trat hinein. Hielt den Atem an. Versuchte mich völlig lautlos zu bewegen. Dann schon wieder ein Geräusch. Es kam aus dem ersten Stock. Es gelang mir, den Baseballschläger fast geräuschlos aus der Kammer zu holen. Fühlte mich nun beinahe unbesiegbar. Kontrollierte zuerst die Räume im Erdgeschoss.

Mein komplettes Haus war durchwühlt worden. Alle Schubladen waren ausgekippt, alle Kissen aufgeschnitten worden. Sämtliche Dinge aus den Schränken lagen auf dem Boden verteilt. Was für ein Chaos. Irgendwann hätte der Einbrecher doch merken müssen, dass ich keine Juwelen oder Goldbarren besaß. Doch scheinbar war es jemand gewesen, der auch noch die kleinste Chance auf den großen Gewinn ausnutzen wollte.

Jetzt war der erste Stock dran. Ich bewegte mich wie auf Samtpfoten auf der Treppe nach oben. Horchte auf sämtliche Geräusche. Bemerkte, dass mir der Schweiß auf der Stirn stand. Dann noch das dumpfe Gefühl im Bauch. Ich hatte eindeutig Angst. Bereute es soeben, nicht die Polizei gerufen zu haben. Die Tür zum Schlafzimmer war geschlossen. Hatte ich sie nicht offengelassen? In alle anderen Zimmer konnte ich einen Blick werfen. Auch dort herrschte ein großes Durcheinander, war aber nichts von einem Dieb zu entdecken.

Ich ging zum Schlafzimmer. Das Geräusch kam eindeutig von dort. Ich hob den Baseballschläger. Umfasste die Türklinke voller Konzentration. Ich hatte sie kürzlich geölt. Sie dürfte also beim Öffnen keine Geräusche machen. Langsam begann ich sie herunterzudrücken. Sie quietschte tatsächlich nicht. Ich war beruhigt Dann stieß ich die Tür mit voller Gewalt auf.

Plötzlich hörte ich ein lautes Fauchen. Wie ein Blitz rannte mein schwarzer Kater an mir vorbei und stürzte sich die Treppe herunter. Sein Ziel war wahrscheinlich die Katzentoilette, die sich im Erdgeschoss befand. An Emil hatte ich gar nicht mehr gedacht. Der Kater war mir vor einem halben Jahr zugelaufen und hatte mich ab diesem Zeitpunkt als sein neues Herrchen ausgewählt. Seitdem hatten wir so etwas wie eine lockere Freundschaft aufgebaut. Nun hörte ich sein vorwurfsvolles Miauen aus dem Erdgeschoss. Scheinbar war jetzt Essenszeit. Doch ehe ich mich den Weisungen meines Haustieres ergab, durchsuchte ich noch das Schlafzimmer. Von dem Langfinger war glücklicherweise nichts mehr zu entdecken. Aber es herrschte hier genauso eine Unordnung wie im Rest des Hauses.

Doch war es wirklich ein normaler Einbrecher gewesen, der mein Haus so gründlich durchsucht hatte, oder hing das alles nicht vielleicht mit den mysteriösen Ereignissen der letzten Tage zusammen? Diese drängende Frage stellte sich mir, während ich Emil etwas zu essen gab und versuchte Ordnung in das herrschende Chaos in meinen Gedanken und in meinem Haus zu bringen. Da nichts von meinen Wertsachen fehlte, blieb eigentlich nur diese Möglichkeit übrig. Der Dieb hatte etwas gesucht, was mir Paul seiner Vermutung nach überlassen hatte. Irgendwelche Dokumente, die der Oosterbeek Society gefährlich werden konnten.

Das Problem war nur, das ich diese Beweise nicht besaß. Also kam ich auch in dieser Beziehung nicht weiter. Unter Umständen hatte mir Paul einen versteckten Hinweis gegeben, den ich nicht als solchen erkannt hatte. Daher versuchte ich nochmal genau unser letztes Treffen gedanklich durchzugehen. Daran war eigentlich fast alles ungewöhnlich gewesen. War mir trotzdem noch etwas besonders aufgefallen?

Ja, natürlich. Paul hatte mich umarmt. Das hatte er noch nie vorher getan. Tat das auch bei anderen Menschen nicht. Er mochte den körperlichen Kontakt nicht. Das hatte er mir einmal im Vertrauen gestanden. Wieso war ich nicht früher darauf gekommen? Aber was hatte er damit bezweckt? Warum plötzlich diese körperliche Nähe? Dann fiel es mir ein. Ja, so musste es gewesen sein.

Ich ließ alles stehen und liegen und eilte voller Hast zu meiner Garderobe. Wo war meine verdammte Jacke? War auch sie plötzlich verschwunden? Ach, nein, ich hatte sie im Schlafzimmer ausgezogen und dort wegen der Hektik liegen gelassen. Also schnell hoch in den ersten Stock. Dort lag sie. Ich durchsuchte die Jackentaschen. Fand etwas, was nicht dorthin gehörte. Einen Schlüssel. Er sah so aus, als ob er von einem Schließfach stammte. Doch wo war dieses Schließfach? Ich verfluchte Paul innerlich für die vielen Rätsel, die er mir aufgab. So wurde mein Leben zwar richtig interessant und aufregend, aber darauf hätte ich gerne verzichtet.

4. Kapitel

Clara hatte Max Haus schon fast erreicht, als ihr klar wurde, was sie gerade tat. Sie hatte sich nicht nur auf eine Affäre mit einem Patienten eingelassen, sondern war jetzt sogar dabei, irgendwelches ominöses Beweismaterial aus seinem Haus zu entwenden. Wenn das jemand herausfand, würde sie nicht nur ihre jetzigen Posten verlieren, sondern auch keine andere Anstellung mehr finden. Dann erinnerte sie sich an die furchtbare Verzweiflung in Max Gesicht, als er vor ihr in seinem Krankenbett lag. Gefesselt und mit Medikamenten ruhiggestellt. Sie war der festen Überzeugung, dass er sie nicht anlog. Nein, er war ehrlich zu ihr. Aber ob seine Wahrheit auch ihre Wahrheit war, wusste sie im Augenblick noch nicht. Das würde sie jedoch hoffentlich sehr bald herausfinden.

Sie stellte ihr Auto auf dem großen Parkplatz an der Stadthalle in Groß-Umstadt ab. Von dort aus war es ein Katzensprung zu Max Haus, das mitten in der Altstadt lag. Er hatte ihr alles genau beschrieben. Wie sie schnell und unauffällig zu seinem Haus gelangen konnte und wo sich der betreffende USB-Stick mit dem Beweismaterial genau befand. Außerdem hatte er Clara eindringlich darum gebeten, darauf zu achten, dass ihr niemand folgte, sobald sie die Dokumente gefunden hatte und das Haus erneut verließ.

Das gelang ihr jedoch nicht. Ohne dass es ihr auffiel, nahm ein Mann in dunkler Kleidung ihre Verfolgung auf, als sie sich nach erfolgreicher Suche wieder zu ihrem Fahrzeug begab. Der wurde beim Eintreffen vor ihrem Haus durch zwei andere Männer abgelöst, die einen sehr grimmigen und entschiedenen Eindruck machten.

Dass Clara nicht bemerkte, dass sie durch eine zwielichtige Gestalt verfolgt wurde, hing zu großen Teilen damit zusammen, dass der betreffende USB-Stick wirklich existierte und sie deswegen völlig aufgelöst war. Sie war außerordentlich gespannt, was sich an Daten darauf befand. Hoffte natürlich darauf, dass Max die Wahrheit sprach, hatte gleichzeitig aber auch Angst davor.

Kaum hatte sie ihr Auto zu Hause abgestellt, eilte sie schon in ihr Haus und schaltete ihren Computer an. Sie steckte den USB-Stick in den entsprechenden Port und wartete darauf, dass der PC das Gerät erkannte. Endlich war es so weit. Sie erblickte eine unglaublich verzweigte Verzeichnisstruktur, mit Abkürzungen, die ihr nichts sagten. Versuchsweise klickte sie auf eine der darin enthaltenen Dateien.

Es öffnete sich eine PDF-Datei. Scheinbar ein hochoffizielles Schreiben, das eingescannt worden war. In großen roten Lettern stand darauf STRENG GEHEIM. In dem Dokument ging es um die Beimischung von Lithium in das Trinkwasser. In Clara machte sich ein Gefühl starken Entsetzens breit. Als Fachkrankenschwester für Psychiatrie kannte sie die Wirkungen von Lithium, aber auch dessen vielfältigen Nebenwirkungen. Das so etwas von offizieller Seite angeordnet worden war, war ein Skandal höchster Güte. Kein Wunder, dass die Damen und Herren im Hintergrund großes Interesse daran hatten, Max unglaubwürdig zu machen und ihn in irgendeiner Klinik für immer verschwinden zu lassen.

Sie klickte auf einen anderen Ordner. Hatte vor, auch dort ein Dokument zu öffnen. Doch plötzlich hörte sie ein Knacken hinter sich. Wollte sich gerade umdrehen, um zu sehen, woher dieses Geräusch kam. Auf einmal schlang sich von hinten eine behandschuhte Hand um ihren Kopf und hielt ihren Mund und ihre Nase fest geschlossen. Sie bekam keine Luft mehr. Versuchte die Hand wegzureißen. Kämpfte mit aller Kraft dagegen. Doch ihr Gegner hielt seinen stahlharten Griff aufrecht. Clara hatte furchtbare Angst zu sterben. Wehrte sich verzweifelt. Merkte, wie ihr schwarz vor Augen wurde. Dann fühlte sie nichts mehr.

Clara fuhr nach Luft schnappend auf und schaute sich um. Wo war sie? Sie lag auf dem Boden in ihrem Haus. Ihr war kalt. Dann erinnerte sie sich wieder. Der Überfall aus dem Nichts. Sie sprang auf und rannte voller Eile zu ihrem PC. Der USB-Stick war verschwunden. Das war vorauszusehen gewesen. Diese Schweine. Die kostbaren Daten waren weg. Hätte sie sich nur gleich eine Kopie gezogen, anstatt so übertrieben neugierig zu sein. Doch immerhin wusste sie nun, dass Max die Wahrheit sagte. Er unschuldig in der forensischen Psychiatrie eingesperrt war. Dass es die Oosterbeek Society wirklich gab und sie nun auf sie aufmerksam geworden waren.

Doch was sollte sie Max sagen? Die Beweise, die vielleicht seine Freiheit hätten bedeuten können, waren verschwunden. Gestohlen von irgendwelchen dunklen Gestalten. Das würde seinen Zustand nicht gerade verbessern. Das Verhältnis zu ihr wahrscheinlich belasten. Aber was geschehen war, war geschehen. Sie war nun einmal keine ausgebildete Geheimagentin, die mit solchen Situation richtig umgehen konnte. Das würde er sicherlich verstehen. Eventuell konnte sie Max allerdings auf eine andere Art behilflich sein. Wenn sie ihren Chef auf ihre Seite ziehen konnte, wäre es vielleicht möglich, eine Wiederaufnahme Max Verfahrens zu erreichen und ihn freizubekommen. Das würde sie auf jeden Fall versuchen.

Nun wollte sie aber wissen, wie die Einbrecher in ihr Haus gelangt waren. Sie war sich sicher, dass sie die Haustür hinter sich zu gemacht hatte, als sie hereinkam und sich in den ersten Stock in ihr Arbeitszimmer begeben hatte. Da sie keine

Zeit verloren hatte, dorthin zu gelangen, hatte sie auch keine Zeit gehabt, die Fenster zum Lüften zu öffnen. Also ging sie in das Erdgeschoss. Dort machte alles einen normalen Eindruck. Sämtliche Fenster waren wie vermutet geschlossen und auch die Haustür machte nicht den Eindruck, als ob sie aufgebrochen worden wäre.

Dann blieb nur der Eingang unten im Keller. Und damit stand sie vor einem Problem. Schon als kleines Kind hatte sie sich davor gefürchtet, allein in den Keller zu gehen. Hatte immer gedacht, dass der schwarze Mann dort säße und auf sie wartete, um sie aufzufressen. Das hatte sie ihren zwei großen Brüdern zu verdanken, die sie oft aus Schadenfreude im Keller eingeschlossen hatten und dort eine kleine Ewigkeit hocken ließen. Nachdem sie jetzt ihrem eigenen Haus überfallen worden war, kam diese Furcht aus ihrer Kindheit plötzlich verstärkt zum Vorschein. Es widerstrebte ihr in diesem Moment absolut, nach unten in die Dunkelheit zu gehen und dort nach dem Rechten zu schauen. Sie bemerkte, wie ihre Hände anfingen zu zittern, ihr Herz begann wie wild zu schlagen. Was war, wenn die Einbrecher noch im Haus waren und im Untergeschoss auf sie warteten?

Clara musste sich zwingen, den Lichtschalter zu betätigen und den ersten Schritt nach unten zu tun. Ihre Angst ließ sie kaum noch klar denken. Sie glaubte ein Rascheln unten zu hören. Sie schüttelte ihren Kopf, um sich zu beruhigen. Weshalb sollten sie sich im Keller verstecken, um ihr dort aufzulauern? Das machte doch alles keinen Sinn. Sie hätten alles mit ihr machen können, während sie ohnmächtig war. Trotzdem blieb dieses unbehagliche Gefühl, als sie eine Stufe nach der anderen weiter nach unten ging.

Endlich erreichte sie den Kellerabsatz. Der Kellerflur wirkte wenig einladend und schien sie davor warnen zu wollen, ihn zu betreten. Jetzt fing auch noch die Lampe im hinteren Bereich des Kellers an zu flackern, konnte jederzeit verlöschen. Verflucht, musste das denn gerade jetzt sein? Das war genau der Bereich des Kellers, wo sich die Kellertür befand.

Trotzdem zwang sich Clara Schritt für Schritt vorwärtszugehen und sich der Tür zu nähern. Die Schatten vor ihr schienen über ein seltsames Eigenleben zu verfügen. Immer wieder kam es ihr so vor, als ob sich in ihnen etwas regte. Schließlich hatte sie es fast geschafft. Nun musste sie sich nur noch einmal nach rechts wenden, dann stand sie auch schon beinahe vor der Tür. Sie nahm all ihren Mut zusammen und ging um die Ecke. Dort erblickte sie unverhofft ein schattenhaftes Etwas, das ihr immer näherkam. Sie stieß einen spitzen Schrei aus, wich zurück und wollte schon die Flucht ergreifen, als sie bemerkte, dass das schwarze Wesen ihr Hosenanzug war, den sie hier unten zum Trocknen aufgehängt hatte und der sich in der Zugluft bewegte.

Trotz der Aufregung stieß sie ein kurzes heiseres Lachen aus und musste über sich selbst lächeln. Sie hatte einfach zu viel Aufhebens um nichts gemacht. Die Kellertür war natürlich verschlossen und vollkommen intakt. Ihr fiel ein Stein vom Herz, dass mit ihrem Haus alles in Ordnung war. Doch seltsam war es schon, wie diese Fremden hier einfach hatten eindringen können. Aber jetzt wollte sie erst einmal etwas essen und versuchen sich zu entspannen. Später konnte sie ja noch darüber nachdenken, was sie als nächstes tun sollte.

Sie wandte sich um, um wieder nach oben zu gehen, und plötzlich blickte sie auf die Klinge eines silbern schimmernden Messers, das ihr eine große dunkle Gestalt entgegenhielt. Clara war von einer Sekunde auf die andere völlig erstarrt und fühlte sich in einen bösen Traum versetzt.

Er war die ganze Zeit hier mit ihr in ihrem Haus gewesen und hatte sie beobachtet. Und jetzt stand er vor ihr und bedrohte sie mit einem Messer. Ihr wurde schlecht vor Entsetzen. Ehe sie etwas äußern konnte, erklang die emotionslose männliche Stimme ihres Gegenübers:

„Es wäre besser für dich, wenn du das, was du glaubst gesehen zu haben, schnell wieder vergessen würdest. Und lass die Finger von Max Rilke. Er ist ein armer Irrer, der vielleicht dein Mitleid, aber auf keinen Fall deine Zuneigung verdient.

Drei Frauen hat dieser Wahnsinnige auf dem Gewissen und sein Irrsinn wird ihm eines Tages sicherlich sein Leben kosten. Du willst doch bestimmt nicht sein nächstes Opfer sein, oder? Lebe einfach dein einfaches Leben weiter. Denke nicht weiter nach und genieße die paar Jahre, die dir noch bleiben. Ansonsten kann es schnell passieren, dass du auf offener Straße überfahren wirst oder eines Nachts in deinem Bett plötzlich und unerwartet stirbst. Denke gut darüber nach, ob du das willst. Hast du mich verstanden?"

„Ja, das habe ich."

„Dann ist ja gut." Nun sah Clara ein gemeines Grinsen auf dem Gesicht ihres Gegenübers erscheinen. Im gleichen Moment schlang sich erneut von hinten eine Hand um ihren Kopf und hielt ihren Mund und ihre Nase fest geschlossen. Der zweite Mann hatte sein Stichwort erhalten und tat, zu was er den Auftrag erhalten hatte. Wieder wurde sie ohnmächtig.

Doch wenn die Oosterbeek Society von ihr erwartet hatte, dass sie aufgrund dieser Ereignisse klein beigab und aus Furcht gehorchen würde, hatten sich die Drahtzieher getäuscht. Sie hatte zwar Angst davor, sich in das Dunkel eines Kellers zu begeben, aber wenn sie erst einmal von jemanden gedemütigt worden war, erwachte in ihr ein starker Widerstandswille. Zudem verfügte sie über einen ausgeprägten Gerechtigkeitssinn. Deshalb würde sie ab nun Max in seinem Kampf gegen die Oosterbeek Society unterstützen. Das schwor sie sich, als sie auf dem kalten Kellerboden ein weiteres Mal aus der Ohnmacht erwachte.

Das Erste, was sie dazu tun würde, war ihre Türschlösser austauschen zu lassen. Ein guter Bekannter von ihr war Schlosser und würde das erledigen. Sie würde ihn gleich anrufen. Das Zweite, was dann im Raum stand, war, dafür zu sorgen, dass Max aus der forensischen Psychiatrie entlassen wurde. Sicherlich nicht einfach, aber doch zu schaffen. Und das Dritte, was danach geschehen musste, war, die Oosterbeek Society und ihr ganzes Lügengespinst auffliegen zu lassen. Erst wenn Sie das gemeinsam mit Max erreicht hatte, würde sie ihr Spiegelbild wieder ohne Scham anblicken können.

Ihr Bekannter hatte tatsächlich kurzfristig Zeit und kam innerhalb einer Stunde bei ihr vorbei. Nachdem alle Türschlösser ihres Hauses ausgetauscht worden waren und sie sicher war, dass sich wirklich niemand Fremdes mehr in ihrem Haus aufhielt, war es für Clara an der Zeit, ihre Schicht in der Klinik anzutreten. Dort suchte sie sofort das Gespräch mit dem ärztlichen Direktor, das allerdings nicht so verlief, wie sie sich das gewünscht hätte. Dr. Ralph Peters hatte sie vor einem halben Jahr persönlich eingestellt, da er von ihrem menschlichen und fachlichen Umgang mit psychisch kranken Menschen begeistert gewesen war. Immer wieder hatte er im Laufe des halben Jahres betont, wie froh er war, sie für seine Klinik gewonnen zu haben. Doch im Fall von Max Rilke blockte er sofort ab:

„Ich weiß, dass sie diesen Menschen ins Herz geschlossen haben. Das ist jedoch ein großer Fehler. Er ist durch und durch krank und wird niemals den schützenden Rahmen der forensischen Psychiatrie verlassen können. Das sind wir der Gesellschaft, aber auch dem Patienten selbst fraglos schuldig."

„Dr. Peters, Sie wissen, dass ich nicht leichtfertig für einen Patienten um Erleichterungen bitte."

„Ja, das weiß ich. Trotzdem brauchen wir das nicht weiter diskutieren. Konzentrieren Sie sich bitte auf Ihre Aufgaben und lassen Sie mich zukünftig mit solchen Albernheiten in Ruhe. Haben wir uns verstanden?"

„Ja sicherlich, Dr. Peters." Das war für Clara eine herbe Enttäuschung und sie fühlte, wie diese Abfuhr sie tief innen drin zornig machte. Dabei konnte sie es nicht einschätzen, ob diese ablehnende Haltung wirklich fachlich begründet oder vielleicht der Verflechtung zwischen Dr. Ralph Peters und dem Netzwerk der Oosterbeek Society geschuldet war. Sie wollte ihren Chef ungern Unrecht tun, aber so wie er auf ihr Anliegen reagiert hatte, ließ sich dieser Verdacht nicht ausschließen. Wem konnte sie überhaupt noch vertrauen, wenn die Oosterbeek Society wirklich so mächtig waren, wie es Max vermutete?

Sie war sich sicher, dass Max hier auf Dauer zu Grunde gehen würde. Daher musste sie sich nun schnellstens etwas anderes einfallen lassen. Etwas, was vielleicht nicht ungefährlich war und auch nicht Recht und Gesetz entsprach. Langsam reifte eine Idee in ihr heran.

5. Kapitel

Wie hatte Paul es geschafft, die Dokumente anonym und unbeachtet unterzubringen? Wo konnte er sich sicher sein, dass die Unterlagen, die er verstecken wollte, nicht ihm zugeordnet werden konnten? Ein Bankschließfach kam dazu nicht in Frage. Dort musste man sich ausweisen. Eher ein Bahnhofsschließfach. In welchem Bahnhof blieb auf jeden Fall die Anonymität gewahrt? Wo waren so viele Menschen unterwegs, dass ein einzelner Mensch dort kein Aufsehen erregte? Welcher Ort war für Paul zudem leicht erreichbar? Da kam mir spontan der Frankfurter Hauptbahnhof in den Sinn. Diese Möglichkeit schien mir schlüssig zu sein. Auf dem Schlüssel stand die Nummer 1848. Ich war fest davon überzeugt, dass im Frankfurter Hauptbahnhof ein Schließfach mit der Nummer 1848 existierte.

Also stand mein nächstes Ziel fest. Am anderen Morgen meldete ich mich beim BAkI krank. Nun war der Zeitpunkt für eine kleine Städtereise gekommen. Ich hatte große Hoffnung, dass die Dinge im Schließfach mir dabei helfen würden, Paul wiederzufinden. Nur wie konnte ich verhindern, dass mir dorthin irgendjemand folgte?

Da fiel mir dieser amerikanische Whistleblower Edgar Rainden ein, der vor ein paar Jahren ein paar aufrüttelnde Infos zur Unsicherheit und Verfolgbarkeit moderne Kommunikationsmittel veröffentlicht hatte und deswegen von den amerikanischen Geheimdiensten wie ein wildes Tier gejagt wurde. Jeder Mensch auf der Welt konnte anhand seines mobilen Telefons jederzeit verfolgt und ausfindig gemacht, teilweise sogar abgehört werden. Das war eine der wichtigsten Erkenntnisse, die ich damals bei diesem Skandal für mich rausgezogen hatte. Mein Smartphone würde ich also auf jeden Fall zu Hause lassen müssen.

Dann konnte es losgehen. Ich fuhr mit öffentlichen Verkehrsmitteln. Wechselte immer wieder unvermutet das Transportmittel und das Fahrtziel. Irgendwann war ich mir sicher, dass mir niemand mehr folgte. Jetzt konnte ich endlich nach Frankfurt fahren. Es war Rushhour. Leute kamen und gingen. Stiegen aus ihren Zügen und bestiegen ihre S-Bahnen. Ein Gewusel wie in einem Ameisenhaufen. Eigentlich nichts für mich. Ich mochte keine großen Menschenansammlungen. Doch für mein Vorhaben war das genau der richtige Rahmen. Es juckte mir schon in den Fingern, aber ich musste noch etwas Geduld aufbringen. Ging an den Schließfächern vorbei. Dort war das Fach mit der Nummer 1848. Ich wusste es, dass ich recht gehabt hatte. Ich schaute mich erneut genau um. Kam mir irgendjemand bekannt vor? Hatte ich irgendeines dieser vielen Gesichter schon einmal gesehen?

Nein, ich war mir sicher. Jetzt konnte ich es wagen. Ich schlenderte wie selbstverständlich zu dem Schließfach. Der Schlüssel glitt ohne Widerstand in das Schloss hinein. Er passte wie angegossen. So sollte es sein. Meine Hände zitterten vor Aufregung. Was würde ich gleich aus dem Fach hervorholen? Die Tür glitt auf. Dort standen zwei altertümlich wirkende Aktentaschen, die zum Bersten gefüllt waren mit irgendwelchen Papieren. Ich holte sie hervor. Dann lag darin noch etwas. Eine sonderbar anzusehende Chipkarte. Ich steckte sie ein.

Gerade wollte ich mich mit den schweren Taschen in den Händen auf den Rückweg begeben, als ich auf einmal eine weibliche Stimme direkt hinter mir vernahm:

„Herr Max Rilke, dürfte ich sie freundlicherweise bitten, mir die beiden Taschen zu überlassen. Sie sind mein Eigentum und wurden mir von Paul Altmann entwendet. Selbstverständlich werde ich mich dafür in Form eines stattlichen Finderlohns erkenntlich zeigen. Sagen wir 10.000 Euro. Damit dürften ihre Auslagen hinreichend gedeckt sein, oder?"

Jetzt war die Zeit gekommen, mich zu der Dame umzudrehen. Vor mir stand eine attraktive Mittvierzigerin, die lange schwarze Haare besaß und mich mit strahlend grünen Augen streng anschaute. Rechts und links neben ihr standen zwei bullig aussehende großgewachsene Männer, deren gewaltige Muskelpakete kaum in die maßgeschneiderten Anzüge passten, in denen sie steckten. In deren Augen meinte ich reine Mordlust zu erkennen.

Ich spürte, wie die Anspannung, die beim Erklingen der ersten Worte bei mir entstanden war, sich augenblicklich in eine lähmende Angst zu verwandeln drohte. Trotzdem versuchte ich, entspannt zu lächeln. Gleichzeitig rasten die Gedanken im meinem Kopf und versuchten, einen möglichen Ausweg aus dieser Situation zu finden.

Wie es der Zufall so wollte, näherten sich uns nun zwei Beamten der Bundespolizei und blickten mir dabei direkt in die Augen. Diese Gelegenheit musste ich nutzen. Laut und deutlich sagte ich daher:

„Leider kann ich Ihnen nicht sagen, wo sich hier die Bahnhofsmission befindet. Aber die zwei netten Polizisten können Ihnen dabei sicherlich behilflich sein. Außerdem muss ich nun dringend los, sonst verpasse ich noch meinen Zug." Ich nickte der Fremden und ihren zwei Gorillas zum Abschied nett lächelnd zu, ebenso wie den zwei Polizisten, die meinen Gruß prompt erwiderten. Dann beschleunigte ich meine Schritte bis ich irgendwann anfing, Richtung Ausgang zu rennen.

Da ich früher in Frankfurt gearbeitet hatte, kannte ich mich hier aus. Sobald ich den Bahnhof verlassen hatte, war mein Ziel der große Copyshop in der Gutleutstraße. Dort ließ ich in aller Eile sämtliche Unterlagen, die mir Paul überlassen hatte, einscannen und auf meinen USB-Stick speichern. Mein nächster Weg führte mich dann zu einem nahegelegenen Internetcafé, wo ich die Daten bei verschiedenen Filehostern hochlud. Jetzt musste ich nur noch das viele Papier wieder loswerden. Was bot sich in diesem Fall mehr an, als das Paket wieder sicher in einem der Schließfächer im Bahnhof unterzubringen? Zufälligerweise war das Schließfach, das Paul gemietet hatte, noch frei. Ein Wink des Schicksals, den ich nicht übersehen konnte.

Als das erledigt war, machte ich mich auf den Heimweg, um die Unterlagen endlich in Ruhe sichten zu können. Diesmal schlug ich aber keinen Umweg ein. Natürlich war mir etwas mulmig zumute. Ich befürchtete, dass die strenge Dame mit ihren zwei Schlägern mich vor meiner Haustür erwarten würden, um die Unterlagen ungeduldig entgegenzunehmen. Diesmal würden sie mir sicherlich nicht so ein verlockendes Angebot machen, wie noch vor wenigen Stunden. Doch ich hatte mich geirrt. Es war nicht der Fall. Niemand erwartete mich vor meinem Zuhause. Auch in der Nähe war niemand zu sehen. Trotzdem kam mir die Situation nicht geheuer vor. Was war, wenn sie mich statt davor in meinem Haus erwarteten? Denn, dass sie ohne Probleme in mein Haus hineinkamen, hatten sie ja schon bewiesen. Also war erneut höchste Vorsicht geboten.

Wieder wehte mir ein seltsamer Geruch entgegen, als ich mein Haus betrat. Diesmal war es jedoch kein billiges Duschgel, was ich wahrnahm. Es roch ein wenig metallisch und leicht süßlich. Ganz so wie Blut. Hatten sie etwas mit meinem Kater angestellt? Ich rannte voller Panik in das Haus hinein und folgte dem Geruch. Begab mich in das Wohnzimmer.

Aber es war nicht mein Kater, von dem dieser tödliche Gestank ausging. Es war Paul. Er war an meiner Wohnzimmerwand wie Jesus an das Kreuz genagelt worden. Und überall war sein Blut verspritzt. Sein Körper war von oben bis unten aufgeschlitzt. Ich versuchte einen Schrei zu unterdrücken. Es gelang mir nicht. Seine Gedärme hingen ihm aus seinem Bauch heraus. Mir wurde schlecht. Ich kotzte, alles was sich in meinem Bauch befand, hinaus. Zwang mich dazu, mich aufzurichten. Seine Augen waren weit geöffnet und schienen mich vorwurfsvoll anzublicken. In seiner Hand hielt er einen Brief. Dort stand groß mein Name drauf. Ich überwand mich, durch das verspritzte Blut zu ihm zu gehen. Nahm den Brief. Riss ihn voller Hast auf. Da stand:

„Dies ist die erste Warnung, die Sie erhalten. Die zweite wird weitaus eindringlicher sein. Also nehmen sie sich zu Herzen und geben Sie uns das zurück, was unser Eigentum ist."

Der Gestank des Blutes wurde immer intensiver, vernebelte mir die Sinne. Ich konnte nicht mehr richtig denken. Konnte den Geruch nicht ertragen. Den Anblick meines toten Freundes schon gar nicht. Wusste nur noch, dass ich hier raus musste. Frische Luft schnappen. Darüber nachdenken, was passiert war und vielleicht noch geschehen würde. Ich eilte aus dem Haus. Achtete nicht darauf, dass ich eine blutige Fußspur hinterließ. Rannte über den Marktplatz, dann am Friedhof vorbei, die Treppe hinauf in die Weinberge. Setzte mich auf eine Bank. Fing an zu schluchzen. Konnte das alles nicht fassen. Das war bitterer, blutiger Ernst. Paul war tot.

Was sollte ich nur tun? Sollte ich versuchen unterzutauchen, eine Weile von der Bildfläche verschwinden? Nein, ich stand unter Beobachtung. Sie wussten genau, wo ich mich aufhielt. Ich würde mich nicht einfach verstecken können. Ich brauchte unbedingt Hilfe. Dachte an meine Ex-Frau. Sie war Anwältin. Konnte mir vielleicht einen Tipp geben. Ja, das war ein guter Gedanke. Ich wählte ihre Nummer. Sie meldete sich ganz verschlafen. Lag wohl gerade mit ihrem Lover im Bett:

„Monika, ich brauche dringend deinen Beistand. Ich habe mich da in eine dumme Situation manövriert. Bin durch meinen Kollegen Paul auf eine seltsame Verschwörung gestoßen. Doch mit diesen Leuten ist nicht gut Kirschen essen. Mein Kollege hat sich mit ihnen angelegt. War dann eine ganze Weile verschwunden. Jetzt hängt er tot in meinem Haus. Auch mir haben sie gedroht. Ich weiß nicht, was ich tun soll."

„Was sagst du da!? In unserem ehemaligen Haus befindet sich eine Leiche? Wie ist sie dort hingekommen?"

„Das weiß ich nicht."

„Und wo bist du?"

„Ich habe es zu Hause nicht mehr ausgehalten, bin jetzt auf dem Herrnberg."

„Hast du irgendetwas mit seinem Tod zu tun?"

„Nein, natürlich nicht. Wofür hältst du mich?"

„Dann rufe jetzt die Polizei an und geh zurück nach Hause. Wir treffen uns in einer viertel Stunde dort. Bleib ganz ruhig. Hast du mich verstanden?"

„Ja, das habe ich. Dann bis gleich." Ich tat, was sie mir geraten hatte und rief die Polizei an. Die erwartete mich schon, als ich aus den Weinbergen wieder nach Hause zurückkehrte. Monika traf wenige Augenblicke später ebenfalls ein. Gemeinsam mit den zwei Polizisten betraten wir mein Haus.

Das Problem war nur, dass Paul und sämtliche Spuren, die auf ihn hindeuteten, verschwunden waren. Ich war sprachlos. Hatte ich das alles nur geträumt? War ich verrückt geworden und hatte Wahnvorstellungen? Nein, ich war mir sicher, dass sich das Alles nicht nur in meinem Kopf abgespielt hatte. Ich sah Paul immer noch deutlich vor mir. Sein kalter und starrer Blick. Sein Bauch, der aufgeschlitzt worden war, und das ganze Blut, das den Wohnzimmerboden bedeckt hatte. Nur wie konnte es jemanden gelingen, das Alles innerhalb von einer knappen Stunde verschwinden zu lassen? Der Brief mit den Drohungen war mir auch abhandengekommen. Ich musste ihn bei meiner überhasteten Flucht verloren haben. Verdammt nochmal.

„Sie können mir wirklich glauben. Vorhin hing hier noch mein toter Kollege Paul Altmann an der Wand. Überall war Blut verspritzt. Ich kann mir nicht erklären, wo er hin verschwunden ist."

„Vielleicht hat sich ja jemand einen dummen Scherz mit Ihnen erlaubt. So was kommt schon mal vor. Kurz vor Halloween haben die Leute die absurdesten Ideen. Machen Sie sich nichts draus."

„Sie wollen das Wohnzimmer nicht auf irgendwelche Spuren untersuchen?"

„Wir sehen hier keine Hinweise auf ein Gewaltverbrechen. Daher sehen wir keine Notwendigkeit für weitere Ermittlungen. Tut uns leid." Ich merkte deutlich, dass ich es nicht schaffen würde, die Polizisten dazu zu bewegen, noch irgendwas in dieser Angelegenheit zu tun. Sie hielten mich für verrückt. Hatten ein mitleidiges Lächeln im Gesicht als sie sich nun sehr schnell verabschiedeten.

„Glaubst du mir wenigstens?", fragte ich meine Ex-Frau voller Hoffnung. Sie wich meinem Blick aus. Schien unsicher zu sein, was sie mir antworten sollte.

„Du weißt, du bist immer noch einer der wichtigsten Menschen in meinem Leben. Doch die Geschichte von einer

Leiche, die in deinem Wohnzimmer hängt und dann plötzlich verschwunden ist, klingt doch ziemlich abwegig. Das musst du doch zugeben, oder?"

„Natürlich, ist das schwer zu glauben. Doch du kennst mich so gut, dass du wissen müsstest, dass ich nicht fantasiere."

„Vielleicht hast du gestern ein Glas Wein zu viel getrunken? Oder das Verschwinden deines Kollegen hat dich so mitgenommen, dass dein Unterbewusstsein dir einen Streich gespielt und dir etwas vorgegaukelt hat? Tatsache ist, dass es hier keine Leiche gibt. Außerdem habe ich gleich einen wichtigen Termin mit einem Mandanten. Sei so lieb, melde dich, wenn es etwas Neues gibt. Jetzt muss ich aber erst einmal los." Sie hauchte mir einen Kuss auf die Wange und war fast im gleichen Augenblick verschwunden.

Erneut war ich auf mich allein gestellt. Allein mit meinen Gedanken und dem schrecklichen Bild von Pauls Leiche vor Augen. Ich gab nicht auf. Ich wollte wissen, ob ich halluziniert hatte oder nicht. Auch wenn mein Wohnzimmer genauso aussah wie vorher, mussten noch irgendwelche Spuren des Massakers vorhanden sein, die nicht ohne weiteres zu sehen waren.

Zunächst sah ich mir die Wohnzimmerwand genau an. Tatsächlich gab es dort mehrere Stellen im Putz, die wie frisch verputzt und überstrichen wirkten. Das waren genau die Stellen, an denen Paul an die Wand genagelt gewesen war. Meine Suche ging weiter. Dabei erinnerte ich mich an die alte UV-Lampe, in deren Licht wir früher wilde Partys gefeiert haben. Konnte man mit UV-Licht nicht Blutspuren sichtbar machen? Es wäre zumindest einen Versuch wert.

Ich verdunkelte mein Wohnzimmer und holte die Lampe herauf. Tatsächlich, jetzt waren die Spuren des Blutbades in dem Licht wieder zu erkennen. Ein kalter Schauder fuhr über meinen Rücken. Ich hatte das alles wahrhaftig gesehen. Paul war wirklich tot. Einen kurzen Moment fragte ich mich, ob ich die Polizei erneut rufen sollte. Verwarf diesen Gedanken aber wieder sehr schnell. Ich hatte meine Chance gehabt. Sie würden mir sicherlich nicht noch einmal Glauben schenken.

Nun war es zunächst wichtig, die Unterlagen zu sichten, um zu verstehen, worum es hier überhaupt ging. Denn außer den paar vagen Hinweisen von Paul hatte ich nichts in der Hand. Ich fuhr meinen Computer hoch und legte den USB-Stick ein. Ehe ich mir auch nur eine Datei anschauen konnte, öffnete sich plötzlich ein Fenster auf dem Desktop und fing der Rechner an, sowohl den USB Stick als auch die Festplatte zu formatieren und mit irgendwelchen Datenmüll zu füllen. Und ich konnte nichts dagegen machen. Sowohl meine Tastatur als auch meine Maus waren blockiert. Ich war fassungslos. Hatten die Oosterbeek Society wirklich so viel Macht und Sachverstand, dass sie alle meine Pläne zunichtemachen konnten? Zumindest hatten sie es geschafft, mir einen Trojaner auf meinen PC zu installieren, der alle Beweise zerstörte. Ich merkte, wie meine Hände anfingen zu zittern. Ich hatte Angst.

Gerade wollte ich mir zur Beruhigung ein Glas Wein einschenken, als plötzlich das Telefon klingelte. Ich zuckte voller Schreck zusammen und starrte wie gebannt auf das Smartphone. Ich hatte es vorhin, als ich mit den Polizisten in das Haus gegangen war, ausgeschaltet. Und jetzt fing es auf einmal an zu läuten. Ich bewegte mich wie auf Wolken auf das Telefon zu. Alles in mir widerstrebte, den Anruf entgegenzunehmen. Meine Furcht wuchs ins Unermessliche. Kalter Schweiß stand auf meiner Stirn. Erneut eine Nachricht der Oosterbeek Society? Vermutlich war es so. Ich schaute auf das Display. Eine unterdrückte Telefonnummer. Ich ergriff das Telefon. Ließ es vor lauter Zittern fast fallen. Dann nahm ich den Anruf an. Eine weibliche Stimme ertönte. Ich kannte sie vom Frankfurter Bahnhof. Es war die schwarzhaarige Fremde:

„Sie haben unsere Nachricht erhalten?"

„Ja, das habe ich."

„Sie können vor uns nicht weglaufen. Das haben Sie inzwischen verstanden, nicht wahr?

„Das ist mir nun klar geworden."

„Gut, dann können wir jetzt ja vernünftig miteinander unterhalten. Ich möchte meinen Besitz zurückerhalten. Verstehen Sie das?"

„Ja, das kann ich nachvollziehen."

„Vermutlich haben sie Unterlagen erneut in einem Schließfach untergebracht, denn wir konnten sie in ihrem Haus nicht finden. Ist das richtig?"

„Ja, das vermuten sie richtig."

„Gut, dann wird nun gleich ein Mitarbeiter von mir den Schlüssel bei Ihnen abholen. Danach möchte ich, dass Sie die Angelegenheit einfach vergessen. Gehen Sie ab morgen wieder zur Arbeit und leben sie ihr Leben weiter wie bisher. Dann wird Ihnen nichts geschehen.

Falls Sie sich allerdings uneinsichtig zeigen sollten, besteht Gefahr, dass wir uns intensiver mit Ihnen beschäftigen müssen. Und das könnte schwerwiegende Folgen für Ihre Gesundheit haben. Haben Sie auch das verstanden?"

„Ja, das habe ich. Und wie kann ich Sie im Notfall erreichen?"

„Das brauchen Sie nicht. Sie können davon ausgehen, dass wir Ihr Wohlergehen ständig im Blick haben und bei Bedarf erneut Kontakt zu Ihnen aufnehmen werden. Nun, seien Sie ein braver Junge und denken Sie nicht mehr weiter nach. Ade."

Die Verbindung war unterbrochen. Scheinbar war das alles gewesen, was mir die Dame zu sagen hatte. Als ich mich nun umdrehte, um das Telefon wieder auf das Sideboard zu legen, fuhr mir ein furchtbarer Schreck in die Knochen. Vor mir stand völlig unbemerkt einer der Begleiter der schwarzhaarigen Fremden, hielt mir auffordernd seine geöffnete Hand hin und grinste mich hämisch an. Wie hatte er es nur geschafft, sich mir ohne ein Geräusch zu nähern? Ich konnte es mir nicht erklären. Was ich aber wusste, war, dass dies eine erneute Machtdemonstration darstellen sollte. Sie war der Oosterbeek Society gelungen. Ich holte den Schlüssel des Schließfachs mit zitternden Händen aus der Hosentasche und gab sie dem Mann. Er drehte sich daraufhin wortlos um und verließ mein Haus. Ich hoffte darauf, dass ich nun wirklich allein in meinem Haus war.

Mir wurde bewusst, dass ich schreckliche Angst davor hatte, so zu enden wie mein Kollege Paul. Ich war ein normaler Mensch ohne besondere Fähigkeiten. Was hätte ich für eine Chance gegen so ein riesiges Netzwerk, wie das der Oosterbeek Society. Wäre es nicht vielleicht besser, die Sache einfach zu vergessen? Ich wusste es nicht. Überlegte hin und her.

Aber je länger ich über die Erlebnisse an diesem Tag nachdachte, desto größer wurde mein Unwillen. Ich konnte mir nicht einfach alles gefallen lassen. Nicht ich befand mich im Unrecht, sondern diese eigentümliche Gruppe von machtgierigen Menschen und ihre Helfershelfer. Sie folterten und töteten, ohne das jemand eingriff oder es an die Öffentlichkeit kam. Das konnte nicht sein. Auch damals während der Naziherrschaft gab es ganz normale Menschen, die Widerstand geleistet hatten. Ich musste einfach über meinen Schatten springen. Musste etwas dagegen tun. Sie hatten zwar die Originalunterlagen wieder in ihren Händen und die Daten auf dem USB-Stick unbrauchbar gemacht, doch ich besaß noch die Dateien auf den Filehostern. Die würde ich nicht mehr aus den Fingern lassen. Da konnten sie sich sicher sein.

6. Kapitel

Sobald sich eine Möglichkeit in ihrem Dienstalltag ergab, begab sich Clara zu Max in seine Zelle. Er war unverändert fixiert, die Dosierung des starken Beruhigungsmittels war jedoch etwas reduziert worden, so dass sie sich einigermaßen normal mit ihm unterhalten konnte. Max war zwar noch etwas verlangsamt, aber ansonsten voll orientiert und klar. Also nahm sie die Gelegenheit wahr und berichtete ihm von ihren Erlebnissen mit den Handlangern der Oosterbeck Society:

„Zunächst hat alles gut geklappt. Ich habe den USB-Stick dort gefunden, wo du ihn versteckt hast. Habe ihn mit zur mir nach Hause genommen. Doch sobald ich mir die erste Datei auf dem Bildschirm anschaute, wurde ich von zwei Typen von hinten überwältigt. Weiß nicht, wie die bei mir reingekommen sind."

„Sie haben dir hoffentlich nicht weh getan?", fragte Max mit sorgenvollem Gesicht.

„Richtig weh getan haben sie mir nicht. Ich war kurz ohnmächtig, da sie mir die Luft abgeschnürt haben. Als ich wieder aufgewacht bin, war der Stick weg und damit auch die ganzen Dateien. Sehr ärgerlich.

Womit ich nicht gerechnete hatte, war, dass die Schurken immer noch in der Nähe waren. Haben mir in meinem Keller aufgelauert und mir nochmal einen riesigen Schreck eingejagt. Mich ziemlich übel bedroht. Wollten, dass ich die Finger von dir lasse."

„Und machst du das?"

„Die Finger von dir lassen? Auf keinen Fall. Ich weiß jetzt, dass du nicht wahnsinnig bist, und vertraue dir vollkommen. Würde dir sogar mein Leben anvertrauen", erwiderte Clara mit einem liebevollen Lächeln auf den Lippen. Max schenkte ihr ebenfalls ein Lächeln voller Zuneigung.

„Und wie ging es weiter?"

„Als mir klar wurde, dass sämtliche Beweismittel verschwunden waren, überlegte ich verzweifelt, wie ich dich hier rausbekommen kann. Da fiel mir mein Chef ein. Ich habe mit ihm über die Wiederaufnahme deines Verfahrens gesprochen."

„Oh, wirklich und was hat er dazu gesagt?" Max verzog ungehalten sein Gesicht.

„Er hat es kategorisch abgelehnt."

„Das habe ich mir gedacht. Ich misstraue diesem Kerl. Ich befürchte, er ist entweder eng mit der Oosterbeek Society verbunden oder sogar selbst Teil davon."

„Deswegen also dein ärgerlicher Gesichtsausdruck."

„Ja, ich hoffe, es war kein Fehler, ihn anzusprechen."

„Und wenn schon. Ich werde dich hier rausholen. Egal wie und egal, wer sich uns in den Weg stellt. Das verspreche ich dir." Jetzt schlich sich ein so sanftes Lächeln auf Max Lippen, dass ihr ganz warm ums Herz wurde und sie ihn zum ersten Mal küsste.

Max erwiderte ihren Kuss voller Hingabe und wäre er nicht gefesselt gewesen, wäre sicher sehr viel mehr als nur ein Kuss daraus entstanden. Doch so löste sich Clara nach einer Weile von ihm und sicherte ihm zu, bald wieder nach ihm zu schauen. Denn würde sie noch sehr viel länger im Stationszimmer fehlen, würde das sicherlich auffallen.

Clara konnte sich nur schlecht auf ihre Aufgaben als Stationsleiterin konzentrieren, so sehr beschäftigten die Erlebnisse der letzten Tage sie. Sie war sich bewusst, dass die Befreiung von Max sie mehr als nur ihren Job kosten konnte. Wie sie ja schon festgestellt hatte, war mit der Oosterbeek Society nicht zu spaßen. Sie hatten aber durch ihr hinterhältiges Handeln ungewollt ihren Widerstandswillen geweckt. Außerdem lag ihr Max mittlerweile wirklich sehr am Herzen. Sie würden sich wahrscheinlich einige Zeit auf der Flucht befinden. Nur noch einander haben. Niemanden anderes vertrauen können. Irgendwo untertauchen müssen, bis sich die Wogen geglättet hatten. Natürlich hatte sie ein wenig Angst davor, alles aufgeben zu müssen. Andererseits reizte sie es, sich auf ein solch gefährliches Abenteuer einzulassen.

Max hatte ihr versichert, dass er genug Geld besaß, um sie beide eine Weile über Wasser halten zu können. Ebenso hatte er eine genaue Vorstellung davon, wo sie nach seinem Entkommen aus der Klinik unterkommen konnten. Von dort aus würden sie dann versuchen, der Oosterbeek Society in jeder erdenklichen Form Schaden zuzufügen und andere Menschen von ihrer Sache zu überzeugen.

Nun war es erst einmal wichtig, Max aus seiner misslichen Lage zu befreien. Morgen war ein günstiger Tag, um mit diesem Vorhaben zu starten. Fast die ganze Ärzteschaft befand sich an diesem Tag auf einer Tagung für Forensische Psychiatrie in Dresden. Nach Feierabend merkte Clara allerdings, wie sich eine große Unruhe in ihr breit machte. War sie tatsächlich dabei, das Richtige zu tun? Kannte sie Max so gut, dass sie wirklich alles für ihn aufs Spiel setzen wollte? Diese Zweifel ließen sie nicht los und bereiteten ihr eine schlaflose Nacht.

Als sie am nächsten Morgen aufstand, war die Entscheidung gefallen. Sie wollte in ihrem Leben auch einmal etwas riskieren. Nicht immer nur das brave Mädchen sein, dass ihrer Mutter stets gehorchte, oder die Frau, die ihrem Ehemann demütig die Wünsche von den Augen ablas. Ihr Bauchgefühl sagte ihr, dass sie Max vertrauen konnte und dass sie das Richtige tat. Mit ihm ihre Freiheit finden würde.

Daher backte sie noch schnell einen Kuchen und hastete zu ihrem Frühdienst in die Klinik. Sie hatte ihren Kollegen versprochen, sie für heute zu einem kleinen Brunch einzuladen. Der Kuchen, den sie dort anbot, enthielt allerdings neben den üblichen Zutaten wie Zucker, Butter, Mehl und Eiern noch ein starkes Schlafmittel. Und alle griffen voller Genuss zu. Voller Zufriedenheit konnte sie daher nach dem Essen beobachten, wie ein Kollege nach dem anderen in einen sanften Schlaf fiel.

Dann war es an der Zeit Max von seinen Fesseln zu befreien und nach draußen zu schaffen. Sie eilte zu seiner Zelle und löste die Fixierung.

„Heute ist so weit, mein Liebster. Wir werden allen ein Schnippchen schlagen. Ich habe die komplette Station in Schlaf versetzt."

„Das ist schön. Ich freue mich darauf, wieder richtige Luft einatmen zu können." Da Max durch das lange Liegen etwas unsicher lief und leicht torkelte, musste sie ihn stützen. Als sie zu der ersten Schleuse mit einem Wachmann kamen, zeigte sie einen gefälschten Passierschein vor, den sie mit der Unterschrift von Dr. Ralph Peters versehen hatte. Der Wachmann ließ sie problemlos passieren. Ehe sie die Pforte und damit den endgültigen Ausgang aus der Klinik erreichen konnten, bekam Max plötzlich Krämpfe und begann vor Schmerzen zu stöhnen.

„Scheiße, ich habe wieder diese schrecklichen Kopfschmerzen. Ausgerechnet jetzt." Er schrie laut auf und konnte sich kaum noch auf den Beinen halten. Beinahe wäre er zu Boden gefallen. Wieder musste sie ihn stützen.

Langsam und wie in Zeitlupe bewegten sie sich auf den Ausgang zu. Heute saß Horst an der Pforte. Er war Rentner und verdiente sich durch den Job in der forensischen Psychiatrie etwas dazu, um seine spärliche Rente damit aufzubessern. Er war sehr nett und mochte Clara. Vielleicht hatten sie Glück und er ließ sie ohne großes Aufsehen passieren.

Endlich erreichten sie das Gebäude mit der Pforte. Max Schmerzen hatten etwas nachgelassen, so dass er sich ohne ihre Hilfe fortbewegen konnte. Clara hielt kurz Smalltalk mit Horst:

„Hallo Horst, Alles klar bei dir?"

„Ja, ja Alles klar, Kindchen. Nur mein Knie tut heute verdammt weh. Da gibt es sicher einen Wetterumschwung. Und bei dir?"

„Ich habe schlecht geschlafen. Ansonsten geht es."

„Dein Begleiter sieht nicht gut aus. Fehlt ihm etwas?"

„Ja, er hat schlimme Schmerzen im Kiefer. Deshalb bringe ich ihn zum Zahnarzt. Es hat sich bestimmt eine Zahnwurzel entzündet."

„Ach, das kenne ich." Horst blickte nun kurz auf den gefälschten Passierschein, um dann den Schalter zu betätigen, der die Ausgangstür öffnete. Ein dumpfes Summen erklang, das Clara wie eine himmlische Melodie erschien. Die Tür öffnete sich.

Gerade als Clara und Max halb aus der Tür herausgetreten waren, erklang auf einmal die Alarmsirene. Einer ihrer Kollegen war scheinbar früher als geplant aus der Bewusstlosigkeit erwacht und hatte einen der vielen Alarmknöpfe betätigt. Voller Panik drehte sich Clara zu Horst herum. Der schien sie allerdings noch nicht im Verdacht zu haben. Er hob grüßend seine Hand, während er den Hörer vom laut klingelnden Telefon hochhob. Die Tür schloss sich hinter ihnen. Sie waren draußen. Hatten es fast geschafft.

Jetzt mussten sie nur noch zu ihrem Auto kommen. Zum Glück hatte sie in der Nähe einen Parkplatz gefunden. Clara drang Max zur Eile. Sie hoffte, dass nun nichts mehr schief gehen würde. Schließlich erreichten sie das Auto. Aber wo hatte sie nur ihren Autoschlüssel hingetan? Verdammt, hatte sie ihn nicht eben noch in der Hand gehabt? Endlich fand sie ihn. In der Hosentasche. Dort tat sie ihn sonst nie hinein. Ihre Hände zitterten. Sie ließ ihn vor Aufregung fallen. So ein Mist. Er fiel in den Matsch. Endlich ertönte die Zentralverriegelung. Sie hatte es geschafft. Wischte den Schlüssel notdürftig ab. Dann saßen sie im Auto. Im Rückspiegel sah sie, wie Horst nach draußen gerannt kam. Zu spät. Sie fuhr die Ausfahrt hinaus.

Max neben ihr krampfte wieder. Hielt sich verzweifelt seinen Kopf. Sie schaute mitleidig zu ihm hinüber:

„Die Schmerzen sind wieder schlimmer?"

„Ja, kaum auszuhalten. Fahr schneller, wir müssen weg von der Klinik."

„Wohin soll ich fahren?"

„Fahr zuerst Richtung Pfungstadt und dann Richtung Erbach. Hinter Erbach liegt irgendwann östlich das Sensbachtal. Das ist unser Ziel."

„Ich glaube, ich war dort schon einmal. Das ist eine ziemliche Einöde, einsam und verlassen."

„Genau deswegen habe ich dort vor ein paar Jahren ein Waldstück mit einer alten Waldhütte gekauft. Dort sind wir zunächst einmal sicher." Max versuchte zuversichtlich zu lächeln. Doch das misslang ihm gründlich. Die Schmerzen, an denen er litt, waren ihm deutlich anzusehen. Seine Augen waren blutunterlaufen und ihm stand dick der Schweiß auf der Stirn. Clara bezweifelte, dass er das alles lange durchstehen würde. War es ein Fehler gewesen, in aus der Klinik zu befreien? Dort wäre es wenigstens möglich gewesen, seine Schmerzen zu lindern.

Clara hatte Max eine starke Schmerztablette geben müssen. Danach war er eingeschlafen. So konnte sie sich wenigstens besser auf das Fahren konzentrieren. Hätte sie sich nicht so große Sorgen um Max gemacht, wäre ihr vielleicht aufgefallen, dass sie auf ihrem Weg in den Odenwald von einer dunklen Limousine verfolgt wurden. Aber sie dachte an alles Mögliche, nur nicht daran. Nach einer kleinen Ewigkeit kamen sie in dem Ort an, den Max ihr genannt hatte. Wohl oder übel musste Clara ihn jetzt wecken. Er kam kaum zu sich. Trotzdem wies er ihr den Weg in ein nahes Waldstück. Die Wege, die sie jetzt fuhren, waren kaum geeignet für ein nicht geländegängiges Fahrzeug. Das Auto von Clara hielt überraschend gut. Bald darauf hatten sie die Hütte, von der Max gesprochen hatte, erreicht. Sie sah von außen ziemlich baufällig aus. Aber dieser Eindruck täuschte, wie sie gleich feststellen würde.

Clara stellte das Auto so ab, dass es nicht gleich zu sehen war, wenn man auf die Hütte zufuhr. Erneut weckte sie Max:

„Wir sind da."

„Gut. Hilf mir bitte auszusteigen und bring mich zur Eingangstür."

„Geht es wirklich oder willst du dich noch etwas ausruhen."

„Nein, es geht schon." Immer wieder wurde Max Körper von heftigen Krämpfen geschüttelt. Die Wirkung der Tablette hatte nachgelassen. An der Eingangstür hielt er erst seinen Mittelfinger und dann seinen Daumen gegen eine kleine Glasscheibe, eine Art Scanner. Sie hörte auf einmal ein leises Summen. Scheinbar war irgendwo in dem Haus ein Generator angesprungen. Nun war die Tür offen und sie traten ein. Was Clara jetzt sah, ließ sie vor lauter Staunen ihre Augen weit aufreißen. Die Hütte war äußerst komfortabel eingerichtet und mit allen möglichen technischen Spielereien bestückt. Wirkte eher wie die Kommandozentrale eines außerirdischen Raumschiffes als eine uralte baufällige Waldhütte.

Wie sie später feststellte, verfügte das Gebäude neben einer hochmodernen Küche über zwei Schlafzimmer, ein brandneues Bad und diverse Kellerräume. Das Eindrucksvollste war der Wohnraum. Dort waren neben einigen bequemen Wohnmöbeln, mindestens ein Dutzend Monitore zu sehen, die rund um einen großen Schreibtisch angebracht waren und auf denen die nähere Umgebung der Hütte haarfein zu sehen war. Unter anderem auch die schwarze Limousine, die sich jetzt der Hütte näherte.

Als Max das Auto auf dem Bildschirm wahrnahm, erwachte er augenblicklich aus seinem Dämmerzustand und bat Clara voller Hektik darum, ihn zu seinem Schreibtisch zu führen. Durch das in sein Blut eingeschossene Adrenalin fühlte er seine starken Schmerzen für einen Moment nicht mehr. Er hantierte eilig mit verschiedenen Hebeln. Gleich darauf konnten sie auf einem der Bildschirme erkennen, dass in der Limousine nur ein einzelner Mann saß. Sofort schickte Max eine Drohne los, die neben vielen anderen rätselhaften Dingen zur Ausstattung der Hütte gehörte. Die Drohne wurde mit Hilfe eines der Monitore und einem kleinen Joystick gesteuert. Sobald der Fremde aus seinem Auto ausstieg, nahm Max ihn ins Visier und schoss auf ihn. Dieser sackte getroffen in sich zusammmen. Clara verfolgte das alles voller Schrecken und schrie laut auf, als der Mann umfiel.

„Was hast du getan? Hast du ihn etwa umgebracht?"

„Nein, er ist nur betäubt. Kannst du mir bitte helfen, ihn in den Keller zu schaffen? Er ist uns gefolgt. Wahrscheinlich wurde er von der Oosterbeek Society beauftragt, uns hinterherzufahren." Eilig gingen Clara und Max nach draußen und schleppten den Fremden unter vielen Mühen in den Keller der Waldhütte und dort in einen abschließbaren Raum.

„Schau bitte nach, ob er Papiere bei sich hat. Falls nicht gehört er höchstwahrscheinlich zur Oosterbeek Society." Clara untersuchte den Fremden auf Max Bitte hin und fand bei ihm neben einem gut gefüllten Portemonnaie einen Führerschein und einen gültigen Personalausweis.

„Laut seinem Personalausweis heißt er Hans-Dieter Gross und kommt aus München."

„Gut, die Betäubung wird noch ungefähr drei Stunden anhalten. Danach werde ich ihn befragen, weswegen er uns hinterhergefahren ist. Jetzt lass uns nach oben gehen. Ich fühle mich elend und möchte mich noch etwas ausruhen. Diese Kopfschmerzen gehen einfach nicht weg. Irgendetwas stimmt da nicht. Es tut so weh. Hast du noch eine von diesen Schmerztabletten? Die haben zumindest ein wenig geholfen."

„Ich hole sie gleich aus dem Auto." Ehe es dazu kam, wurde Max von einem Moment auf den anderen furchtbar blass. Dann strauchelte er und verlor kurz darauf das Bewusstsein. Hätte Clara ihn nicht im letzten Augenblick gehalten, wäre er die Treppe hinuntergestürzt. So hing er jetzt leblos in ihren Armen und atmete nur noch ganz flach. Schien kaum noch am Leben zu sein.

7. Kapitel

Ich war verzweifelt. Kam mir schrecklich machtlos vor. Fühlte tief in mir drin ein Rumoren. Ganz so, als ob dort etwas kurz vorm zerbersten war. Würde ich damit leben können, mich nicht gewehrt zu haben? So tun können, als ob nichts geschehen war?

Was Monika mir oft vorgeworfen hatte, stimmte. Ich war kein wirklich mutiger Mensch. Hielt mich zurück, wenn es darum ging, um etwas zu kämpfen. Vermied Streitereien mit anderen Menschen. Scheute sie und gab lieber klein bei. Aber hier ging es nicht nur um mich und mein Leben. Hier ging es um viel mehr. Hier ging es um die gesamte Menschheit und was die Oosterbeek Society ihr antat.

Meine Wut war schneller verflogen, als ich gedacht hatte. Die Angst blieb. Ich hatte in der Nacht schlecht geschlafen. Wer konnte mir das verdenken? Ich fuhr zur Arbeit. Es war so, als ob ich nie weg gewesen wäre. Nur dass ich niemals mehr meine Pause mit Paul verbringen würde. Paul war tot. Aber das schien niemand zu bemerken oder zu interessieren. Was wäre, wenn ich einfach verschwinden würde? Jemand völlig Fremdes plötzlich an meinem Platz saß? Auch das wäre unwichtig. Jeder konnte ersetzt werden. Die Menschen waren im Zeitalter der modernen Medien so oberflächlich geworden. Lebten nur noch für sich selbst und ihr Ego. Hauptsache sie konnten mit ihrem Smartphone rumspielen. Alles andere war nebensächlich. Krankhafte Selbstliebe hatte sich wie eine Seuche verbreitet.

Ich versuchte zu arbeiten. Es fiel mir sehr schwer. All diese Gedanken. Ich konnte sie nicht abstellen. Sie drehten sich in meinem Gehirn wie Blätter im Herbstwind. Mein E-Mail-Postfach war übervoll. Schon nach einem Tag. Vielleicht konnte ich mich damit eine Weile ablenken. Da stand etwas von einer Preisverleihung. Das war im Newsletter vom BMI (Bundesministerium des Innern). Ein große Foto vom Innenminister. Einen Moment mal. Das Gesicht in seiner Nähe kannte ich. Ich war mir sicher. Es war die Fremde vom Bahnhof. Jetzt war mein Interesse geweckt.

Laut der Bildunterschrift hieß sie Franziska van Heerden, war Leiterin der Abteilung KM (Krisenmanagement und Bevölkerungsschutz) beim BMI. Das passte hervorragend. Meine Suche ging weiter. Ich stöberte ein wenig im Internet. Was für ein Zufall. Sie wohnte ebenfalls in Groß-Umstadt. Und zwar in der Mühlstraße, in der Nähe vom Schwimmbad. Ich hatte Blut geleckt. Meine Angst und meine Befürchtungen waren für mich plötzlich egal. Jetzt war die Oosterbeek Society für mich greifbar. Ich entschied mich, der Dame einen Gegenbesuch abzustatten. Das schuldete ich meinem angeknackstem Selbstbewusstsein und der Furcht, die sie mir zusammen mit ihren Gorillas eingejagt hatte. Somit wusste ich schon, was ich nach Feierabend vorhatte. Ob sie sich darüber freuen würde, dass ich ihr auf die Schliche gekommen war? Wohl kaum.

Aber da gab es noch etwas, was ich erledigen musste. Ich hatte mir vorgenommen, die Unterlagen zu sichten, die mir Paul überlassen hatte. Er sollte nicht umsonst gestorben sein. Wäre es schlau, das von meinem Arbeitsplatzrechner aus zu machen? Hier hatte ich eine feste IP-Adresse, die rasend schnell nachverfolgt werden konnte. Besaß hier keine Möglichkeit, das zu verschleiern. Also von zu Hause? Doch mein Rechner war verseucht. Ich musste mir einen neuen zulegen. Am besten einen Laptop. Damit war ich autonom. Ich hatte Glück. Bei einem der Discounter in meiner Stadt war heute ein leistungsfähiger Laptop im Angebot. Den würde ich mir auf dem Heimweg besorgen. Später war dann noch genug Zeit, Franziska van Heerden einen Besuch abzustatten.

Als ich zu Hause eintraf, war ich von einer seltsamen Stimmung erfasst. Erst ein wenig später wurde mir bewusst, dass es sich dabei um Jagdfieber handelte. Ich schloss meinen Neuerwerb an mein häusliches Netzwerk an. Dann öffnete ich den Account von dem ersten Filehoster. Die Dateien waren dort noch gespeichert. Immerhin etwas. Zuerst erstellte ich eine externe Sicherungskopie. Man wusste ja nie. Dann ging es los. Ich öffnete ein Dokument nach dem anderen. Verschaffte mir einen groben Überblick. Es war unglaublich, auf was Paul da gestoßen war. Kein Wunder, dass er so außer sich gewesen war und so große Angst vor der Oosterbeek Society hatte.

Die Dokumente belegten, dass schon kurz nach Kriegsende in Deutschland mit Hilfe der Oosterbeek Society aus ehemaligen Nazigrößen eine Organisation gebildet wurde, die damit betraut war, die Sowjetische Besatzungszone, die Sowjetunion und deren Satellitenstaaten in Ostmitteleuropa auszuspionieren und kommunistische Umtriebe in Deutschland schon an der Wurzel auszumerzen. Also auch potenzielle politische Gegner ausfindig zu machen und gegebenenfalls zu neutralisieren. Dabei schreckte man selbst vor Mord nicht zurück. Chef war ein ehemaliger Generalmajor der Wehrmacht, der ein ausgesprochener Kommunistenhasser war.

Aus dieser Organisation ging Mitte der 50er der BND (Bundesnachrichtendienst) hervor, dem inzwischen diverse geheime paramilitärische Widerstandszellen unterstanden, die im Falle einer Besetzung durch Truppen des Ostblocks hinter den Linien als Guerillakämpfer gegen die Besatzer agieren sollten. Diese sogenannten Partisanen besaßen im ganzen Land verteilt versteckte Nachschubdepots mit allen

Arten von Waffen, Sprengstoffen und Kommunikationsgeräten, aber auch Listen von auszuschaltenden Personen, sogenannten Gefährdern.

Das war jedoch nicht der einzige Zweck dieser Gruppen. Im Falle einer demokratischen Machtübernahme durch fortschrittliche, linksgerichtete, also mit anderen Worten kommunistennahe Kräfte, war es ihre Aufgabe, einzugreifen und die politische Situation durch Anschläge und Sabotageakte zu destabilisieren. Eine Atmosphäre der Angst sollte geschaffen werden, in der die Bevölkerung bereit wäre, umfangreiche Einschränkungen ihrer Freiheitsrechte hinzunehmen und einen autoritären Staat zu akzeptieren.

Wie aus den Belegen hervorging, waren diese Arten von Geheimarmeen in fast allen westlichen Staaten bis zum heutigen Tag aktiv. Zu ihren schwersten Verbrechen gehörten das Bombenattentat auf das Oktoberfest in München 1980 und der Anschlag in Bologna 1982.

Was die Oosterbeek Society ebenfalls zu Wege brachte, war, dass seit der Ölkrise in 1973 und der daraus folgenden Weltwirtschaftskrise dem Trinkwasser in allen industrialisierten Ländern Lithium beigemischt wurde. Damit sollte verhindert werden, dass sich die Bevölkerung gegen die sich zunehmend verschlechternde wirtschaftliche und soziale Situation wehrte und es zu Aufständen kam. Die apathischen Menschen würden nichts dagegen unternehmen, dass die Reichen immer reicher wurden und die Armen immer ärmer. Sie völlig machtlos einem durch und durch korrupten System gegenüber standen. Was für eine Schweinerei.

Weiterhin trieb der durch die Oosterbeek Society forcierte Neoliberalismus die Vereinzelung der Menschen voran und pochte darauf, dass jeder selbst verantwortlich für sein Schicksal war. Nichts war mehr von dem Ansinnen übrig geblieben, soziale Gerechtigkeit anzustreben und den Wohlstand für alle zu sichern. Nur eine kleine Klasse reicher und mächtiger Leute war demnach in der Lage zu bestimmen, was richtig und was falsch war. Sie waren die Hirten, die die Herde der unterwürfigen und dummen Menschen führen mussten. Eine politisch brisante Situation, die durch die Übernahme der ehemals unabhängigen Medien und das korrumpieren vieler einflussreicher Politiker durch die Oosterbeek Society begleitet wurde. Ebenso wie das Lithium dienten die Massenmedien und die gekauften Volksvertreter dazu, die Menschen abzulenken und die dunklen Wahrheiten damit aus ihrem Bewusstsein fernzuhalten. Wer die Macht über die Medien und die Politik innehatte, besaß auch die Macht über die Gedanken der Menschen. Er bestimmte, was die Wahrheit war.

Viele der anderen Dokumente befassten sich mit technischen Errungenschaften, die der Bevölkerung vorenthalten wurden, damit sie in ihrem sklavenähnlichen Dasein verblieben. Ich besaß zwar einen ausgeprägten technischen Sachverstand, aber in diese Dinge musste ich mich etwas intensiver einlesen, ehe ich sie richtig verstehen konnte. Außerdem stand nun der Besuch von Franziska van Heerden auf dem Programm.

Ich blickte auf die Uhr. Es war schon kurz nach Acht. Vielleicht hatte ich Glück und traf sie zu Hause an. Ich machte mich fertig und lief in Richtung ihres Hauses. Es war ein mächtiges Anwesen, was vor mir in der Dunkelheit auftauchte. Hinter einem riesigem Zaun, war ein modernes zweiteiliges Gebäude zu sehen, das über einen Außenswimmingpool und eine große Garage, in der drei Autos Platz fanden, verfügte.

Als ich näherkam, sah ich, dass im Haus kein Licht brannte. Franziska van Heerden war anscheinend nicht zu

Hause. Dann bemerkte ich, wie ein Auto auf die Straße einbog, die zu dem Besitz führte, und mir entgegenkam. Es war eine große schwarze Limousine, die mich mit ihren hellen Scheinwerfern anstrahlte. Das Tor zum Grundstück des Anwesens öffnete sich nun langsam. Jetzt war mein Moment gekommen. Ich näherte mich bedächtig dem Auto und klopfte mit meinen Fingern gegen die Scheibe auf der Fahrerseite. Die Scheibe glitt nach einem Moment der Stille mit einem leichten Summen nach unten.

„Wie kann ich Ihnen helfen?" Franziska van Heerden hatte mich scheinbar im Dunkeln nicht erkannt. Blickte mich kaum an und wirkte sehr müde.

„Macht Ihnen ihre Arbeit eigentlich Spaß?" Jetzt veränderte sich ihr Blick, nahm eine erschrockenen Ausdruck an. Soeben wusste sie, wer ich war.

„Was haben Sie hier zu suchen? Wollen Sie mich etwa bedrohen?"

„Um Gottes willen, nein. Ich habe per Zufall entdeckt, dass wir fast Nachbarn sind und da dachte ich mir, dass ich Ihnen einen Höflichkeitsbesuch abstatten sollte." Ihre Miene nahm einen wütenden Ausdruck an.

„Verschwinden Sie von hier! Sie wissen scheinbar immer noch nicht, mit wem sie es zu tun haben. Ich konnte sie einmal schützen. Aber das wird mir kein zweites Mal gelingen. Wenn Sie nicht augenblicklich wieder ihr langweiliges Leben leben und alles, was sie in letzter Zeit erlebt haben, vergessen, werden sie noch ein schlimmes Ende nehmen." Soeben merkte ich, dass Franziska van Heerden die Wahrheit sprach. Es war ein Fehler gewesen, sie hier aufzusuchen. Vielleicht hatte sie sich noch ein wenig Menschlichkeit bewahrt, aber der Rest ihrer Organisation ging eindeutig über Leichen und war äußerst gefährlich. Ich entschuldigte mich bei ihr. Dann tauchte ich so schnell wie ich konnte wieder in der Dunkelheit unter.

Auf dem Weg nach Hause machte ich mir sehr viele Gedanken. Würde sie mir zum Dank für diesen überraschenden Besuch ihre Gorillas auf den Hals schicken? Die Angst davor wollte sich wie eine kleine gemeine Giftschlange wieder in mein Gemüt schleichen und es langsam vergiften. Aber ich ließ es nicht zu. Ich kämpfte dagegen an. Die Oosterbeek Society und ihre dunklen Schergen waren keine allmächtigen Götter, sondern Menschen genau wie du und ich. Und damit genauso verletzlich und sterblich wie der Rest Wesen, die diese Welt bevölkerten. Ich musste nur den Mut aufbringen, sie zu bekämpfen. Alles andere würde sich dann schon ergeben.

Also setzte ich mich zu Hause erneut an meinen Rechner und durchstöberte die Dokumente, die ich mir bisher noch nicht angeschaut hatte, auf wichtige Hinweise. Oft waren es komplexe Konstruktionspläne von irgendwelchen technischen Geräten, deren Zweck mir nicht klar war. Dann kam ich zu ein paar Seiten, die handschriftlich verfasst waren. Vermutlich waren das Pauls persönliche Notizen. Ich wurde nicht schlau aus ihnen. Konnte seine Gedankengänge nicht nachvollziehen. Ich wollte diese Dokumente schon löschen, dann fiel mir noch etwas auf, was vielleicht wichtig sein könnte.

Er sprach von einer Art unterirdischer Anlage, versteckt in einem verminten Gebiet, wo die verschiedensten Arten von geheimen Objekten gelagert sein sollten. Paul hatte scheinbar vorgehabt, dort einzudringen, um den einen oder anderen Gegenstand zu entwenden. Dazu hatte er sogar einen Lageplan ausfindig gemacht, der ziemlich detailliert die einzelnen Gänge und Räumlichkeiten darstellte. Aber dazu kam es dann nicht mehr. Jetzt war Paul tot und ich dabei in seine Fußstapfen zu treten. Also lag es an mir, dorthin zu gelangen und herauszufinden, welche Geheimnisse dort verborgen waren.

8. Kapitel

Clara fürchtete das Schlimmste. Was konnte sie nur tun? Sie hatte Angst, dass Max unter ihren Händen wegstarb. Sein Puls ging nur noch schwach. Sie legte ihn behutsam auf das Sofa im Wohnzimmer. Dann begann sie damit, die Hütte nach irgendwelchen Medikamenten zu durchsuchen, mit denen sie Max helfen konnte.

Der Keller erwies sich bei ihrer Suche als erheblich größer, als sie vermutet hatte. Fast schon bunkerartig war er in die Erde getrieben worden. Er überragte den von außen sichtbaren Grundriss der Hütte beträchtlich und reichte bis weit unter den Wald. Dort befanden sich vier Räume, die vom Boden bis zur Decke mit haltbaren Lebensmitteln und Trinkwasser vollgestopft waren. Außerdem gab es eine Art Waffenkammer und einen medizinischen Behandlungsraum, mit einem angliederten Operationssaal. Zudem fand Clara noch verschiedene Schlafräume, zwei Zimmer, die wie Gefängniszellen aussahen und einen Raum, wo die Geräte zur Energieversorgung der Hütte untergebracht waren. Zumindest vermutete Clara das. Ähnlich wie die Einrichtung des Wohnzimmers mit den vielen Monitoren, sahen die Apparate, die hier standen, äußerst unwirklich aus, so als ob sie aus einer fernen Zukunft stammen würden.

Alles hier machte den Anschein, als ob Max vorgehabt hatte, in der Hütte über mehrere Wochen, vielleicht sogar Monate ohne Kontakt zur Außenwelt überleben zu können. Und wie hatte er den Umbau und die Ausstattung der Hütte überhaupt finanzieren können? Hier steckten bestimmt Millionen drin.

Egal, wichtig war jetzt erst einmal, Max erneut auf die Beine zu bringen. Clara fand in einem der vielen Schränke im Behandlungsraum ein Notfallmedikament, das sich in der

Vergangenheit in ähnlichen Fällen als sehr hilfreich erwiesen hatte. Sie eilte zu ihrem Patienten und injizierte ihm das Mittel. Gleich darauf kontrollierte sie seinen Puls. Das Medikament wirkte. Er erwachte langsam aus seiner Ohnmacht.

Während Max sich nun mühsam aufrichtete, fiel Clara etwas auf. Er besaß in seinem Nacken eine entzündete runde Stelle, die sie an den roten Hof erinnerte, der durch einen Zeckenbiss entstehen kann. Sie fasste diesen Bereich vorsichtig an. Er fühlte sich heiß an. Max zuckte vor Schmerzen zusammen, als sie ihn dort berührte.

„Hey, lass das. Das tut verdammt weh. Was habe ich da?"

„Du hast dort eine Wunde. Sie ist ziemlich entzündet. Außerdem scheint es, als ob darin etwas stecken würde. Darf ich mir das etwas näher anschauen und es abtasten?"

„Okay, sei aber bitte vorsichtig." Behutsam befühlte Clara den geröteten Bereich. In der Mitte der Verletzung spürte sie einen Fremdkörper. Wieder stöhnte Max laut auf.

„Wenn du diese Stelle berührst, fühlt sich das so an, als ob etwas voller Gewalt meinen Kopf zusammenquetscht. Ganz so wie diese widerlichen Kopfschmerzen."

„Dann hängt diese entzündete Stelle und der Fremdkörper darin sehr wahrscheinlich mit deinen Schmerzen und deiner zunehmenden Schwäche zusammen. Ich würde dir dieses Ding, was in deinem Nacken steckt, zur Sicherheit gerne entfernen."

„Traust du dir das zu? Du bist keine Chirurgin." Clara fing an zu lächeln.

„Ja, das bin ich nicht, aber ich habe trotzdem schon hunderte Patienten von deiner Sorte versorgt und außerdem bei meiner Katze bereits diverse Zecken entfernt."

„Das klingt ja sehr ermutigend."

„Wenn du willst, kann ich die Stelle auch örtlich betäuben. Das entsprechende Mittel habe ich in dem Behandlungszimmer im Keller eben entdeckt."

„Na gut, wie du meinst. Hauptsache diese schrecklichen Schmerzen kommen nicht mehr wieder. Dann lass uns nach unten gehen und es hinter uns bringen, ehe ich es mir noch anders überlege." Erneut musste Clara Max beim Laufen stützen, denn trotzdem er momentan an nicht so starken Schmerzen litt, fühlte er sich noch immer sehr schwach und ausgelaugt.

In dem Operationssaal angekommen, half Clara Max dabei, auf die Liege zu steigen. Dann traf sie die weiteren Vorbereitungen für die OP. Sie deckte den Körper von Max bis auf die Stelle am Nacken mit einem grünen Leinentuch ab. Desinfizierte die Stelle großzügig und injizierte die Betäubung. Vorher hatte sie sich schon einen OP-Kittel angezogen und ihre Hände gewaschen und desinfiziert.

Mit einer speziellen Pinzette probierte sie nun, das Ding, was sich in Max Nacken befand, herauszuziehen. Sie schaffte es nicht. Dieses Gebilde schien mit seinem Körper fester verbunden zu sein, als sie ursprünglich angenommen hatte. Bei einem zweiten Anlauf versuchte sie es mit noch größerer Kraftanstrengung. Es klappte erneut nicht.

Ihr blieb nichts anderes übrig. Sie musste ein Skalpell zu Hilfe nehmen. Wie es aussah, hatte dieses seltsame Ding an drei Stellen Verzweigungen gebildet, die dafür sorgten, dass es nicht so leicht zu entfernen war. Diese durchschnitt Clara. Sobald sie das getan hatte, fing Max an vor Schmerzen zu stöhnen und fiel sein Blutdruck ins Bodenlose. Sie wurde von Panik ergriffen. Fragte sich plötzlich, ob es nicht ein Fehler gewesen war, diese OP durchzuführen. Gab ein Stoßgebet von sich, dass Max jetzt nicht kollabierte. Sie hatte nicht damit gerechnet, dass es so schwierig sein würde, dieses fremdartige Etwas zu entfernen. Voller Hast riss sie zum dritten Mal an dem eigentümlichen Gebilde. Endlich löste es sich und glitt aus der Wunde. Begleitet wurde das allerdings von einem heftigen Schmerzensschrei und einem lauten Fluchen von Max.

Clara legte das schätzungsweise sieben Zentimeter lange Gebilde in die bereitliegende Nierenschale und konnte beobachten, dass es dort noch eine Zeitlang wie ein Wurm zuckte. Dann entfernte sie auch noch die abgetrennten Teile aus Max Nacken. Sein Blutdruck hatte sich gottlob inzwischen wieder stabilisiert und auch sein Stöhnen hatte aufgehört. Jetzt begann sie damit, die Wunde zu verschließen. Danach ging sie in Hocke und blickte Max ins bleiche Gesicht.

„Du hast es hinter dir. Wie fühlt es sich an?"

„Einen Moment lang hatte ich gedacht, du wolltest mich umbringen, so schrecklich waren die Schmerzen. Aber jetzt fühlt es sich ganz gut an. Ich habe nur noch ein wenig Kopfschmerzen und ein leichtes Brennen im Nacken. Das seltsame Gefühl in meinem Kopf ist verschwunden und ich fühle mich nicht mehr so benommen."

„Sehr gut. Dann hatte ich wohl den richtigen Riecher, was deine Schmerzen angeht. Ich weiß nicht, wie dieses Ding an deinen Nacken gekommen ist, aber es war noch lebendig, als ich es herausgezogen habe. Könnte so eine Art Medinawurm, also ein parasitärer Fadenwurm gewesen sein. Ich habe eine Freundin, die als Laborassistentin arbeitet. Der werde ich dieses Ding mal schicken. Mal schauen, was sie rausbekommen kann."

„Ja, gut. Mach das. Jetzt lass uns aber ins Wohnzimmer gehen. Ich will mich dort noch ein wenig ausruhen." Trotz der kleinen OP konnte Max nun fast ohne Hilfe die Treppe in das Erdgeschoss hinauflaufen. Als er es sich dort bequem gemacht hatte, sah er Clara voll offener Zuneigung an und sagte:

„Ich habe dir unglaublich viel zu verdanken, Clara. Nicht nur, dass du einen armen Verrückten wie mich aus der Gefangenschaft der Psychiatrie befreit hast. Jetzt hast du mich auch noch von diesen schrecklichen Kopfschmerzen erlöst. Ich weiß gar nicht, wie ich das wieder gut machen kann." Er schloss sie voller Zärtlichkeit in seine Arme und wisperte in ihr Ohr:

„Dank dir stehen uns jetzt alle Wegen offen. Wir können uns falsche Papiere besorgen und irgendwohin reisen, wo uns keiner kennt. Eine Weile untertauchen, bis die Wogen sich geglättet haben. Oder wir können gemeinsam den Kampf gegen die Oosterbeek Society aufnehmen und versuchen, sie für immer bloßzustellen. Dein Wunsch ist mir Befehl." Clara löste sich etwas von Max, lächelte ihn an und schaute ihm fragend in die Augen:

„Wobei ich das Gefühl habe, dass du gerne den Kampf gegen die Oosterbeek Society erneut aufnehmen würdest, oder irre ich mich?"

„Du kennst mich schon sehr gut, um das zu erkennen. Ja, du hast recht. Das wäre das, was ich gerne tun würde."

„Hast du denn keine Angst davor, dass sie dich erneut in ihre Gewalt bekommen und dir endgültig den Garaus machen?"

„Doch, natürlich. Ich habe panische Furcht vor der Oosterbeek Society. Aber ich will nicht mein ganzes Leben in Angst leben. Außerdem denke ich an all die Menschen, die in Unwissenheit ihr Dasein verbringen. Die zwar irgendwie spüren, dass in dieser Welt irgendetwas nicht stimmt, es aber niemals herausfinden werden, was es genau ist."

„Meinst du irgendein anderer Mensch, würde das für dich tun, was du für die Menschheit tun willst?"

„Ja, mein Kollege Paul hätte das getan. War sogar schon dabei, es zu tun. Ist aber umgebracht worden."

Clara nickte voller Mitgefühl, entgegnete jedoch nichts, daher sprach Max weiter:

„Ich weiß, es klingt seltsam, aber als du in mein Leben getreten bist, sah ich es ganz deutlich vor mir, dass wir beide eines Tages die Welt von der Dunkelheit befreien werden, die hier schon so lange herrscht. Dass wir die Chance haben, die Oosterbeek Society in das Scheinwerferlicht zu scheuchen und ihr damit ihre Lebensgrundlage entziehen.

Du hast mich gerettet und damit bewiesen, wie groß dein Mut und deine Stärke sind. Ich wette, wir beide zusammen könnten es schaffen. Außerdem habe ich mich in dich verliebt und möchte dich immer in meiner Nähe haben. Du gibst mir die Kraft, dieses Leben zu leben, ohne dabei verrückt zu werden." Claras Augen fingen vor Zuneigung und Glück an zu leuchten. Sie küsste Max voller Zärtlichkeit und schmiegte ihren Körper an seinen. Dann sagte sie:

„So geht es mir auch. Allerdings wäre ich jetzt lieber mit dir zusammen auf einer einsamen Insel in der Südsee als abseits der Zivilisation in einer Waldhütte. Wenn du mir jedoch hoch und heilig versprichst, dass wir, sobald wir die Oosterbeek Society zum Teufel gejagt haben, das Weite suchen und den Rest unserer Tage auf einer Insel verbringen, dann bin ich mit deinem Plänen einverstanden."

„Die Karibikinsel wartet schon auf dich und mich. Inzwischen dürften die beauftragten Handwerker fertig und die Insel entsprechend meinen Wünschen ausgestattet sein. Kurz vor meiner Inhaftierung vor drei Jahren, habe ich die Insel Baliceaux in der Karibik gekauft." Clara riss vor Erstaunen ihre Augen weit auf und entgegnete ihm:

„Was, das glaube ich dir nicht! Du machst Scherze? Woher hattest du so viel Geld?"

„Mein Ziel war es, die Oosterbeek Society mit ihren eigenen Waffen zu schlagen. Dazu gehörte auch, aus dem Nichts Reichtum entstehen zu lassen. Und das ist mir ziemlich gut gelungen. Sieh dir nur diese Hütte an. Hier habe ich sehr viel Geld, aber noch mehr technische Raffinessen hineingesteckt. Überall im umliegenden Wald sind Infrarotsensoren installiert, die jeden Eindringling sofort melden. Außerdem kann ich diverse automatische Verteidigungswaffen aktivieren und verfüge über drei Drohnen zur Gefahrenabwehr. Die Vorräte in den Vorratsräumen reichen für ein halbes Jahr. Ich habe eine Pumpe, die mich mit Frischwasser versorgt und einen Rotoverter, der unabhängig von allen äußeren Einflüssen die Energieversorgung für die komplette Ausstattung der Hütte übernimmt."

„Also können wir hier eine Weile ohne Kontakt zur Außenwelt überleben. Aber wie konntest du Geld aus dem Nichts schaffen? Kannst du mir das erklären?"

„Nun, ich habe selbst auch eine ganze Weile gebraucht, um das Ganze zu verstehen. Die Oosterbeek Society will sich ja nicht so gerne in die Karten schauen lassen. Aber ich versuche mal, es kurz zusammenzufassen.

Anfang des zwanzigsten Jahrhunderts ermächtigte die amerikanische Regierung eine aus zwölf Privatbanken bestehendes Konsortium damit, die Aufgaben einer Notenbank zu übernehmen. Notenbanken haben die Aufgabe, Banknoten auszugeben und die Abwicklung des Zahlungsverkehrs sicherzustellen."

„Ja, das habe ich schon gehört."

„Wie du dir sicherlich denken kannst, waren diese zwölf Privatbanken in den Händen der Oosterbeek Society. Sie druckten ab diesem Zeitpunkt im Auftrag der amerikanischen Regierung Dollar-Banknoten. Um dieses

Geld zu erhalten, musste der amerikanische Staat dafür Zinsen bezahlen. Die Privatbanken der Oosterbeek Society verwandelten also billiges Papier mit Hilfe von Druckmaschinen in Geld.

Das ging lange gut. Allerdings kam in Amerika irgendwann ein junger Präsident an die Macht, der das nicht länger mitmachen wollte. Er unterschrieb ein präsidiales Dokument, dass die Herstellung der US-Banknoten wieder in die Verantwortung des Staates zurückholen sollte. Doch er wurde ermordet. Die zwölf Privatbanken hatten damit ihr Ziel erreicht und behielten weiterhin dieses Vorrecht."

„Du meinst, die Oosterbeek Society hat den Präsidenten ermorden lassen?"

„Wahrscheinlich. Auf jeden Fall war bald danach ein der Oosterbeek Society angenehmerer Präsident an der Macht. Es gab nämlich noch eine kleine Einschränkung beim Gelddrucken. Bis Anfang der Siebziger Jahre waren die Wechselkurse an den Goldstandard gebunden. Man bekam für eine bestimmte Menge Gold einen bestimmten Gegenwert in US-Dollar. Diese Bindung wurde von den neuen Präsidenten aufgehoben, so dass das Geld ab dann eine abstrakte Größe war, die an nichts mehr gebunden war. Es entstand immer mehr Geld aus dem Nichts."

„Das ist aber ganz schön hintertrieben."

„Das stimmt, aber es geht noch weiter. Ähnlich wird es mittlerweile von allen Geschäftsbanken gehandhabt, also auch von der Bank um die Ecke. Bei einer Kreditgewährung an einen Kunden, wird ihm virtuelles Geld auf sein Konto gutgeschrieben. Die Bank schafft dadurch Geld, das gar nicht wirklich existiert und das sie gar nicht in Wirklichkeit besitzt, also nur zu einem kleinen Teil durch Spareinlagen anderer Kunden abgedeckt ist.

Wenn alle Kunden auf den Gedanken kommen würden, ihre Ersparnisse auf einer Bank auf einmal abzuheben, käme es zum Zusammenbruch, da dieses Geld gar nicht in dieser Höhe real vorhanden ist."

„Das ist ja unglaublich. Wie kann das überhaupt funktionieren?"

„Das funktioniert wahrscheinlich nur, weil viele Menschen das einfach nicht wissen und den Banken und den Regierungen blind vertrauen. Genauso ist es mit den Aktien. Der Wert einer Aktie orientiert sich schon lange nicht mehr an dem reellen Wert eines Unternehmens. Die von der Oosterbeek Society geführten Investmentbanken treiben die Preise der Aktien künstlich in ungeahnte Höhen, um dann ihre Anteile, kurz bevor der Kurswert wieder abstürzt, mit hohen Gewinnen zu verkaufen. Ein normaler Mensch wird es nie rechtzeitig mitbekommen, wann es Zeit ist, seine Aktien abzustoßen und daher meist Verluste erleiden. Denn sowohl Anstieg als auch Abstürze sind von der Oosterbeek Society initiiert und nicht unbedingt vorhersehbar.

Ich habe allerdings Zugang zu einem geheimen Netzwerk der Oosterbeek Society gefunden, wo ich auf Informationen zu solchen geplanten Aktionen zugreifen kann. Das hat mir in der Tat ein nicht unerhebliches Vermögen beschert, was ich für den Kampf gegen sie einsetze."

„Wie hast du denn Zugang zu diesem Netzwerk bekommen?" Ehe Max Clara darauf antworten konnte, hörten sie beide ein lautes Klopfen und Rufen aus dem Keller. Ihr Gefangener war scheinbar aus der Betäubung erwacht.

„Oh, ich hatte unseren Gast schon fast völlig vergessen. Dann erzähle ich es dir später. Nur noch das eine. Wie dir sicherlich schon aufgefallen ist, besteht die Oosterbeek Society aus genialen Illusionisten, die alles tun, um uns normalen Menschen das Mark aus den Knochen zu saugen, und uns dabei gleichzeitig versuchen weiszumachen, dass wir in der besten aller möglichen Welten leben und allen Grund haben, glücklich zu sein. Aber wir werden versuchen, den Menschen diese Illusion zu rauben und sie aus ihrem Alptraum aufzuwecken.

Nun bin ich aber erst einmal darauf gespannt, weshalb Hans-Dieter Gross uns gefolgt ist und was er uns zu erzählen hat."

9. Kapitel

Ich wusste nun, wo sich das Gelände befand, das Paul in seinen Notizen beschrieben hatte. In dem Lageplan waren die unterirdischen Bunkeranlagen festgehalten, die zur Lufthauptmunitionsanstalt Dieburg gehörten, die von der Reichsluftwaffe Anfang der vierziger Jahre des zwanzigsten Jahrhunderts im Wald zwischen Dieburg und Münster errichtet worden waren. Nach dem Krieg wechselten diese Anlagen dann in den Besitz der United States Army. Inzwischen wurden sie von der Oosterbeek Society und ihren Helfern für ihre dunklen Umtriebe genutzt.

Was würde mich dort an seltsamen Dingen erwarten? Ich war sehr gespannt. Ehrlicherweise konnte ich es kaum abwarten, bis ich mich am nächsten Abend auf den Weg dorthin machen konnte. Um keine unnötige Aufmerksamkeit zu erregen, hatte ich erneut einen Tag beim BAkI verbracht. Dabei hatte ich aber wieder einmal nichts Sinnvolles zustande gebracht. Es blieb nur abzuwarten, wann mein Vorgesetzter das mitbekam. Aber das stellte momentan sicherlich mein kleinstes Problem dar.

Es war schon ziemlich dunkel als ich beim ehemaligen Munitionsdepot ankam. Der Mond lugte manchmal hinter den Wolken hervor, so dass ich nicht ständig auf meine mitgebrachte Taschenlampe angewiesen war. Wie ich vermutet hatte, war das Gelände von einem hohen Stacheldrahtzaun umgeben. Aber ich hatte vorgesorgt und einen Bolzenschneider dabei. Ich suchte mir zunächst einmal eine wenig einsehbare Stelle, die zumindest teilweise von Bäumen und Büschen verdeckt wurde. Dann begann ich damit, mir einen Zugang zu dem Gelände zu verschaffen.

Nach wenigen Minuten fand ich mich auf der anderen Seite des hohen Zaunes wieder. Schon sah ich in der

Dunkelheit die ersten Silhouetten der alten Bunkeranlagen auftauchen. Entsprechend dem Lageplan musste ich mich nun nach Nordosten wenden, um den Zugang zu der unterirdischen Anlage der Oosterbeek Society zu erreichen. Langsam zogen Nebelschleier auf, die dem Ganzen eine unheimliche Stimmung verliehen. In dem umliegenden Wald war es ungewöhnlich still. Allzu ruhig für mein Verständnis. Aber vielleicht kam mir das auch nur so vor. Trotzdem wurde ich von dieser Stimmung angesteckt. Versuchte jegliches Geräusch zu vermeiden. Jedes mal, wenn ein Ast unter meinen Schuhen knackte, kam mir das unsagbar laut vor. Zuckte ich ungewollt zusammen.

Endlich erreichte ich mein erstes Ziel. Das Gebäude machte einen ziemlich baufälligen Eindruck auf mich. Schien jederzeit in sich zusammenstürzen zu können. Überall lagen moosbesetzte Trümmerteile auf dem Boden herum. War ich hier wirklich richtig? Ich kam zu einer Steintreppe, die nach unten führte. Auch sie hatte ihre besten Zeiten schon lange hinter sich. Mit einen mulmigen Gefühl im Bauch ging ich immer tiefer und tiefer unter die Erde.

Auf dem Weg nach unten, verfing ich mich ständig in klebrigen Spinnenweben, die über dem Weg hingen. Ich hasste das. Außerdem hörte ich in der Dunkelheit permanent irgendetwas rascheln. Das ließ mein Unbehagen wachsen. Ich musste mir ständig sagen, dass mich niemand gezwungen hatte, hierher zu kommen und mich auf dieses Abenteuer einzulassen. Also schluckte ich meine Besorgnis hinunter und ging weiter. Schließlich endete mein Weg vor einem riesigen Stahltor. Genau wie oben hatten auch dort die Jahre unübersehbare Spuren hinterlassen. Die Ränder waren schon vom Rost zerfressen. Trotzdem machte der Rest des Tores einen äußerst stabilen Eindruck und war dort kein

Durchkommen. Für mich war nicht zu erkennen, wie ich dieses mächtige Tor öffnen konnte.

Alles sah so alt und verwittert aus. Nicht so, als ob hier Menschen ständig ein und ausgehen würden. War das alles nur Tarnung oder war ich auf der falschen Spur? Ich leuchtete das Portal noch einmal Zentimeter für Zentimeter ab. Außer den Rostspuren war das Tor völlig eben, ohne jegliche Einbuchtungen oder Schlitze. Kein Hinweis, ob und wie es sich öffnen ließ.

Ich wandte meine Aufmerksamkeit den umliegenden Wänden zu. Diese waren teilweise brüchig und machten einen ziemlich instabilen Eindruck. Doch halt, was war das? Unter der Dreckschicht an einer Stelle befand sich etwas. Da schien etwas in einen Mauerstein eingeritzt worden zu sein. Ich entfernte vorsichtig den Schmutz. Nun kam ein auf dem Kopf stehendes Kreuz zum Vorschein. Außerdem schien der Stein nicht allzu fest mit der Mauer verbunden zu sein. Ich versuchte ihn herauszuziehen. Das klappte nicht. Vielleicht anders herum. Ich drückte ihn.

Plötzlich tat sich etwas. Zuerst hörte ich ein lautes Knirschen in der Wand vor mir. Dann bewegte sich ein Teil des Mauerwerks langsam nach innen. Ein Durchgang wurde sichtbar. Innen flammte helles Licht auf. Ich war auf der richtigen Spur. Fühlte eine zitternde Spannung in mir. Was erwartete mich darin? Ich zögerte, ehe ich den Gang betrat. Wenn sich die Öffnung hinter mir wieder schloss, war ich gefangen. Ich riskierte es. Trat hinein. Ging ein paar Schritte. Wieder das gleiche Schnarren. Die Wand schloss sich erneut. Verdammt, ich hatte es geahnt. Drückte mich dagegen. Ich war zu schwach, konnte es nicht verhindern, dass die Öffnung zufiel. Nun blieb mir nur noch die Möglichkeit, weiter hinein zu gehen.

Der Gang war gut ausgeleuchtet. Ich konnte aber keine direkte Lichtquelle ausmachen. Das Licht schien direkt aus den Wänden zu kommen. Schwer abzuschätzen, wie viele Meter ich den Gang entlanglief, ehe ich zu einer Tür kam. Im Gegensatz zu dem Rest der Bunkeranlage, machte sie einen äußerst modernen Eindruck. Sie war aus Edelstahl gefertigt und schien sehr massiv zu sein. Neben der Tür befand sich ein Kartenlesegerät mit einem Zahlenschloss mit Ziffereingabe, auf dem ein rotes Lämpchen brannte. Ich rüttelte an der Tür. Wie ich schon vermutet hatte, war sie verschlossen. Jetzt stand ich vor einem Problem. Die Wand war hinter mir zugegangen. Vor mir eine Tür, die sich nicht ohne weiteres öffnen ließ.

Ich erinnerte mich daran, was ich aus dem Schließfach im Frankfurter Bahnhof geholt hatte. Das waren nicht nur eine Unmenge Papiere gewesen, sondern auch die Chipkarte unbekannter Herkunft, die ich eingesteckt hatte. Seit diesem Tag trug ich sie immer bei mir. Für den Fall der Fälle. Ja, warum eigentlich nicht? Ich versuchte mein Glück. Zog sie durch den Schlitz. Tatsächlich wechselte das Lämpchen seine Farbe mit einem leisen Piepen von Rot auf Orange. Doch Orange war nicht Grün. Die Tür war immer noch verschlossen. Der Zahlencode fehlte noch.

Hatte mir Paul irgendeinen Hinweis auf einen Zahlencode hinterlassen? Mir fiel keiner ein. Ich ging in Gedanken nochmal alle Ereignisse seit Pauls plötzlichen Erscheinen in meinem Büro durch. Was war passiert, seitdem er mir zum ersten Mal von seinen Erkenntnissen über die Oosterbeek Society berichtete? Wo tauchte dabei eine Zahl auf? Ich wusste keines. Weder von seinen letzten Tagen im Büro noch von dem Treffen in unserer Stammkneipe war mir etwas Entsprechendes im Gedächtnis haften geblieben.

Schon begann ich mir darüber Gedanken zu machen, wie lange ein Mensch ohne Essen und Trinken überleben konnte. Ohne Trinken waren es drei Tage. Ehe ich zu sehr ins Grübeln kam, schob ich diesen Gedanken beiseite. Soweit war es noch lange nicht. Vielleicht hatte ich ja Glück und einer der Helfershelfer der Oosterbeek Society befreite mich aus meiner misslichen Lage. Das hätte natürlich auch bedeutende Nachteile. Oder ich versuchte einfach eine Zahlenkombination auf Verdacht einzugeben. Zeit dazu hatte ich ja. Wahrscheinlich jedoch nur eine geringe Zahl von Versuchen.

Wie wäre es mit dem Jahr der Gründung des Federal Reserve System, der privat geführten Zentralbank in Amerika? Sicherlich ein bedeutendes Jahr für Oosterbeek Society. Das war 1913. Ich versuchte es. Leider kein Erfolg. Dann fiel mir plötzlich doch noch etwas ein. Natürlich, der Schlüssel vom Schließfach. Der hatte die Nummer 1848 gehabt. Wie das Jahr der Revolution in Deutschland. Ich probierte es. Erneut ein Fehlgriff. So ein Mist. Dann vielleicht die Niederschlagung der Revolution 1849. Das passte auch eher zur Oosterbeek Society und ihrer Verachtung der dummen Menschenschafe, die die Welt bevölkerten. Es klappte. Die Farbe des Lämpchens wechselte zu Grün. Die Tür ließ sich öffnen. Ich atmete auf. Glitt voller Hoffnung durch den Eingang.

Was ich dort erblickte, war kaum zu fassen. Ich betrat eine Halle von unbeschreiblichen Ausmaßen, die voller großer Stahlregale stand, die bis zum Rand mit großen und kleinen Kisten gefüllt waren. Hier hatte die Oosterbeek Society wahrscheinlich all die Dinge eingelagert, die ein normaler Mensch wie ich niemals zu Gesicht bekommen sollte. Wie die Eingangstür machte auch die Halle einen äußerst modernen Eindruck auf mich und wurde vollautomatisch betrieben. Ich sah diverse Roboter, die in den Hallengängen herumfuhren und die die Regale entluden und befüllten. Außerdem nahm ich in der Mitte der Halle einen großen Raum wahr, der in einem Glaskasten untergebracht war und wahrscheinlich die zentrale Kontrolleinheit des Ganzen darstellte. Jetzt musste ich nur herausfinden, was hier genau eingelagert war. Dazu musste ich mich vermutlich in den gläsernen Raum begeben, der über eine Stahltreppe erreichbar war.

Als ich bestimmt schon einige Minuten in einem der vielen Flure in der Halle unterwegs war, um den Glaskastenbau zu erreichen, bemerkte ich unverhofft ein vielstimmiges Knurren in meiner Nähe. Das hörte sich nicht gut an. Sogar ziemlich bedrohlich. Mein Herzschlag beschleunigte sich fast automatisch. Ich fing an, schneller zu gehen. Drehte mich kurz um. Es war nichts zu sehen. Noch nicht. Nun vernahm ich das typische Geräusch, wenn das Tapsen von Tierpfoten auf Betonboden erklang. Dieses Geräusch näherte sich mir mit unerbittlicher Zielstrebigkeit. Jetzt konnte ich sie sehen. Sie waren gerade um die Ecke in meinen Flur eingebogen. Es waren drei Wachhunde, die auf mich zukamen. Mit fletschenden Zähnen und hochgezogenen Lefzen.

Je näher sie mir kamen, desto deutlicher konnte ich sehen, dass es keine gewöhnlichen Hunde waren, die sich mir näherten. Sie waren halb Tier und halb Roboter, Cyborgs. Wie hatte die Oosterbeek Society es geschafft, solche Wesen zu erschaffen? Beim BAkI war es eine meiner Hauptaufgaben, zu erforschen, wie eine Verbindung zwischen tierischen Zellen und elektronischen Teilen hergestellt werden konnte. Aber von einem entsprechenden Erfolg waren wir sicherlich noch jahrelang entfernt. Und jetzt dies.

Zu meinem Pech begannen die drei Cyborgs, als sie mich sahen, ihre Geschwindigkeit zu erhöhen. Sie schienen sich jedoch sicher zu sein, dass ich ihnen nicht entkommen konnte, denn sie hatten noch nicht ihr volles Tempo drauf. Ich konnte es nicht verhindern, dass meine Hände nun anfingen zu zittern und mir der Angstschweiß auf der Stirn stand. Diese Wesen sahen wie Kampfmaschinen aus und konnten mich innerhalb kürzester Zeit erreichen. Ich war verloren, wenn sie mich in ihre Fänge bekamen. Daher rannte ich voller Panik los. Das war ein Fehler. Meine Verfolger erhöhten jetzt natürlich ebenfalls ihr Tempo. Knurrend und mit gierigen Blicken.

In meiner Panik wusste ich nicht mehr genau, wo sich die zentrale Kontrolleinheit befand. War es der zweite oder der dritte Flur rechts gewesen? Ich überlegte fieberhaft. War verzweifelt. Die Angst lähmte meinen Verstand. Ich zwang mich zur Ruhe. Endlich fiel es mir wieder ein. Jetzt war ich mir sicher. Es war der dritte. Ich rannte mit all meiner Kraft. Hörte das Knurren und Hecheln der Hunde hinter mir. Sie kamen immer näher. Ich blickte mich nicht um. Ich rannte um mein Leben. Durfte keine Sekunde verlieren. Nicht weit vor mir, war die Treppe zu sehen. Ich würde sie gleich erreichen. Mein Atem ging pfeifend und ich hatte Seitenstechen. Ich hätte mehr Sport treiben sollen.

Nur noch wenige Meter trennten mich von der Treppe. Gleich war ich dort. Doch was war das? Zwei Hunde traten mir plötzlich in den Weg. Woher kamen die denn so plötzlich? Ich war verloren. Gegen fünf Cyborgs konnte ich nicht ankommen. Ich hatte keine Waffe und auch sonst nichts, mit dem ich mich gegen sie hätte verteidigen können.

Durch mein Zögern hatten mich die Hunde, die hinter mir waren, erreicht. Der größte von ihnen sprang mich von hinten an und brachte mich zu Fall. Ich drehte mich im Fall auf den Rücken, um mich gegen ihn verteidigen zu können. Er trat mit seinen mächtigen Pranken auf meinen Brustkorb.

Sah mir mit seinen schwarzen Augen direkt in meine. Fletschte die Zähne und knurrte voller Inbrunst. Sein Atem roch nach Verwesung und Blut. Mir wurde schlecht. Seine mit einer unglaublichen Zahl von Zähnen bestückte Schnauze näherte sich meiner Kehle. Ich griff danach und wollte sie abwehren. Er schnappte nach meinen Händen. Aus seiner Kehle erklang ein unglaublich tiefes Grollen. Gleich würde er zustoßen. Ich war mich sicher. Jetzt war der Zeitpunkt meines Todes gekommen.

10. Kapitel

Hans-Dieter Gross war ein mittelalter Mann mit schütterem Haar und einer dicken Hornbrille auf der Nase. Er sah ein wenig wie ein verwirrter Professor aus und erwartete Clara und Max mit einem ungeduldigen und etwas aufgebrachtem Ausdruck auf seinem Gesicht. Ehe die beiden etwas sagen konnten, brachte er seinen Unmut über den erfolgten Angriff der Drohne zum Ausdruck:

„Ich bin ein äußerst friedliebender Mensch und es war beileibe kein sehr höflicher Empfang, den Sie beide mir hier bereitet haben. Ich bin mir nicht bewusst, dass ich etwas Unrechtes getan habe. Daher frage ich mich, wie Sie die schlechte Behandlung von mir vor Ihrem Gewissen rechtfertigen können?"

„Es tut uns leid für die Unannehmlichkeiten, die wir Ihnen bereitet haben. Aber wir kennen Sie nicht. Außerdem haben Sie uns auf unserem Weg hierher verfolgt und sind unberechtigterweise auf das Grundstück eingedrungen. Das sind sicherlich keine alltäglichen und unverdächtigen Verhaltensweisen. Jetzt haben Sie die Möglichkeit, uns zu erklären, warum sie uns nachgefahren sind und was Sie hier wollen. Also bitte." Hans-Dieter Gross murrte etwas, doch dann meinte er:

„Gut, das sehe ich ein. Ich möchte zunächst vorausschicken, dass ich Ihnen gegenüber keine bösen Absichten habe. Ich hoffe, dass glauben Sie mir.

Mein Name ist Hans-Dieter Gross, ich bin Professor der Physik an der Ludwig-Maximilians-Universität in München, ebenso wie mein Großvater Professor Dr. Walther Gross es vor hundert Jahren war. Meinem Großvater war es schon in den zwanziger Jahren des zwanzigsten Jahrhunderts gelungen, mit Hilfe von Bestrahlung ein chemisches Element in ein anderes Element umzuwandeln. Diese sogenannte Transmutation gelang ihm aber nicht mit irgendeinem beliebigen Element, sondern er schaffte es, Quecksilber in Gold umzuwandeln. Seine Erkenntnisse waren aber nicht erwünscht. Was meinen Sie, was los gewesen wäre, wenn herausgekommen wäre, dass sich Gold ohne größere Probleme in Massen herstellen ließe? Deswegen erging es ihm ähnlich wie Ihnen, Herr Rilke. Er wurde von der Oosterbeek Society massiv unter Druck gesetzt, seine Forschungen nicht mehr weiter öffentlich zu machen.

Mein Großvater war aber auch, was viele nicht wissen, an dem Bau der ersten deutschen Atombombe gegen Kriegsende beteiligt. Auch dies wurde von der Oosterbeek Society vertuscht, damit diese Kenntnisse im Krieg der USA gegen Japan zur Anwendung kommen konnten. Wie Sie sehen, befindet sich meine Familie seit Jahrzehnten unter dem Joch der Oosterbeek Society.

Deswegen hatte ich es auch mit sehr großen Interesse verfolgt, wie die Hexenjagd auf Sie veranstaltet wurde. Durch Sie inspiriert wuchs der Wille in mir heran, etwas gegen die Herrschaft der Oosterbeek Society zu unternehmen. Und ich habe einige mächtige Verbündete gefunden, die uns dabei unterstützen wollen. Daher hatte ich vor, Sie heute in der forensischen Psychiatrie zu besuchen und in unserem gemeinsamen Gespräch anzukündigen, dass meine Freunde und ich mich dafür einsetzen werden, dass sie dort entlassen werden. Ihre hübsche Freundin ist mir allerdings zuvorgekommen, was ich zum Anlass nahm, Ihnen zu folgen. Aber mein Unterstützungsangebot gilt nach wie vor. Na, was halten Sie davon, gemeinsam mit mir den Kampf gegen die Oosterbeek Society aufzunehmen?"

„Sie wissen also von der Herrschaft der Oosterbeek Society? Sehr interessant. Aber wie Sie sich sicherlich denken können, ist bei mir durch den Umgang mit dieser Organisation ein tiefsitzendes Misstrauen entstanden, das sich nicht ohne weiteres ausräumen lässt. Haben Sie denn irgendwelche Beweise für Ihre Behauptungen?" Hans-Dieter Gross war sichtlich erschüttert, dass Max ihm misstraute, besann sich jedoch sehr schnell und sagte:

„Aber selbstverständlich. Ich bin natürlich nicht mit leeren Händen zu Ihnen gekommen." Hans-Dieter Gross kramte jetzt in seinen Hosentaschen und brachte verschiedene Papiere zum Vorschein, die ihn als Professor der Physik an der Ludwig-Maximilians-Universität in München auswiesen. Außerdem holte er aus seinem Aktenkoffer die Kopie eines alten Zeitungsartikels, eine Reihe von offiziellen Schreiben mit der Aufschrift STRENG GEHEIM und verschiedene Konstruktionspläne hervor. Clara und Max verfolgten das gespannt und sahen sich dann in die Augen. Sie waren sich, ohne dass sie darüber austauschen mussten, einig, dass die Dinge, die Hans-Dieter Gross vorbrachte, durchaus plausibel klangen.

„Schön, das sieht ja schon sehr gut aus. Wir werden die Unterlagen genauer in Augenschein nehmen, ehe wir Sie wieder freilassen. Bitte haben Sie noch ein wenig Geduld."

„Lassen Sie sich ruhig Zeit. Ich habe keine Eile." Clara und Max zogen sich in das Wohnzimmer zurück und sichteten die Materialien. Dabei kamen sehr interessante Sachverhalte zum Vorschein. Der kopierte Zeitungsartikel stammte aus der Frankfurter Gazette vom 18.07.1924 und berichtete über das gelungene Experiment der Transmutation durch Professor Dr. Walther Gross. Aber es ging noch viel weiter. Die beigelegten geheimen Dokumente zeigten auf, dass am Ende des zweiten Weltkrieges taktische Nuklearwaffen durch deutsche Kernphysiker in Thüringen getestet wurden und kurz vor dem Einsatz standen. Professor Dr. Walther Gross war daran maßgeblich beteiligt gewesen. Außerdem war es den Forschern wohl gelungen, einen Antigravitationsantrieb zu entwickeln. Alles Dinge, die niemals das Licht der Öffentlichkeit erreicht hatten. Belegte das alles wirklich, dass Hans-Dieter Gross glaubwürdig war? Clara sah Max fragend an:

„Na, was meinst du? Können wir ihm trauen?"

„Wir sollten die Fähigkeiten der Oosterbeek Society zu täuschen nicht unterschätzen, aber Hans-Dieter Gross macht einen vertrauenerweckenden Eindruck auf mich. Auch scheinen die Unterlagen keine Fälschungen zu sein. Durch ihn hätten wir schließlich die Chance, in unserem Kampf gegen die Herrschaft der Oosterbeek Society unterstützt zu werden. Es wäre schon ein sehr großer Vorteil, nicht mehr als Einzelkämpfer agieren zu müssen. Ich denke, wir sollten ihm unsere Zusammenarbeit anbieten und ihn laufen lassen." Clara nickte zustimmend:

„Du hast recht. Das sollten wir tun." Sie begaben sich erneut in den Keller, um Hans-Dieter Gross ihre positive Entscheidung mitzuteilen und ihn freizulassen.

Dieser war hocherfreut darüber. Er versprach Clara und Max, sich schon am nächsten Morgen zu melden und sie zu einem gemeinsamen Gesprächstermin nach München einzuladen. Dort würden sie dann die Einzelheiten ihres weiteren Vorgehens zusammen mit ihren Unterstützern besprechen können.

Als sie sich von Hans-Dieter Gross verabschiedet hatten, ließen Clara und Max sich zur Feier des Tages mit einer Flasche Wein auf dem Sofa im Wohnzimmer der Hütte nieder und schmiegten sich liebevoll aneinander. Sie freuten sich, dass sie in ihm eine Unterstützung im Kampf gegen die Oosterbeek Society gefunden hatten. Und während sie sich zärtlich umarmten und liebkosten, schliefen sie schließlich ein. Beide waren so erschöpft von den Ereignissen der letzten Tage, dass sie bis zum nächsten Morgen durchschliefen und gut erholt und mit bester Laune aufwachten.

Nachdem sich allerdings Hans-Dieter Gross bis zum Mittag nicht gemeldet hatte, fragten sie sich, ob sie nicht zu voreilig gehandelt hatten. War er doch nicht so vertrauensvoll, wie sie gedacht hatten? Schließlich rechneten sie eine Zeitlang sogar damit, dass er ihren Standort verraten und eine Eingreiftruppe der Oosterbeek Society sie in ihrer Idylle überwältigen würde. Ja, sie waren schon kurz davor, ihre Sachen zu packen und aus der Waldhütte zu fliehen. Doch schließlich verwarfen sie ihre Ängste als unsinnig und entschieden sich zu bleiben.

Clara hatte jedoch irgendwann genug davon, untätig herumzusitzen. Sie entschied sich, in den nächsten Ort zu fahren und wie geplant ihrer Freundin das Gebilde aus Max Nacken zuzuschicken. An der Tankstelle, wo sie das tun wollte, war recht viel los, da die Benzinpreise über Nacht stark gefallen waren. Und während sie in der Schlange stand, fiel ihr Blick zufälligerweise auf das TV-Gerät, in dem ohne Ton irgendein Nachrichtensender lief. Ihr Blick erstarrte plötzlich. Das durfte nicht wahr sein. Soeben erschien auf dem Bildschirm ein Foto von Hans-Dieter Gross mit der Schlagzeile, dass er heute Morgen in der Nähe von München in einen Autounfall verwickelt worden war.

„Können Sie bitte mal den Ton laut stellen", bat sie den Mann an der Bedientheke. Was sie jetzt hörte erschreckte sie ungemein:

„Heute Morgen um 06:33 Uhr Ortszeit ist der bekannte Physiker Professor Hans-Dieter Gross in der Nähe von München bei einem Verkehrsunfall schwer verletzt worden und kurz darauf in der Unfallklinik verstorben. Der Verursacher des Unfalls ist flüchtig, Nach ihm fahndet die

Polizei. Für sachdienliche Hinweise wenden Sie sich bitte an die nächste Polizeidienststelle." Clara war kreidebleich geworden und fluchte innerlich. Kaum hatten sie einen Verbündeten gefunden, schon kam dieser auf mysteriöse Weise ums Leben.

Sobald sie das Paket abgegeben hatte, stieg Clara völlig aufgelöst und mit zitternden Händen in ihr Auto. Sie war so entnervt, dass sie, als sie zur Waldhütte zurückfuhr, beinahe mit einem Traktor kollidiert wäre. An der Hütte angekommen, rannte sie hinein und fiel mit einem Schluchzen direkt in Max Arme. Sie kannte kein Halten mehr, fing an zu weinen und sagte sie mit tränenerstickter Stimme, die immer wieder von Schluchzen unterbrochen wurde:

„Sie haben ihn umgebracht. Die verdammten Häscher der Oosterbeek Society haben Hans-Dieter Gross ermordet." Max realisierte zunächst nicht, was Clara da sagte. Sobald er jedoch den Sinn ihre Worte erfasste, wurde er aschfahl, musste sich erst einmal hinsetzen und tief durchatmen.

„Was, das kann doch nicht sein? Wie ist das passiert?"

„Er wurde bei einem Autounfall mit Fahrerflucht getötet."

„Und du bist sicher, dass er es war?"

„Ja, ganz sicher. Ich habe sein Foto gesehen. Außerdem wurde in den Nachrichten sein Name genannt."

„Verdammt."

„Was machen wir nun?"

„Wir müssen hoffen, dass er vor seinem Tod niemanden unseren Aufenthaltsort genannt hat. Außerdem müssen wir irgendwie herausfinden, wer seine Kontaktpersonen waren. Vielleicht sind sie weiterhin bereit, uns zu helfen."

„Ich glaube nicht, dass wir bei denen noch auf offene Ohren stoßen werden. Sie werden sehr große Angst davor haben, selbst auf der Abschussliste zu landen."

„Ja, vielleicht. Aber unter Umständen ist es auch so, dass sie sich von vornherein darüber im Klaren waren, dass ihr Leben in Gefahr geraten würde, wenn sie es wagen würden, gegen die Oosterbeek Society aufzubegehren. Dass der Tod ihres Freundes vielleicht sogar noch eine zusätzliche Motivation für sie darstellt. Sie ihn rächen wollen."

„Wenn wir Glück haben, hast du recht. Probieren können wir es ja. Und wie sollen wir herausfinden, wer seine Freunde waren?"

„Vielleicht finden wir einen Hinweis in den Unterlagen, die er uns überlassen hat. Oder auch im Internet."

„Dann lass uns gleich mit der Suche anfangen. Gibt es hier in der Hütte Internet?"

„Ja, natürlich. Der Rechner dort drüben ist ständig online." Max deutete mit diesen Worten auf einen kleinen Desktop-PC, der auf seinem Schreibtisch stand.

„Dann übernehme ich die Internetrecherche und du schaust die Unterlagen durch?"

„Einverstanden, so können wir es machen." Clara setzte sich ohne Zögern an den Rechner und begann nach Hinweisen zu Freunden von Hans-Dieter Gross zu suchen. Er war wohl ein weltweit anerkannter Physiker gewesen, der aber eher zurückgezogen lebte. Was aber auffiel, war, dass er stets ein großes soziales Engagement zeigte. So hatte er scheinbar die Münchner Tafel mitbegründet und dort auch regelmäßig Dienste verrichtet. Außerdem war er wohl vor einigen Jahren mit einigen regierungskritischen Äußerungen angeeckt und hätte beinahe seine Professur verloren. Zu dem Zeitpunkt gab es eine schlimme Medienkampagne gegen ihn. Nur dank der Proteste vieler seiner Fachkollegen, war der Dekan bereit gewesen, die Suspendierung aufzuheben.

Im Rahmen dieser Affäre tauchten immer wieder zwei Namen auf, die Hans-Dieter Gross maßgeblich unterstützt hatten. Das waren ein gewisser Dr. Peter Bauer und ein Dr. Frank Hallstein. Beide Kollegen von der Ludwig-Maximilians-Universität in München. Das könnte ein Hinweis darauf sein, dass diese beiden Kollegen zu den Unterstützern der Rebellion gegen die Oosterbeek Society zu zählen waren.

Clara ging zu Max, um ihn das mitzuteilen. Er saß auf dem Sofa und war gerade dabei, die Unterlagen von Hans-Dieter Gross intensiv auf Hinweise durchzuschauen. Er war ebenfalls fündig geworden:

„Genau diese beiden Namen tauchen in diesen Dokumenten auch immer wieder auf. Dann sollten wir uns auf den Weg nach München machen, um diese beiden Herren aufzusuchen. Ich denke, wie der Fall gelagert ist, müssen wir persönlich zu ihnen Kontakt aufnehmen. Oder, was meinst du?"

„Fühlst du dich denn schon wieder fit für so eine Reise?"

„Ja, dank dir geht mir wieder gut."

„Und meinst du nicht, dass es nicht vielleicht zu gefährlich ist, sich schon wieder in der Öffentlichkeit zu zeigen? Schließlich werden wir beide gesucht."

„Ich verstehe deine Bedenken, aber dem Telefon und dem Internet können wir nicht unbedingt vertrauen. Die Oosterbeek Society hat überall ihre Finger drin und überwacht alle Gespräche und jeden Schriftverkehr. Aber wir werden dabei so vorsichtig vorgehen, wie es nur irgendwie möglich ist. Ich habe da schon ein paar Ideen."

Schließlich war es so, dass Clara und Max sich in einem Leihwagen, den Max mit gefälschten Papieren besorgt hatte, schon am nächsten Tag auf den Weg nach München machten. Dort angekommen mieteten sie sich, ebenfalls unter falschen Namen, in einem Hotel der oberen Preiskategorie ein und machten sich auf den Weg zur Ludwig-Maximilians-Universität, um Kontakt zu den beiden Herren aufzunehmen.

Sie erfuhren vom Portier des Hotels, dass die Ludwig-Maximilians-Universität als die zweitgrößte Universität Deutschlands galt und auf eine Tradition von über fünfhundert Jahren zurückblicken konnte. Da sie nicht weit vom Hotel entfernt war, entschlossen sie sich die beiden Hand in Hand dorthin zu schlendern und das schöne Wetter zu genießen, das hier herrschte. Als die beiden nun vor dem mächtigen Gebäude ankamen, das in der Nähe vom englischen Garten lag, waren sie beeindruckt von dessen schlichter Schönheit. Sie bemerkten, dass Teile des Gebäudes dem Jugendstil und dem Neoklassizismus zuzuordnen waren, während andere scheinbar im Stile des Historismus erbaut waren.

Nun versuchten sie herauszufinden, wie sie Kontakt zu den zwei Professoren aufnehmen konnten. Dazu sprachen sie eine Gruppe vorbeilaufender Studenten an. Diese verwiesen sie an die Studentenkanzlei und beschrieben ihnen den Weg dorthin. Dort angekommen, erfuhren sie von der etwas angenervt wirkenden Sekretärin, dass Dr. Frank Hallstein derzeit nicht im Hause war, da er sich krankgemeldet hatte, und Dr. Peter Bauer im Augenblick eine Vorlesung hielt, die noch etwa eine viertel Stunde dauern würde. Um ihn treffen zu können, sollten sie sich zu dem Großen Physiksaal N 120 begeben, der sich in einem Seitentrakt des Hauptgebäudes befand. Nachdem Max seinen Charme spielen ließ, bekamen sie von der inzwischen etwas freundlicher wirkenden Sekretärin sogar noch zwei Besucherausweise ausgestellt.

Immer wieder bestand die Gefahr, dass sie sich in dem riesigen Gebäude verliefen. Gleichzeitig konnten sie stets auf die freundliche Hilfe von vorbeilaufenden Studenten zurückgreifen, die sie ihrem Ziel Stück für Stück näher brachten. Gerade als die Vorlesung zu Ende war und zahlreiche Studenten den Vorlesungssaal verließen, trafen sie an dessen Eingangstür ein. Sie nahmen im Saal eine älteren, etwas untersetzt und übergewichtig wirkenden Mann in einem weißen Kittel wahr, bei dem es sich scheinbar um den von ihnen gesuchten Professor handelte. Er schien sie gesehen zu haben, beachtete sie aber nicht weiter, da er sich mit einer Studentin im Gespräch befand.

Clara und Max ließen sich aber trotz dessen nicht davon abhalten, in den Vorlesungssaal hineinzugehen und sich Dr. Peter Bauer unbeirrbar zu nähern. Nach einer Weile bemerkte Clara, dass der Blick des Professors sich immer häufiger ihnen zuwandte und seine Aufmerksamkeit für die junge Studentin sichtbar nachließ. Irgendetwas in seinem Gesichtsausdruck sagte ihr aber, dass er jeglichen Kontakt zu ihnen vermeiden wollte, obwohl oder gerade weil er sie beide erkannt hatte. Dies wurde dadurch deutlich, dass er die junge Studentin nun schnell abfertigte und sich zum Gehen wandte.

Ehe das geschah, rief Max ihm zu:

"Professor Dr. Bauer, könnten wir Sie bitte kurz sprechen?"

„Nein, tut mir leid, ich habe es eilig. Wenden Sie sich zwecks Terminvergabe bitte an die Studentenkanzlei."

„Es ist aber sehr dringend. Es geht um den plötzlichen Tod von Hans-Dieter Gross." Dr. Peter Bauer wurde nun totenblass im Gesicht und zeigte deutliche Zeichen einer großen Furcht. Dann schrie er schon fast:

„Was immer Sie auch von mir wollen. Ich kann Ihnen nicht helfen. Verlassen Sie bitte das Universitätsgelände oder muss ich erst die Polizei rufen."

„Aber, Herr Professor."

„Ich meine es ernst. Verschwinden Sie von hier!" Somit blieb Clara und Max nicht anderes übrig als das Gelände der Ludwig-Maximilians-Universität unverrichteter Dinge zu verlassen. Sie begaben sich voller Enttäuschung in den Englischen Garten, um dort ihr weiteres Vorgehen zu besprechen, und setzten sich auf eine Bank. Die wärmende Kraft der Sonne milderte ihren Ärger und ihre Unzufriedenheit etwas ab. Noch schien nicht alles verloren zu sein.

„Wir müssen versuchen, die Adresse von Dr. Frank Hallstein irgendwie ausfindig zu machen. Vielleicht haben wir bei ihm etwas mehr Glück als bei Dr. Peter Bauer?"

„Ich glaube, da bist du etwas zu optimistisch, Max. Hast du die Angst in seinem Gesicht gesehen? Er hätte sich am liebsten in Luft aufgelöst, sobald er uns erblickt hatte. Ich könnte mir denken, dass die Oosterbeek Society ihn wahrscheinlich ziemlich unter Druck gesetzt und ihm schlimme Dinge angedroht hat, falls er mit uns sprechen sollte. Denk dran, wie bleich er geworden ist, als du ihm den Namen von Hans-Dieter Gross genannt hattest."

„Ja, du hast ja recht. Aber eventuell ist Dr. Frank Hallstein etwas couragierter als sein Kollege. Es wird hoffentlich noch Menschen geben, die sich nicht von der Oosterbeek Society einschüchtern lassen, oder? Lass es uns einfach probieren. Ich habe so ein Gefühl, dass es bei ihm klappen könnte."

„Na gut. Einverstanden. Ich habe auch schon seine Adresse herausgefunden. Er wohnt in der Wehrlestraße im Münchner Stadtteil Altbogenhausen. Dort können sich nur bessere Herrschaften Häuser und Wohnungen leisten. Ich bin gespannt, wie er auf unseren Besuch reagiert." Kaum waren sie sich einig, gingen sie zu ihrem Hotel zurück und fuhren von dort aus zum Anwesen von Dr. Frank Hallstein. Es war ein großes alleinstehendes Einfamilienhaus mit

Swimmingpool und einem weitläufigen Garten. Als sie dort klingelten, öffnete ihnen ein Dienstmädchen, das sie freundlich begrüßte und hereinbat. Sie fragte nach ihrem Anliegen und deutete dann auf eine Sitzgruppe, wo sie warten sollten. Dann begab sie sich zu ihrem Chef. Clara und Max waren nun sehr gespannt, wie Dr. Frank Hallstein auf ihren Besuch reagieren und ob er sie überhaupt empfangen würde.

11. Kapitel

Der Atem der Bestie raubte mir beinahe das Bewusstsein. Eine Ohnmacht war mir jedoch nicht vergönnt. Ich sah ihre blutunterlaufenen Augen aus nächster Nähe. Jedes kleine Äderchen darin brannte sich in mein Gedächtnis. Der Geifer, der aus ihrem Maul tropfte, besudelte meine Jacke. Ihre Zähne sahen so spitz aus, tödlich und scharf. Musste ich hier und heute tatsächlich sterben?

In den Thrillern, die ich manchmal las, gab es immer einen Ausweg. Wurde der Held von irgendjemanden in letzter Sekunde gerettet. Hier war allerdings niemand, der mir helfen konnte. Ich war allein auf mich gestellt. Auf mich und meine Fähigkeiten. Ich wollte nicht sterben. Überlegte fieberhaft, was ich tun konnte. Noch hatte die Bestie nicht zugestoßen. Noch blieben mir ein paar Sekunden. Da plötzlich kam mir ein Gedanke. Diese Tiere waren Cyborgs. Also halbe Maschinen. Diese reagierten nicht aufgrund ihrer Instinkte, sondern mithilfe ihrer Logik und aufgrund der Dinge, die ihnen einprogrammiert worden waren.

Ich musste ihr beweisen, dass ich kein Eindringling war. Dass ich die Berechtigung hatte, mich hier frei zu bewegen. Natürlich die Chipkarte. Warum hatte ich nicht sofort daran gedacht? Ich holte sie vorsichtig aus meine Tasche. Hielt sie der Bestie vor die Augen. Sie sah sie an, schien sie einzuscannen. Hörte auf zu knurren. Ich hörte ein leises Summen. Ihr Maul schloss sich. Der Hund trat zu Seite. Ließ mich aufstehen. Ich atmete voller Erleichterung auf. Das war knapp gewesen.

Alle Hunde waren jetzt friedlich. Schienen auf ihren nächsten Einsatz zu warten. Ich traute dem Frieden nicht. Ging vorsichtig an ihnen vorbei in Richtung der zentralen Kontrolleinheit. Auch die Tiere, die sich vor der Treppe befanden, ließen mich passieren. Würdigten mich keines Blickes. Ich ging langsam die Stahltreppe hinauf. Endlich war ich oben. Gleich hatte ich es geschafft. Vor mir befand sich ein riesiger Glaskasten, voll von technischen Gerätschaften und einer Vielzahl von Kontrollmonitoren. An der Tür gab es eine ähnliche Sicherheitsabfrage wie beim Eingang zur Halle. Die stabile Glastür öffnete sich mit einem leisen Klicken. Ich konnte hinein.

Sobald ich eintrat, flammten die Bildschirme auf. Von hier aus wurde die riesige Halle und die Roboter augenscheinlich gesteuert. Es gab sechs verschiedene Arbeitsplätze. Ich setzte mich an einen davon und versuchte mich einzuloggen. Es klappte zu meiner Verblüffung auf Anhieb. Fast lief alles zu glatt. Mir war es nun möglich, Informationen dazu abzurufen, was hier an Dingen eingelagert war. Ich hatte mich jedoch zu früh gefreut. Die Daten waren zwar sehr übersichtlich sortiert, ich musste allerdings feststellen, dass ich sie nicht verstand. Alle Texte waren in einer mir unbekannten Sprache verfasst. Vielleicht waren sie codiert, vielleicht hatte die Oosterbeek Society aber auch eine eigene Sprache entwickelt, um den normalen Menschen den Zugang zu diesen Daten zu verwehren. Ich wusste es nicht.

Dennoch sah ich mir verschiedene Datenordner an. Zu jedem der Geräte, die hier eingelagert waren, gab es ein entsprechendes Datenblatt. Und dazu gehörte in der Regel auch eine technische Zeichnung. Die würden mir vielleicht weiterhelfen können. Eines der Datenblätter stach mir besonders ins Auge. Dort schien es um eine Apparatur zur Erzeugung von Energie zu gehen. Ich versuchte irgendeinen Sinn in den seltsamen Schriftzeichen zu erkennen. War konzentriert damit beschäftigt. Plötzlich vernahm ich eine männliche Stimme direkt hinter mir. Ich zuckte vor Überraschung zusammen.

„Kann ich Ihnen irgendwie helfen, junger Freund? Sie scheinen die Schriftzeichen nicht entziffern zu können. Vor diesem Problem standen schon viele andere Menschen vor Ihnen. Es sind die Schriftzeichen der Ältesten. Sie werden auch Tan genannt. Hat man erst einmal die Grundstruktur begriffen, ist es gar nicht mehr so schwer, die Texte zu verstehen."

Ich versuchte ein Zittern zu unterdrücken und drehte mich langsam zu dem Sprecher herum. Er hatte in etwa meine Größe, besaß blonde Haare und blaue Augen. Wären nicht die vielen Fältchen um seine Augen gewesen, hätte man ihn für Mitte Dreißig halten können, so einen drahtigen Eindruck machte er auf mich. Ich vermutete jedoch, dass er schon Anfang Fünfzig war. Er lächelte er mich freundlich an. Dieses Lächeln wirkte echt, ein kaltes Glitzern in seinen Augen sagte mir allerdings, dass ich ihm nicht vorbehaltlos trauen konnte. Genauso wenig wie den zwei Hunde-Cyborgs, die rechts und links neben ihm saßen und mich voller Interesse begutachteten.

„Ja, Sie haben recht. Ich kann die Texte leider nicht entziffern. Ich habe hier einen Apparat gefunden, dessen Aufbau mich sehr interessieren würde. Leider komme ich damit nicht weiter." Der Fremde kam nun ein paar Schritte näher. Legte seine Hand fast freundschaftlich auf meine Schulter und blickte auf den Bildschirm. Erfreulicherweise blieben die Hunde wo sie waren.

„Ach ja, eine sehr interessante Gerätschaft. Das sind die Konstruktionspläne und die passende Beschreibung für einen Rotoverter, auch Magnetmotor genannt. Damit kann mit Hilfe von magnetischen Kräften Energie erzeugt werden. Sehr umweltfreundlich und sehr effizient. Ich kann Ihnen so ein Gerät sehr gerne zur Verfügung stellen und natürlich die passenden Datenblätter in einer für Sie verständlichen Form."

„Sehr freundlich. Und was wollen Sie dafür?"

„Sie sind mir dafür nichts schuldig. Vielleicht nur ein paar Minuten Ihrer Zeit. Ich finde Ihr Engagement und Ihre Courage äußerst erfrischend. Wissen Sie, dass Sie der erste sind, der es so weit geschafft hat? Ja, tatsächlich. Bisher sind alle spätestens an den Hunden gescheitert. Die Putzroboter hatten danach immer mächtig viel damit zu tun, die entstandene Sauerei wieder zu entfernen. Sie haben mich wirklich beeindruckt. Respekt."

„Das heißt, Sie werden mich wieder laufen lassen?"

„Aber selbstverständlich. Ich werde Sie nicht daran hindern, Ihren Kampf gegen uns weiter zu führen, auch wenn er aussichtslos ist. Ich werde Ihnen sogar noch paar zusätzliche Informationen geben, die Ihnen unter Umständen nützlich sein können. Das macht das alles noch sehr viel interessanter für mich."

„Für Sie ist das alles nur ein Spiel?"

„Wissen Sie, wenn man alles besitzt, was man begehrt, und alles erreicht hat, was man möchte, dann ist gegen ein wenig Abwechslung nichts einzuwenden. Mittlerweile haben wir den Willen und die Emotionen der überwiegenden Zahl der Menschen vollkommen unter Kontrolle. Klar, gibt es dort mal eine kleine Revolution und hier mal einen unbedeutenden Aufstand. Aber was meinen Sie, wie schnell wir solche Vorkommnisse in von uns gewünschte Bahnen lenken, wenn wir sie nicht sogar von vornherein erzeugt haben. Wir schlagen aus allem Profit. Das können Sie mir wirklich glauben. Außerdem ist es so. Auch wenn die Menschen die Wahrheit erfahren, schaffen sie es irgendwie sie zu ignorieren, zu verdrängen oder gleich wieder zu vergessen.

Wallace Boyce, ein guter Bekannter von mir und seines Zeichens einer der reichsten Männer der Welt, hat einmal in einem Zeitungsinterview mit der New York Tribune gesagt:

'Es herrscht Krieg zwischen den Armen und Reichen, das ist richtig, aber es ist meine Schicht, die Schicht der Reichen, die den Krieg führt, und wir werden ihn gewinnen.'

Er hat die Wahrheit gesprochen. Und gab es daraufhin einen Aufstand der kleinen Leute? Nein, alles ging weiter seinen Gang. Die Menschen gingen wie bisher ihrer Arbeit nach. Haben weiterhin ihre Autos, ihre Ultra HD-Fernseher und ihre Smartphones gekauft. Oder irgendwelchen anderen unnützen Dinge, die sie eigentlich nicht brauchten. Ihre Artgenossen stecken dank uns in einem Morast von Lügen, Halbwahrheiten und Propaganda fest. Und sie werden diesen Morast niemals lebend verlassen. Dafür werden wir schon sorgen. Wie Schafe müssen sie von uns angeleitet und geführt werden." Mein Gegenüber verachtete die Menschen. Das merkte ich ganz deutlich. Das hatte zur Folge, dass sich meine Angst langsam in Empörung wandelte. Ich konnte seine Aussagen nicht unbeantwortet lassen:

„Ich glaube an die Menschen und dass sie eines Tages aufwachen und sich gegen Sie erheben werden."

„Ihr Enthusiasmus in allen Ehren. Ja, ich finde es sogar äußerst bemerkenswert, wie engagiert sie vorgehen. Ich habe gleich bemerkt, wie sehr sie hinter der Sache stehen, die sie vertreten. Sie wollen die Wahrheit über die heimliche Herrschaft der Oosterbeek Society aufdecken. Nur meinen sie auch, dass die Menschen das möchten? Dass Ihnen auch nur einer davon dankbar sein wird, wenn er von Ihnen die Wahrheit erfährt?

Oder anders herum gefragt, wie viele Menschen in Ihrer näheren Umgebung, haben es wirklich verdient, die Wahrheit zu erfahren? Wie viele davon sind es wert, dass Sie für sie sterben? Denn dass Sie bei dem Kampf gegen uns über kurz oder lang zu Grunde gehen werden, steht außer Frage. Denken Sie einen Moment darüber nach. Stellen Sie sich die Millionen Menschen vor, die teilnahmslos in ihren Fernsehern die neueste Staffel ihrer Lieblingsserie verfolgen und es kaum erwarten können, bis die nächste Folge erscheint. Denen es aber vollkommen gleichgültig ist, dass die Frau ihres Nachbarn gegenüber fast täglich krankenhausreif geprügelt wird."

„Solche Menschen mag es geben, aber die Mehrzahl der Menschen möchte frei sein und für sich selbst entscheiden können."

„Ich sehe, Sie sind nicht leicht zu knacken. Dann ein anderes Beispiel. Überlegen Sie sich mal, Sie würden durch die Straßen einer x-beliebigen Großstadt gehen. Wie viele Menschen schauen dort ständig in ihre Smartphones und beachten kaum, was um sie herum vorgeht. Denen ist es nur wichtig, den neuesten Tratsch und die neuesten Fotos auszutauschen oder wann das neueste Modell ihres Smartphones auf den Markt kommt, aber nicht, ob ihre Daten, die sie sehr freizügig weitergeben, dazu benutzt werden, ihre Handlungen vorauszusehen oder zu verhindern, dass sie auf die Gedanken kommen, für ihre Freiheit, die immer mehr eingeschränkt wird, zu kämpfen.

Wollen Sie wirklich für dieses bemitleidenswerten Kreaturen sterben? Oder wollen Sie sich nicht lieber uns einschließen? Zu Ruhm und Macht gelangen. Endlich soviel Geld haben, dass Sie das machen können, was Sie schon immer tun wollten? Ihr Leben genießen. Na, was meinen Sie? Klingt das nicht verlockend?"

Ich musste zu meiner Schande zugeben, einen kleinen Moment war ich wirklich versucht, diesem Angebot nachzugeben. Allen Problemen aus dem Weg zu gehen und ein sorgenfreies Leben zu haben, war sehr verführerisch. Eigentlich war ich ja gar kein Kämpfer. Einen winzigen Augenblick sah ich mich schon auf einer einsamen Insel sitzen und vor meiner riesigen Villa an einem Cocktail schlürfen.

Doch dann wurde mir richtiggehend übel. Ich war vollkommen erschüttert, dass ich tief in meinem Innersten doch so käuflich war. Konnte ich mich mit dem Wissen, das ich besaß, in Ruhe zurücklehnen und all die anderen Menschen in Stich lassen? Nein, meine Vernunft und mein Ehrgefühl siegten über meine Gier. Ich konnte den Gedanken nicht ertragen, dass ein paar wenige Menschen sich auf Kosten der anderen bereicherten. Für sich in Anspruch nahmen, ohne Rücksicht über das Schicksal jedes einzelnen Menschen bestimmen zu können. Außerdem waren sie hundsgemeine Mörder. Sie gingen ohne jegliche Spur von Menschlichkeit vor. Ein Menschenleben bedeutete ihnen weniger als nichts. Wollte ich jemals wieder mein Gesicht im Spiegel anblicken können, musste ich dieses Angebot ablehnen.

Wie würde der Fremde auf diese Zurückweisung reagieren? Würde er immer noch so freundlich zu mir sein und das alles als Spiel auffassen? Oder würde er seine Hunde auf mich hetzen? Ich mahnte mich zwar, vorsichtig zu sein, konnte mich aber wegen meiner ausufernden Gefühle nicht im Zaum halten, ihm meine Sicht der Dinge an den Kopf zu knallen:

„Sie hätten mich beinahe tatsächlich überzeugt. Ihr Angebot klingt wirklich äußerst reizvoll. Andererseits glaube ich an das Gute im Menschen und die Möglichkeit, gemeinsam, gleichberechtigt und in Freiheit zu leben. So verachtenswert wie Sie sie beschreiben, sind die Menschen nicht. Ihr Menschenbild kann ich nicht teilen. Die Leute sind keine willenlosen Schafe. Außerdem glaube ich immer noch daran, Sie und Ihre Verbündeten bloßstellen zu können. Auch ohne dass ich dabei umkomme.

Für mich hört es sich danach an, dass Sie und die Oosterbeek Society ihre Blütezeit hinter sich haben. Dass Sie das Schicksal anderer Hochkulturen teilen werden und unbemerkt ihrem Untergang zustreben. Sie haben alles erreicht, aber wirklich glücklich scheinen Sie damit nicht zu sein. Sie brauchen so jemanden wie mich, um ein wenig Nervenkitzel in Ihr Leben zu bringen. Das wird nicht mehr lange gut gehen. Sie sind zu hochmütig und zu überheblich. Ihre Dekadenz wird Sie Ihre Macht kosten. Davon bin ich fest überzeugt." Nun hatte ich mehr ausgeplaudert, als ich eigentlich wollte. Soeben fühlte ich, wie mein Bauch sich zusammenzog und sich die Furcht in mein Gemüt schlich, dass ich zu weit gegangen war. Ich beobachtete die Reaktion meines Gegenübers und erwarte schon fast, dass er einen kleinen Pfiff ausstieß und mir die Cyborg-Hunde auf den Leib jagte. Machte mich schon bereit, zu fliehen. Aber er war scheinbar abgeklärter als ich dachte. Er fing plötzlich lauthals an zu lachen und klopfte mir dabei auf die Schulter.

„Touché, mein lieber Freund. Das saß. Wenn Sie genau so furchtlos wie wortgewandt sind, dann müssen wir wirklich ein wenig Angst vor Ihnen haben." Etwas ernster fuhr er dann fort:

„Doch denken Sie immer daran, unsere Organisation besteht aus vielen mächtigen Leuten und Sie sind nur ein einzelner Mensch. Überschätzen Sie Ihre Kräfte und Ihre Macht niemals. Und unterschätzen Sie nicht, wie weit verzweigt unsere Einflussmöglichkeiten sind. Sonst wird das alles tödlich für Sie enden. Und falls Sie es sich anders überlegen sollten, dann setzten Sie Franziska van Heerden davon in Kenntnis. Sie wird Ihre Nachricht gerne an mich weiterleiten.

Ach, fast hätte ich es vergessen. Was den Rotoverter angeht. Der wird Ihnen zusammen mit der entsprechenden Dokumentation in nächster Zeit zugestellt werden.

Jetzt muss ich mich leider von Ihnen verabschieden und Sie bitten das Gelände zu verlassen. Ich habe das Zusammentreffen mit Ihnen sehr genossen und hoffe darauf, dass Sie es schaffen, möglichst lange zu überleben." Der Fremde geleitete mich nun mit seinen zwei Hunden zum Ausgang der Halle und gab mir zum Abschied seine Hand. Ich war in diesem Moment froh, dieses Abenteuer gut überstanden zu haben.

Nachdem ich mich wieder an der Oberfläche befand, atmete ich die klare Nachtluft voller Gier ein und schaute auf die Uhr. Es war schon kurz vor sechs Uhr. Mein Aufenthalt in den Katakomben der Oosterbeek Society hatte länger gedauert als vermutet.

Ich brannte darauf, diese Lagerstätte der Oosterbeek Society auffliegen lassen. Die Menschheit sollte endlich an den Errungenschaften der Mächtigen teilhaben können. Auch der ein oder andere Forscher wäre sicherlich davon begeistert, die eingelagerten Apparate begutachten zu können. Doch das musste gut vorbereitete werden. In Gedanken legte ich mir einen Plan zurecht.

Zuerst fuhr ich nach Hause, um mich von meiner dreckigen Kleidung zu befreien. Dachte einen Moment daran, mich etwas hinzulegen. Das würde jedoch zu viel Zeit kosten. Ich war zwar sehr müde, aber der Schlaf musste noch ein wenig auf mich warten, auch wenn ich dadurch nicht so gut konzentriert sein würde. Dann rief ich David Berger an. Ein Bekannter von mir, der freiberuflich als Lokalreporter für einige Zeitungen hier im Umkreis arbeitete. Es stand für mich außer Frage, dass er nicht für die Oosterbeek Society arbeitete. Daher hoffe ich darauf, dass ich ihm vertrauen konnte. Ich kündigte ihm eine Sensation an und er war bereit, sich mit mir vor dem ehemaligen Munitionsdepot zu treffen. Auf dem Weg zum Gelände rief ich auch noch die Polizei an. Sicher war sicher.

David war schon vor mir eingetroffen und wartete auf mich. Die Polizei kam kurz nach mir. Als die zwei Polizisten aus dem Auto ausgestiegen waren und wir gemeinsam das Terrain durchquert hatten, gingen wir die Treppe des Bunkers hinunter. Schließlich kamen wir bei dem riesigen Stahltor an. Erneut drückte ich den Stein mit der Gravur. Wie erwartet schob sich ein Teil der Wand langsam nach innen. Der Durchgang wurde sichtbar. Dieses Mal hatte ich allerdings einen Holzkeil dabei, der verhinderte dass die Wand sich wieder schloss. In dem Korridor blieb es dunkel. Das hätte mir gleich zu Anfang zu denken geben sollen. Ich führte meine drei Begleiter durch den dunklen Gang bis wir eine altertümliche Stahltür erreichten, die halb aus den Angeln hing. Wo war die moderne elektronisch verriegelte Tür geblieben? Das konnte nicht sein. Ich befürchtete das Schlimmste.

„Irgendetwas stimmt hier nicht. Gestern Nacht war hier noch eine stabile Tür installiert, die mit einem elektronischen Zahlenschloss gesichert war."

„Mag sein. Zeigen Sie uns einfach, was Sie uns zeigen wollten", sagte daraufhin der eine Polizist, den ich schon von der Aktion mit der verschwundenen Leiche in meinem Haus kannte. Ich schob die quietschende Tür auf. Vor mir war tiefe Dunkelheit. Ich trat einen Schritt nach vorne. Leuchtete mit meiner Taschenlampe hinein. Hörte plötzlich ein lautes Knurren. Ich wich zurück. Dann schoss aus der Dunkelheit ein großer Schäferhund auf mich zu, der weißen Schaum vor seinem Maul hatte. Einer der Polizisten reagierte sofort. Zog seine Waffe und schoss auf das Tier. Der Hund fiel jaulend zur Seite.

„War das einer der Cyborgs?", fragte der gleiche Beamte wie vorhin. Er verzog sein Gesicht und klang dabei ziemlich verächtlich.

„Nein natürlich nicht. Das ist ein normaler Hund. Lassen Sie uns in die Halle gehen. Dort werden Sie sehen, was ich gemeint habe." Ich trat an dem sterbenden Hund vorbei, der nur noch ein leises Winseln von sich gab und ging erneut in die Dunkelheit hinein. Das Licht meiner Taschenlampe zeigte mir nun, dass die Halle bis auf den sterbenden Hund leer war. Ich hatte es schon fast befürchtet. Die Oosterbeek Society war erneut schneller gewesen als ich. Ich merkte, wie ich beinahe meine Fassung verlor und immer mutloser wurde. Stets waren sie mir einen Schritt voraus. Zunehmend zerstörten Sie meine Glaubwürdigkeit. Es war kaum zum Aushalten.

„Aber da ist nichts. Die gesamte Halle ist leer. Sie haben sich das alles nur ausgedacht. Genauso wie die Leiche in Ihrem Haus. Haben Sie getrunken? Oder wurden Sie schon einmal wegen Hirngespinsten psychiatrisch behandelt?", fragte mich der mir bekannte Polizist ziemlich aufgebracht. Er hielt mich für verrückt. Das war deutlich zu spüren. Ich konnte es ihm nicht verdenken. Gleichzeitig wurde ich aber auch wütend über ihn, dass er mir nicht glauben wollte.

„Nein, natürlich nicht. Und ich habe mir das alles nicht eingebildet. Vor wenigen Stunden war diese Halle noch randvoll gefüllt mit Kisten voller hochmoderner Gerätschaften gewesen, die die Oosterbeek Society hier untergebracht hat. Außerdem liefen hier mindestens fünf Cyborg-Hunde als Bewachung herum. Ich verstehe nicht, wieso das alles so plötzlich verschwunden ist. Die Oosterbeek

Society hat scheinbar nach meinem Eindringen dafür gesorgt, dass die Dinge so schnell wie möglich abtransportiert wurden. Anders kann ich mir das nicht erklären. Sie müssen mir einfach glauben, dass es so war. Warum sollte sonst der Zugang zu dem Gang so gut gesichert sein?" Ich hatte mich in Rage geredet. Das kam bei den Polizisten nicht gut an und verstärkte ihren Verdacht, dass mit mir etwas nicht stimmte. Ich sah, wie der mir bekannte Polizist dem anderen einen Blick zuwarf, den ich zunächst nicht deuten konnte, aber gleich verstehen würde.

„Regen Sie sich bitte nicht so auf. Wir werden die Sache nochmal in aller Ruhe überprüfen. Wir wissen ja nun dank Ihnen, wie wir in die Halle gelangen können, und werden dieser Oosterbeek Society schon auf die Schliche kommen. Für Sie wäre es allerdings besser, wenn Sie etwas Ruhe finden würden. Sie sehen total übernächtigt aus. Vielleicht haben Sie sich einfach etwas übernommen? Machen sich zu viel Stress. Wir bringen Sie jetzt in eine Klinik, wo Sie sich erst einmal ein wenig ausruhen können. Danach sehen wir weiter." Ich sah meinen Bekannten David flehend an, aber auch er wirkte so, als ob er an meinem Geisteszustand zweifelte. Er wich meinem Blick aus und sagte:

„Max, lass dich bitte durch die beiden Polizisten in eine Klinik bringen. Du brauchst professionelle Hilfe." Ich überlegte einen Augenblick, ob ich mich gegen die beiden Polizisten wehren sollte. Versuchen sollte zu fliehen. Aber die drei hatten recht. Ich war übermüdet. Und ich war inzwischen unsicher, was die Wahrheit war und was nicht. So geschah es, dass ich, ohne dass ich mich dagegen groß sträubte, mit dem Verdacht auf eine schizophrene Psychose in der Psychiatrie landete.

12. Kapitel

Clara und Max mussten entgegen ihren Befürchtungen nicht lange warten, bevor Dr. Frank Hallstein bereit war, sie zu empfangen. Das Dienstmädchen führte sie einen viertel Stunde nach ihrem Eintreffen in ein großes mit vielen alten Möbeln bestücktes Arbeitszimmer, in dem ein knisterndes Feuer in einem offenen Kamin brannte. Durch die alten Möbel und den Kamin machte das Zimmer einen warmen und behaglichen Eindruck. Ihr Gastgeber wartete mit dem Rücken zu ihnen gewandt vor dem Kamin und beobachtete scheinbar fasziniert die Flammen. In der Hand hielt er ein Glas Weißwein. Noch ehe er sich umdrehte, fragte er sie, ob auch sie ein Glas des Domaine de la Romanee-Conti Montrachet Grand Cru haben wollten, was sie bejahten.

Schon als Max die Stimme von Dr. Frank Hallstein vernahm, wusste er, dass er dessen Stimme kannte. Und als sich ihr Gastgeber ihnen nun leicht lächelnd zuwandte, wusste er auch woher. Dr. Frank Hallstein war das Mitglied der Oosterbeek Society, das ihn vor knapp fünf Jahren in den unterirdischen Bunkeranlagen, die zur Lufthauptmunitionsanstalt Dieburg gehörten, auf frischer Tat ertappt hatte, ihn aber trotzdem damals laufen ließ. Diese fünf Jahre hatten nicht nur Max seelisch aufgerieben, sondern auch bei Dr. Frank Hallstein ihre Spuren hinterlassen. Aus dem einstigen jung wirkenden Fünfzigjährigen war ein alter gebrochener Mann geworden, der einen tieftraurigen Ausdruck in seinen Augen hatte.

„Ich hätte nicht gedacht, dass das Schicksal unsere beider Wege noch einmal zusammenführen würde, Herr Rilke. Aber es ist geschehen und ich freue mich darüber." Als Dr. Frank Hallstein nun den verwirrten Blick von Clara wahrnahm, ergänzte er noch:

„Ich war einst ein führendes Mitglied der Oosterbeek Society und bin in diesem Zusammenhang Max Rilke vor etwa fünf Jahren schon einmal begegnet. In dieser Zeit ist sehr viel passiert. Aber darauf komme ich gleich nochmal zu sprechen. Bitte nehmen Sie doch Platz." Mit diesen Worten deutete er auf eine Gruppe Ledersessel, auf denen Clara und Max es sich nun bequem machten. Als sich Dr. Frank Hallstein zu ihnen gesellt hatte, begann er erneut zu sprechen:

„Ich nehme an, ich habe Ihren Besuch dem plötzlichen Tod von Hans-Dieter Gross zu verdanken. Wirklich sehr bedauernswert, was mit ihm passiert ist. Scheinbar ist er etwas zu unvorsichtig bei dem Bestreben vorgegangen, den Kampf gegen die Oosterbeek Society zu forcieren. Er wurde von mir und einer kleinen Gruppe von guten Freunden beauftragt, zu Ihnen Kontakt aufzunehmen und Ihnen ein Angebot von uns zu unterbreiten. Diese Offerte besteht auch nach dem Tod von Hans-Dieter selbstverständlich fort. Wir würden Sie gerne bei ihrem Kampf unterstützen."

„Entschuldigen Sie, aber bitte verstehen Sie mich nicht falsch. Sie sind ein Mitglied der Oosterbeek Society. Warum sollten wir Ihnen vertrauen? Dank Ihnen und Ihren Freunden war ich drei Jahre in der Forensischen Psychiatrie untergebracht und wäre dort ohne Clara wahrscheinlich nie wieder lebend herausgekommen. Ich hatte ein seltsames Ding in meinem Nacken stecken, das mich mit dem von ihm erzeugten Kopfschmerzen beinahe in den Wahnsinn getrieben hätte. Durch die Umtriebe der Oosterbeek Society werden tagtäglich hunderte, vielleicht sogar tausende Menschen umgebracht. Das ist nicht unbedingt die Grundlage für eine vertrauensvolle Zusammenarbeit, oder was meinen Sie?" Dr. Frank Hallstein antworte Max zunächst mit einem traurigen und um Verzeihung bittenden Lächeln, ehe er zögernd antwortete:

„Ich verstehe Sie, aber auch Ihren Schmerz und Ihre Wut. Wie Sie vielleicht schon bemerkt haben, bin ich nicht mehr der Mann, den Sie vor fünf Jahren kennengelernt haben. Und auch die Oosterbeek Society ist nicht mehr die, die sie einst war. Sie wurde immer machtvoller und dadurch immer inhumaner. Macht inzwischen sogar vor den Kindern ihrer eigenen Schicht nicht halt."

„Sie haben selbst die Unmenschlichkeit der Oosterbeek Society zu spüren bekommen?"

„Ja, das vermuten Sie richtig. Meine Tochter ist der Oosterbeek Society zum Opfer gefallen. Sie war schon immer etwas rebellisch. Hat schon als kleines Kind alles in Frage gestellt und wollte aus ihrer heilen Welt, die ich ihr seit ihrer Kindheit bot, ausbrechen. Irgendwann hat sie sich einer linken Studentengruppe angeschlossen und hatte vor, zusammen mit den ungewaschenen und ungehobelten Typen dort eine Weltrevolution zu initiieren. Das hat einer meiner Freunde bei der Oosterbeek Society mitbekommen. Ohne mein Wissen wurde ihr, genau wie Ihnen, eine genmanipulierte Alraunwurzel eingepflanzt, die in regelmäßigen Abständen Scopolamin ihrem Gehirn zuführte. Das ist ein Wirkstoff, der beruhigend wirken und die Menschen lenkbar machen soll. Bei ihr hatte die Substanz allerdings noch andere Resultate. Sie bekam neben den starken Kopfschmerzen, die Sie ja auch schon kennengelernt haben, ausgeprägte Halluzinationen und Wahnvorstellungen, hat mich und den Rest der Familie irgendwann nicht mehr erkannt und sich schließlich vor einen fahrenden Zug gestürzt. Kurz danach hat mich deswegen meine Frau verlassen. Ich war am Ende. Das können Sie mir glauben. Habe die Oosterbeek Society und mein Leben verflucht. Bis ich per Zufall in den Fachbereich von Hans-Dieter Gross versetzt wurde und ihn näher kennenlernte. Ihm gelang es, mir neue Hoffnung zu geben. Nämlich zu versuchen, die Macht der Oosterbeek Society zu brechen und eine menschlichere Welt aufzubauen. Das ist seit diesem Zeitpunkt zu meinem neuen Lebensmittelpunkt geworden."

„Und wie soll es uns gelingen die Oosterbeek Society zu zerschlagen?"

„Das werde ich gleich thematisieren. Zunächst noch etwas zur Vorgeschichte der Oosterbeek Society. Das ist wichtig, um unsere Organisation und deren ursprüngliches Ansinnen zu verstehen. Die ersten losen Treffen europäischer und amerikanischer Industrieller und Bankiers fanden unter strenger Geheimhaltung um 1780 in dem kleinen Ort Oosterbeek in den östlichen Niederlanden statt. Darüber werden Sie sicherlich nichts in den Geschichtsbüchern finden. Aber diese Zeit kann durchaus als Beginn der Ära der Oosterbeek Society angesehen werden.

Die besagten Treffen sollten dazu dienen, den technischen Fortschritt voranzutreiben. Gleichzeitig aber auch sicherstellen, dass einerseits immer genug Arbeitskräfte zum Produzieren und andererseits stets ausreichend Konsumenten zum Kaufen der Produkte vorhanden waren. Dabei stand uns jedoch der Absolutismus im Wege, was uns dazu bewog, die Bewegung der Aufklärung zu unterstützen und nicht unerhebliche Mengen an Geld in vorhandene revolutionäre Gruppen zu investieren. Ein Erfolg davon war der Beginn der französische Revolution in 1789.

Aber auch die Gründung der New Yorker Wertpapierbörse in 1792 wurde uns initiiert. Mit Hilfe des Handels von Wertpapieren konnten ab diesem Zeitpunkt Werte unabhängig von der realen Wirtschaft geschaffen werden. Ein fast göttliches Handeln. Die Schaffung von etwas

Neuem. Das haben wir bis heute zu einer außerordentlichen Perfektion weiterentwickelt.

Die Liste der Einflussnahme der Oosterbeek Society ließe sich fast beliebig fortsetzen. Und bei all diesen Ereignissen machten wir riesige Profite, durch die es uns gelang, unseren Einfluss und unsere Macht stets zu steigern und effizienter zu gestalten. Ein niemals endender Kreislauf. Irgendwann gab es keinen Krieg oder Konflikt mehr, aus dem wir nicht unsere Gewinne schlugen.

Innerhalb der Oosterbeek Society gab es jedoch immer wieder Machtkämpfe. Die etwas gemäßigten Kräfte bei uns haben in den letzten Jahren und Jahrzehnten zunehmend an Einfluss verloren. Das hatte zur Folge, dass das Vorgehen der Oosterbeek Society immer unmenschlicher wurde. Inzwischen befürchte ich, dass geplant ist, die gesamte Menschheit in eine große Katastrophe zu führen. Dies würde in den Augen der Mehrheit in der Oosterbeek Society nicht nur das Problem der Überbevölkerung lösen, sondern auch neue Absatzmärkte schaffen. Außerdem bestände dadurch die Möglichkeit, sich mit einem Schlag aller kritischen Unruhestifter zu entledigen.

Aber das herauszufinden, wäre Ihre Aufgabe. Am fünften November findet ein Treffen der höchsten Vertreter der Oosterbeek Society im Hotel Bildergipfel in Frankfurt statt. Ich könnte dafür sorgen, dass Sie beide dort Einlass bekommen. Außerdem würde ich Sie in diesem Fall mit einigen der modernsten Geräten der Nachrichtentechnik ausstatten, so dass Sie alles, was dort gesprochen wird, aufnehmen können. Danach werden meine Freunde und ich dafür sorgen, dass das von Ihnen hergestellte Bild und Tonmaterial auf sämtlichen Social-Media-Plattformen veröffentlicht wird. Wenn das geschehen ist, werden wir alle in und ausländischen Fernsehsender mit dem Material versorgen.

Und glauben Sie mir. Sobald einer breiten Masse der Menschen die Wahrheit vor Augen geführt worden ist, wird die Oosterbeek Society ihre Macht verlieren. In allen Teilen der Welt wird es Aufschreie über das herrschende Unrechtsregime geben. Überall werden sich Menschen zusammenschließen, um die menschenunwürdigen Zustände, unter denen sie bisher leben mussten, zu beenden."

„Die Oosterbeek Society wird aber versuchen, zu verhindern, dass das von uns gefilmte Material öffentlich zugänglich gemacht wird. Wenn ich mich richtig entsinne, sind sämtliche Medienhäuser und nahezu alle Anbieter von Internet-Content im Besitz der Oosterbeek Society oder deren Mittelsmännern. Ebenso sind die öffentlich-rechtliche Medien von Ihnen unterwandert und korrumpiert worden. Es gibt somit kaum noch Quellen, die die Wahrheit verbreiten. Und die alternativen Medien, die das tun, sind erfolgreich von Ihnen als Verbreiter von Verschwörungstheorien gebrandmarkt worden."

„Ja, da haben wir gute Arbeit geleistet. Trotzdem kann die Wahrheit nicht aufgehalten werden. Ich habe ein paar mächtige Freunde im Umfeld dieser Medien, die mir noch ein paar Gefälligkeiten schuldig sind. Die werden froh sein, ehe das ganze System zusammenbricht, vorweisen zu können, dass sie eigentlich die ganze Zeit Widerstand geleistet haben. Und wenn es uns erst einmal mit deren Hilfe gelungen ist, den Film bei ein paar tausend Usern und Influencern unterzubringen, wird eine Lawine losrollen, die nicht mehr aufzuhalten ist. Alles andere wird dann fast von alleine passieren"

„Das klingt alles sehr überzeugend. Oder was meinst du, Clara?" Clara nickte wie beiläufig. Ihr schien jedoch eine andere Frage im Kopf zu schwirren, die sie jetzt stellte:

„Wie wollen Sie uns bei diesem Treffen der Oosterbeek Society einschleusen?"

„Nun, ganz einfach. Sie werden dort als Bettina und Josef Olbrecht auftreten, dem Sohn und der Schwiegertochter des kürzlich verstorbenen Besitzer des international tätigen Discounter-Konzerns DiOl. Diese sind bisher nicht in der Öffentlichkeit aufgetreten. Das erklärt auch, warum sie den anderen Mitgliedern der Oosterbeek Society nicht bekannt sind. Dazu müssen Sie aber auch einige Interna aus dem Konzern ständig präsent haben. Die entsprechenden Unterlagen werde ich Ihnen mitgeben. Ebenso wie zwei Chipkarten, mit denen Sie Zugang zu einer Park Suite und zu den Tagungsräumen haben werden, in denen das Treffen der Oosterbeek Society stattfinden wird. Dazu wird Ihnen die ihrem Rang entsprechende Kleidung für die drei Tage zur Verfügung gestellt. Ein Chauffeur und ein passendes Auto sind schon vorbestellt. Haben Sie sonst noch Fragen?"

„Sie haben anscheinend fest damit gerechnet, dass wir Ihr Angebot annehmen werden?"

„Ja, das habe ich. Zu einer meiner Aufgaben bei der Oosterbeek Society hatte es gehört, Persönlichkeitsprofile von Menschen zu erstellen, die auffällig geworden waren, und deren Gefährdungspotenzial in Bezug auf unsere Vereinigung realistisch zu ermitteln. Sie haben dabei die allerhöchste Stufe erreicht. Deswegen wurde auch dafür gesorgt, dass sie in der forensischen Psychiatrie landen. Nur dort waren wir vor Ihnen wirklich sicher. Außerdem haben wir seit vielen Jahren sehr viel Geld in die Erforschung der Sozialpsychologie investiert, um zukünftiges Verhalten einzelner Individuen vorauszusehen und beeinflussen zu können. Deswegen war für mich klar, dass Sie die Chance ergreifen werden, die ich Ihnen heute biete."

„Und warum haben Sie mich nicht gleich umgebracht, so wie Sie es mit meinem Kollegen Paul Altmann gemacht haben?"

„Ich hatte Ihnen damals vor fünf Jahren die Wahrheit gesagt. Wir hätten großes Interesse daran gehabt, Sie umzudrehen und auf unserer Seite zu wissen. Leider waren Sie damals zu dickköpfig und zu weltfremd. Hatten noch angenommen, dass Sie alleine gegen die Macht der Oosterbeek Society etwas ausrichten können. Inzwischen wissen Sie, dass Sie jede Hilfe annehmen müssen, die Ihnen angeboten wird, um gegen unsere Organisation zu bestehen. Ich mache Ihnen deswegen keine Vorwürfe. Wir haben ja alle dazulernen müssen."

„Was passiert, wenn die Oosterbeek Society davon erfährt, was wir vorhaben und uns vorher abfangen?"

„Das wird nicht passieren. Falls es aber geschehen sollte, werde ich abstreiten, jemals mit Ihnen Kontakt gehabt zu haben. Seien Sie ab heute besonders vorsichtig. Lassen Sie sich nach Möglichkeit nicht in der Öffentlichkeit blicken, vermeiden Sie in die Bereiche irgendwelcher Überwachungskameras zu gelangen und bezahlen Sie auf keinen Fall mit Kreditkarte. Sie wissen ja selbst, dass die Oosterbeek Society jegliche Aktivität im Internet, im Mobilfunk und beim bargeldlosen Geldverkehr überwacht. Besonders vor so einem großen Treffen, wird sehr viel Wert auf Sicherheit gelegt. Also vertrauen Sie niemanden und halten Sie sich bis zum fünften November im Hintergrund.

Ich gebe ihnen ein Prepaid-Handy mit, dass sie bitte erst am Vortag des fünften November einschalten. Dort werde ich Ihnen die restlichen Einzelheiten mitteilen. So, jetzt ist es aber Zeit für Sie zu gehen. Jeanne hat inzwischen die Sachen, die

Sie von mir benötigen, für Sie zusammengepackt. Alles Gute für Sie und Ihr Mission." Dr. Frank Hallstein gab Clara und Max zum Abschied seine Hand und ließ Sie dann durch sein Hausmädchen zum Ausgang bringen.

Clara und Max waren angesichts der vielen Information, die sie bekommen hatten, und der Art, wie Dr. Frank Hallstein sie behandelt hatte, zunächst etwas perplex, dann entschlossen sie sich aber, sich seinen Ratschlägen zu beugen und in die Waldhütte im Odenwald zurückzukehren. Dort mussten sie sich bis zum fünften November irgendwie die Zeit vertreiben.

13. Kapitel

Zur Begrüßung wurde mir in der Psychiatrie zunächst eine Spritze verabreicht, die mich für eine ganze Zeit vollkommen außer Gefecht setzte. Als ich dann irgendwann in meinem Zimmer langsam wieder zu mir kam, wurde mir klar, was mir passiert war. Ich war zum ersten Mal in meinem Leben gefangen. Konnte mich nicht frei dorthin bewegen, wohin ich wollte. Ein beängstigender Gedanke. Genau so bedrohlich, wie die Umgebung, in der ich mich wiederfand.

Die Station auf der ich gelandet war, schien für mich anfangs voller seltsamer Monstren und gefährlicher Wahnsinniger zu sein. Ich glaubte, hier auf keinen Fall hinzugehören. Das kam mir zumindest so vor, bis ich die Menschen, die sich dort befanden, näher kennenlernt hatte. Eigentlich wollte ich möglichst bald wieder aus der stationären Behandlung entlassen werden, doch nach ein paar Tagen genoss ich die Muße, die ich hier fand. Hier konnte ich in Ruhe über alles nachdenken, was in letzter Zeit passiert war. Die Oosterbeek Society und die Bedrohung, die sie darstellte, zumindest für kurze Zeit aus der Ferne betrachten. Außerdem traf ich sie hier.

Sie war eine junge Frau, die ebenso wie ich wegen einer schizophrenen Psychose in der Klinik behandelt wurde. Sie hieß Angela May, war ausgesprochen dünn, hatte aber etwas an sich, was mich vom ersten Augenblick an ihr faszinierte. Besonders ihre Augen nahmen mich sofort für sie ein. Ihre dunkelbraunen Augen schienen das Leid der gesamten Welt erblickt zu haben. Und sie besaß ein ausgesprochen hübsches Lächeln. Sie lächelte zwar nur selten, aber wenn sie es tat, hätte sie damit sämtliche schreckliche Untiere und grauenvollen Bösewichte dieser Welt damit erweichen können.

Als sie zum ersten Mal sah, lächelte sie nicht. Die anderen Verrückten und ich waren gerade beim Mittagessen als sie von einer der Krankenschwestern in den Aufenthaltsraum geführt wurde und einen Platz an meinem Achtertisch zugewiesen bekam. Angela machte einen äußerst mitgenommenen und traurigen Eindruck auf mich und schaute kaum auf, als sie ihr spärliches Mittagessen zu sich nahm. Einen Blick von ihr erhaschte ich allerdings. Und in diesem Moment hatte sich etwas sehr Eigenartiges zwischen uns ereignet. So etwas wie eine Art Gedankenübertragung. Ich erkannte in dieser Sekunde, dass sie die Wahrheit über die Oosterbeek Society kannte. Und sie wusste, dass gleiche von mir. Das führte dazu, dass, wann immer wir uns beim Essen oder einer anderen Gelegenheit trafen, wir gegenseitig unsere Nähe suchten. Sprechen taten wir jedoch anfangs nicht miteinander. Aber wir schienen etwas Vertrautes füreinander in dieser fremden Umgebung zu sein.

Irgendwann hielt ich es aber nicht mehr aus, nur schweigsam bei ihr zu sitzen. Ich musste ihr die Frage stellen, die mich die ganze Zeit über beschäftigte. Außerdem wollte ich mehr von ihr wissen. Von ihr und ihrem Leben. So ergriff ich die Gelegenheit, als sie nach dem Mittagessen noch allein am Tisch sitzenblieb:

„Du weißt von ihnen, oder?"

„Ja, deswegen bin ich hier. Ich hätte es zu Hause allein nicht mehr ausgehalten. Habe Sie zuletzt überall gesehen. Es war unheimlich. Sie haben mich sogar in meine Träume verfolgt."

„Wie bist du darauf gestoßen, dass sie wirklich existieren?"

„Ich bin Informatikerin. Zu Programmieren ist meine Leidenschaft. Es gibt nichts, was ich mehr mag, außer Sex vielleicht. Seit meiner Kindheit liebe ich logische Strukturen und Zahlen. Ich bin aber auch neugierig. Entdecke gerne Neues.

Das war mein Fehler. Als ich eines Abends im Internet unterwegs war, stieß ich auf einen Chat. Dort wurden die seltsamsten und widersprüchlichsten Informationen ausgetauscht. Diese Daten bildeten ein wirres Netz, in dem versuchte eine logische Struktur zu entdecken. Mit Hilfe eines Algorithmus, den ich programmierte, gelang es mir schließlich. Zum Vorschein kamen ein paar Hinweise auf die Oosterbeek Society."

„Was hast du dann gemacht?"

„Ich folgte den Spuren. Schließlich habe ich den Zugang zum dunklen Netzwerk der Oosterbeek Society gefunden. Mich mit Hilfe eines kleinen Tools dort eingeschlichen. Das hat mich völlig aus der Bahn geworfen. Jeder hat sicherlich schon von einer Weltverschwörung gehört, besonders damals nach Nine Eleven. Ich dachte, dass das alles nur Spinner waren, die davon gesprochen haben, dass das World Trade Center absichtlich von der Regierung gesprengt wurde. Aber das, was ich gefunden hatte, war die nackte Realität.

Sicherlich, die Oosterbeek Society hatte alle Dokumente mit dieser seltsamen Sprache codiert. Aber wie du dir bestimmt vorstellen kannst, stellte das kein Problem für eine aufgeweckte Informatikerin dar. Im Nu konnte ich alle Information im Klartext abrufen. Damit begann etwas sehr Folgenschweres in mir heranzuwachsen. Anfangs konnte ich nicht glauben, was ich las. Aber dann wusste ich, dass alles, was ich vor Augen hatte, stimmte. Das führte dazu, dass ich immer mehr Furcht bekam. Ich sah auf einmal überall die Werke dieser Organisation und wie sie Einfluss auf die Menschen nahm."

„Das war bestimmt eine sehr schwere Zeit für dich?"

„Das kannst du aber annehmen. Richtig schlimm wurde es aber erst als dieser seltsame Mann vor meiner Tür stand und mir riet, die Finger von diesem Netzwerk zu lassen und nicht mehr darin herumzuschnüffeln. Da wusste ich, dass das, was ich getan hatte, nicht unbemerkt geblieben war. Die Oosterbeek Society wusste, dass ich ihr auf die Schliche gekommen war. Aber sie wollte mich gleichzeitig auch davon abhalten, noch mehr von ihren dunklen Wahrheiten zu erfahren. Ich hatte wirklich große Angst davor, dass sie mir etwas antun würden. Und ich hatte recht mit meiner Annahme. Doch anders als ich es ursprünglich vermutete."

„Das hört sich ziemlich beängstigend an. Was ist passiert?"

„Ich hörte eines Tages, als ich von der Arbeit nach Hause kam, schon auf der Treppe zu meiner Wohnung, meinen Kater Ramses grauenhaft schreien. Ich rannte wie eine Verrückte die Treppe hoch, da ich wusste, dass ihm etwas Schreckliches passiert sein musste. Ich kam allerdings zu spät. Als ich ihn fand, zeigte er kaum noch Lebenszeichen. Er war durch irgendjemanden an der Küchenwand festgenagelt worden. Als ich versuchte, ihn von der Wand zu lösen, starb er in meinen Händen. Er war verblutet. Es war so schrecklich, meinen geliebten Kater tot in den Händen zu halten. Warum mussten sie nur so grausam sein und ein unschuldiges Tier quälen? Das war der Zeitpunkt, als ich begann die Oosterbeek Society aus tiefstem Herzen zu hassen.

Dieser Mord hatte noch eine andere Wirkung auf mich. Durch ihn hatten sie meinen Widerstandswillen geweckt. Statt mich davon abzuhalten, weitere Information über sie einzuholen, wurde mein Jagdinstinkt geweckt. Die Oosterbeek Society wechselte mittlerweile täglich das Passwort zu ihrem Netzwerk, aber das konnte mich nicht aufhalten, dort einzudringen. Ich war wie besessen. Schlief kaum noch. Ernährte mich von Tiefkühlpizza und Energy-Drinks. Ich war darauf versessen, ihre Schwachstelle zu finden. Die Stelle, an der ich sie packen und vernichten konnte. So wie sie meinen Kater vernichtet hatten. Und das stand kurz davor. Da war ich mir sicher. Das konnte diese Leute jedoch nicht zulassen. Das hätte ich wissen müssen."

„Was haben Sie mit dir angestellt?"

„Etwas mit dem ich nicht gerechnet hatte. Eines abends war ich vor meinem Rechner eingeschlafen. Fühlte mich sehr seltsam, als ich wieder aufwachte. Hatte ein taubes Gefühl in meinem Nacken und bemerkte dort eine Stelle, die verschorft war. Anfangs dachte ich, ich hätte mich versehentlich gekratzt. Erst später kam mir der Verdacht, dass die Häscher der Oosterbeek Society mit mir irgendetwas angestellt hatten. Litt ich schon vorher teilweise an einer ausgeprägten Furcht, so bekam ich plötzlich regelrechte Angstzustände. Ich schaffte es nicht mehr, vor die Tür zu gehen. Noch nicht mal, um mir Essen zu besorgen. Zudem hatte ich auch immer wieder diese schrecklichen Kopfschmerzen. Meine Konzentrationsfähigkeit ließ von einen Tag auf den anderen sosehr nach, dass ich nicht mehr in der Lage war, komplexe Zusammenhänge, die ich vorher ohne Probleme erfassen konnte, zu verstehen. Auch das Lesen fiel mir immer schwerer. Wenn ich eine Seite gelesen hatte, wusste ich nicht mehr, was am Beginn gestanden hatte. Dies alles führte dazu, dass es mir nicht mehr gelang, in das Netzwerk der Oosterbeek Society einzudringen.

„Das klingt nach einer ausgeprägten Depression. Meinst du wirklich, Sie haben das mit dir gemacht?"

„Ja, das denke ich schon. Du kannst dir nicht vorstellen, wie übel das war. Am schlimmsten waren allerdings die Wahnvorstellungen. Ständig sah ich irgendwelche gruseligen Gestalten in meiner Wohnung, die mir Dinge zuflüsterten.

Und es waren böse Sachen, die sie mir sagten. Dass mein Leben keinen Sinn machte. Dass ich besser sterben sollte, als mein lebensunwertes und verdorbenes Leben weiterzuführen. Dass jedes Ungeziefer mehr wert war als ich. Ich wollte, dass diese bösen Stimmen aus meinem Kopf verschwinden sollten. Schlug meinen Kopf solange gegen die Wand bis ich blutend und ohnmächtig zu Boden ging.

Ein Bekannter von mir wollte mich am nächsten Tag besuchen. Hörte mich durch die Wohnungstür stöhnen und schreien. Besorgte sich vom Hausmeister den Schlüssel zu meiner Wohnung. Fand mich völlig abgemagert und heftig blutend in meiner Wohnung auf. Da ich dazu noch total verwirrt war, rief er einen Rettungswagen, der mich ins Krankenhaus brachte. Dort wurden meine Wunden versorgt und ich über mehrere Tage aufgepäppelt. Aber was noch viel wichtiger war, dass einem jungen Chirurg das seltsame Gewächs in meinem Nacken auffiel und er es ohne lange darüber nachzudenken, von dort entfernte. Als dass passiert war, ging es mir von Tag zu Tag besser. Trotzdem entschloss ich mich, mich in der Psychiatrie behandeln lassen. Daher kam ich hierher. Hatte vor, endlich gesund werden. Den Kopf wieder frei zu bekommen."

„Du hast dich also freiwillig hier einliefern lassen? Und wie geht es dir dabei?"

„Ich habe immer noch phasenweise Angst, aber diese schrecklichen Wahnvorstellungen sind glücklicherweise vollkommen verschwunden. Genauso wie die Kopfschmerzen. Außerdem bin ich sehr froh, dir hier begegnet zu sein. Ich fühle mich in deiner Nähe geborgen und sicher. Ich weiß nicht, warum das so ist, aber es ist für mich sehr angenehm, so zu empfinden. Wichtig für mich ist auch, dass dir die Oosterbeek Society und ihre dunklen

Umtriebe ebenso bekannt sind wie mir. Wir sind also so etwas wie Geschwister im Geiste."

„Ja, das ist richtig. Das sehe ich genauso. Ich bin auch sehr glücklich, dich hier getroffen zu haben und mit dir so offen sprechen zu können. Draußen in der wirklichen Welt hat mir niemand geglaubt." Nun sah ich zum ersten Mal das wunderschöne Lächeln von Angela, das tief in mein Herz eindrang und es sanft erwärmte. Dadurch ermutigt, ging ich weiter, als es für unser erstes Gespräch vernünftig gewesen wäre:

„Gemeinsam könnten wir schaffen, der Oosterbeek Society eine Lektion zu erteilen, die sie nie mehr vergisst. Sie vielleicht sogar so bloß zu stellen, dass sie sich niemals mehr davon erholen kann. Oder, was meinst du?" Sofort sah ich, wie Angela von mir zurückwich und sehr ernst wurde.

„Ehrlich gesagt, wollte ich mich nicht mehr auf einen Kampf mit der Oosterbeek Society einlassen. Dazu war das, was ich erlebt habe, einfach zu schrecklich. Kannst du das verstehen? Ich habe zu große Angst, endgültig meinen Verstand zu verlieren, wenn sie sich nochmals intensiver mit mir befassen."

„Natürlich kann ich das verstehen. Ich habe auch immer wieder Zweifel, ob das, was ich gerade tue, das Richtige ist. Ebenso habe ich Furcht vor ihrer unbeschreiblichen Macht. Aber darüber können wir uns ja irgendwann noch einmal unterhalten." Angela lehnte sich jetzt lächelnd zu mir hinüber und gab mir einen sanften Kuss auf die Backe. Danach hauchte sie mir zu:

„Ich danke dir für dein Verständnis."

In den folgenden Tagen und Wochen lernte ich Angela ebenso wie meine anderen Mitpatienten immer intensiver kennen. Dabei stellte sich für mich heraus, dass sich die wirklichen Verrückten draußen in der „normalen" Welt befanden, während ich hier in der Psychiatrie die Gelegenheit hatte, einige der nettesten und liebenswürdigsten Menschen meines bisherigen Lebens kennenzulernen. Mein Verhältnis zu Angela wurde immer enger und schließlich verliebten wir uns ineinander. Jedes Mal, wenn sie sich in meiner Nähe befand, machte sich ein warmes Gefühl in mir breit. Und als wir uns das erste Mal richtig küssten, war ich danach ganz aus dem Häuschen.

Mich beschäftigte allerdings noch etwas anderes. Je besser es mir ging und je mehr ich dabei feststellen musste, dass viele Menschen in der Psychiatrie es direkt oder indirekt der Oosterbeek Society und ihrer dunklen Umtriebe zu verdanken hatten, hier gelandet zu sein, desto mehr wuchs in mir der Wunsch heran, den Kampf gegen sie erneut aufzunehmen.

Angela war sehr sensibel und bemerkte meine Unruhe sofort. Bald fragte sie mich, was ich denn hätte:

„Was ist mit dir los? Du kommst mir so rastlos vor, als ob dich irgendetwas quält."

„Da kennst du mich inzwischen schon sehr gut. Ja, ich bin unzufrieden mit mir. Ich möchte der Oosterbeek Society nicht das Feld überlassen und hier versauern. Dazu steht zu viel auf dem Spiel."

„Du willst wieder gegen Sie kämpfen?"

„Ja, das möchte ich."

„Und du willst, dass ich dich dabei unterstütze?"

„Das würde ich niemals von die verlangen."

„Das weiß ich, aber trotzdem lese ich diesen Wunsch in deinen Augen."

„Na gut, dann kann ich es auch zugeben. Schön fände ich schon. So wie damals bei Bonnie und Clyde. Gemeinsam gegen das Unrecht kämpfen."

„Die sind, glaube ich, erschossen worden."

„Ja, das stimmt wohl. Aber ich würde dich beschützen, so dass dir nichts passiert."

„Versprochen?"

„Ja, das verspreche ich dir."

„Okay, dann bin ich einverstanden." Ich sah Angela in diesem Moment an, dass sie es nur mir zuliebe tat. Später bereute ich es aus tiefstem Herzen, sie dazu überredet zu haben. Ich hatte dadurch ihr Leben leichtfertig aufs Spiel gesetzt. Und dass, obwohl ich wusste, wie gefährlich es war, sich mit der Oosterbeek Society anzulegen.

14. Kapitel

Wie mit Dr. Frank Hallstein besprochen, kehrten Clara und Max auf dem schnellsten Weg von München in die Waldhütte im Odenwald zurück. Dort nutzen sie zunächst die Zeit, um weitere Information über die Oosterbeek Society einzuholen. Was ihnen dabei gleich auffiel, war, dass von dem geplanten Treffen am fünften November im Hotel Bildergipfel in Frankfurt nirgends ein Hinweis zu finden war. Die Macht der Oosterbeek Society über die Medien war scheinbar vollkommen. Wenn sie nicht wollten, dass etwas an die Öffentlichkeit kam, so blieb es für die Allgemeinheit verborgen.

Aber noch auf etwas anderes stießen Clara und Max. So schien von der Oosterbeek Society beabsichtigt zu sein, Russland in Misskredit zu bringen und durch dubiose, nicht nachweisbare Behauptungen, in die Enge zu treiben. Ähnlich wie vor Beginn der zwei Irakkriege, wurden Lügen oder nicht beweisbare Behauptungen über die Presse verbreitet. So wurde behauptet, dass ein ehemaliger Oberst des russischen Militärnachrichtendienstes GRU, der übergelaufen und nun Agent des britischen Auslandsgeheimdienstes MI6 war, im Auftrag des russischen Präsidenten vergiftet worden war. Außerdem wurde ein mutmaßlicher Einsatz von Chemiewaffen im syrischen Bürgerkrieg durch den von Russland unterstützten syrischen Präsidenten zum Anlass genommen, dass durch Luftstreitkräfte der NATO Gebiete in Syrien bombardiert wurden, wobei viele unschuldige Zivilisten umkamen. Auch hier wurden Lügen erneut zur Wahrheit, weil die Oosterbeek Society das so wollte. Da konnte sogar zwei plus zwei zu fünf werden, wenn die Wahrheit so beliebig verdrehbar wurde.

Während Max auch weiterhin unermüdlich war in dem Zusammentragen immer neuer Informationen, fühlte sich Clara in der Waldhütte irgendwann wie eingesperrt. Ihr wurde die Zeit bis zum fünften November zu lang. Sie hatte genug davon, sich irgendwelche langweiligen Fernsehserien oder Spielshows anzuschauen. Nachdem sie sich mit Max aus einem nichtigen Grund heftig gestritten hatte, rannte sie voller Zorn und ohne auf den Weg zu achten aus der Hütte. So blieb es nicht aus, dass sie sich mit Tränen in den Augen in dem gewaltigen Waldabschnitt verlief, der ihre Behausung umgab. Das fiel ihr aber erst auf, als es schon zu spät war. Die Dämmerung hatte eingesetzt und sie war völlig desorientiert. Laut und voller Verzweiflung rief sie nach Max. Die einzige Antwort die sie erhielt, war ein ständiges Rascheln im Unterholz und der Ruf eines Waldkauzes.

Was wollte sie jetzt tun? Sie hatte beim raschen Verlassen des Hauses natürlich ihr Smartphone liegen lassen, weswegen sie Max noch nicht einmal anrufen konnte. Hier im Wald übernachten, wollte sie auf keinen Fall. Dazu war es auch zu kalt. Glücklicherweise war die Nacht aber sehr klar, wodurch sie die Sterne sehen konnte. Als sie sich den Nachthimmel genauer angeschaut hatte, sah sie den Polarstern, der ihr fast genau den Weg nach Norden weisen würde. Sie wusste natürlich nicht, ob die Waldhütte nördlich von ihr lag, aber so hatte sie zumindest einen Anhaltspunkt, dass sie nicht ständig im Kreis lief. Voller Zuversicht begann sie nun ihre nächtliche Wanderung. Und tatsächlich meinte sie nach etwa einer Stunde, die Hütte vor sich auftauchen zu sehen.

Sie wollte schon beginnen, zu der Eingangstür hinzurennen, als sie die dunklen Umrisse eines Menschen direkt vor sich wahrnahm. Dieser war erheblich größer als die Gestalt von Max, daher ermahnte sie sich zur Vorsicht und versuchte, den Fremden weiträumig zu umgehen. Anfangs gelang ihr das ohne Probleme. Dann wurde sie allerdings aufgrund ihrer Hektik zu unvorsichtig und trat auf einen großen Ast, der mit einem laut knackenden Geräusch unter ihrem Schuh zerbrach. Völlig verängstigt erstarrte zu einer Salzsäule und lauschte in den dunklen Wald, ob der Fremde das gehört hatte. Er musste es mitbekommen haben, aber zog er auch die richtigen Schlüsse daraus? Ahnte er, dass sich hier im Wald kein alter Rehbock, sondern eine junge verängstigte Frau zu der Hütte hinbewegte?

Als sich plötzlich eine in einen schwarzen Lederhandschuh gekleidete Hand auf ihren Mund legte, um sie am Schreien zu hindern, und sich gleichzeitig ein kräftiger Arm um ihre Hüfte schlang, der sie am Weglaufen hinderte, wusste sie, dass der Fremde sie nicht für irgendein Waldtier gehalten hatte, sondern für die, die sie war.

Schon hörte sie die Stimme des Fremden leise in ihrem Ohr und konnte seinen schlechten Atem riechen. Eine Mischung des Geruchs von nicht ausreichend verdautem Essen und ungenügend gepflegten Zähnen:

„Na, was für ein scheues Reh habe ich denn hier gefangen? Was machst du denn allein mitten in der Nacht im Wald? Hast du dich etwa verlaufen? Oder bist du eine von den bösen, bösen Leuten, die in dieser Hütte wohnen?" Ehe Clara Anstalten machen konnte, ihm zu antworten, spürte sie den Einstich einer Nadel in ihrem Hals und kurz darauf verlor sie das Bewusstsein.

Das Erste, was sie wahrnahm, als sie wieder aufwachte, war, dass ihr kalt war. Sogar sehr kalt. Es fühlte sich so an, als ob sie völlig ungeschützt auf dem kalten gefrorenen Waldboden lag. Das Zweite, was ihr zu Bewusstsein kam, war, dass sie an furchtbaren Kopfschmerzen litt. Wahrscheinlich eine Nachwirkung der Betäubungsspritze.

Als drittes wurde ihr bewusst, dass es immer noch dunkel war. Sie also trotzdem sie die Augen geöffnet hatte, nur sehr wenig sehen konnte.

Dann hörte sie etwas. Ganz in ihrer Nähe. Es war eine Art Stöhnen. So als ob jemand sehr erregt war oder sich übermäßig anstrengte. Aber halt. Das war nicht nur eine Person, die sie hörte, sondern gleich zwei. Zwei Männer, die miteinander rangen. Jetzt konnte sie auch deren Bewegungen sehen. Eine große Gestalt kämpfte gegen eine etwas kleinere. Der kleinere Mann hatte etwas in der Hand. Schlug es nun gegen den Kopf des größeren. Es gab einen lauten Schlag. Ein Stück Holz zerbrach. Der größere Mann sank stöhnend in sich zusammen. Der andere Mann kam nun auf sie zu.

Clara bekam Angst. Sie überlegte, ob sie schnell aufspringen und weglaufen sollte. Dann war er allerdings schon bei ihr. Hielt ihr seine Hand entgegen. Half ihr beim Aufstehen. Es war Max. Was für ein Glück.

„Wir müssen uns auf den Weg machen. Die Oosterbeek Society hat scheinbar unser Versteck entdeckt. Hier sind wir nicht mehr sicher. Ich denke, dieser Typ war nur die Vorhut, um die Lage hier zu checken. Der Rest wird nicht allzu lange brauchen, um hier einzutreffen. Packe deine Sachen zusammen. Schnell."

„Hast du ihn umgebracht?"

„Nein, er ist nur ohnmächtig. Wird aber mächtige Kopfschmerzen haben, wenn er wieder aufwacht." Max drängte Clara voller Hast zur Waldhütte. Sie packten beide nur die notwendigsten Dinge ein und rannten dann zu Claras Auto. Dem hatten sie vor ein paar Tagen zum Glück eine neue Farbe und ein neues Kennzeichen verpasst. Max leitete Clara auf Feldwegen durch den Wald zu einer asphaltierten Straße. Erst dann fing er wieder an zu sprechen:

„Sie haben uns schneller entdeckt als ich dachte. Sehr schade."

„Danke, dass du mich gerettet hast. Und entschuldige bitte, dass ich einfach so abgehauen bin. Was ich vorhin gesagt habe, habe ich nicht so gemeint."

„Kein Problem, wenn man solange wie wir so eng aufeinander hängt, kann einem schon mal die Decke auf den Kopf fallen und die Nerven durchgehen. Ich hätte mich einfach mehr um dich kümmern müssen. Das wird sich aber sehr bald ändern. Glaube mir. Spätestens nach dem fünften November."

„Und wohin fahren wir jetzt?"

„Ein Freund von mir besitzt eine Wohnung in Frankfurt. Gar nicht weit weg vom Hotel Bildergipfel. Er ist beruflich ein halbes Jahr in Neuseeland unterwegs und ist damit einverstanden, dass wir die Wohnung nutzen, bis er wieder in Deutschland ist. Das hatte ich allerdings bisher nur als letzte Ausweichmöglichkeit erwogen, da in Frankfurt eher die Möglichkeit besteht, dass ich von jemanden anhand der Zeitungsberichte über mich erkannt werden könnte. Aber dadurch, dass die Oosterbeek Society uns in der Waldhütte entdeckt hat, bleibt uns nun keine andere Wahl mehr. Jetzt müssen wir dieses Risiko eingehen. Den Schlüssel hat er bei einer Nachbarin hinterlegt. Sie weiß, dass wir vorbeikommen werden."

Sie Sonne ging gerade auf, als Clara und Max Frankfurt erreichten und in das Gewühl der erwachenden Stadt eintauchten. Die Wohnung befand sich im ersten Stock eines Mehrfamilienhauses im Hainer Weg im Stadtteil Sachsenhausen. Sie war sehr modern ausgestattet und sollte für die nächsten Wochen ihr Zuhause sein. Da sich die beiden sehr viel Mühe gaben, kam es nicht mehr zu irgendwelchen Streitereien zwischen ihnen. Ganz im Gegenteil. Sie gingen sehr liebevoll und zärtlich miteinander um. Genossen ihr Verliebtsein und schäkerten oft miteinander. Nur ab und zu hielt es Clara in der Wohnung nicht mehr aus und tauchte in das Getümmel der Großstadt ein.

Anhand der Unterlagen, die sie von Dr. Frank Hallstein erhalten hatten, versuchten sie sich in ihre Rollen als reiche Unternehmer hineinzufinden. Das fiel ihnen anfänglich sehr schwer. Es war ihnen einfach zuwider, in die Rolle eines Mitgliedes der grausamen Oosterbeek Society zu schlüpfen. Nur der Gedanke daran, wie wichtig es für ihren Sieg war, diese Rollen meisterlich zu beherrschen, half ihnen dabei. Schließlich war es soweit. Der Morgen des vierten Novembers brach heran.

Wie vereinbart schalteten sie schon am frühen Morgen das Prepaid-Handy ein und warteten auf den Anruf von Dr. Frank Hallstein. Dieser erfolgte kurz vor Zwölf:

„Ist bei Ihnen alles in Ordnung?"

„Ja, wir mussten nur unser ursprüngliches Versteck wechseln."

„Kam es deswegen zu irgendwelchen Zwischenfällen?"

„Nein, ich musste nur einen der Häscher niederschlagen. Wir sind an einem sicheren Ort untergekommen."

„Sehr gut. Haben Sie sich auf Ihre Rollen vorbereitet?"

„Ja, auch das haben wir sehr gewissenhaft gemacht."

„Sehr schön. Dann nun zu den Einzelheiten. Sie werden morgen früh um neun Uhr durch Ihren Chauffeur vom Frankfurter Flughafen abgeholt. Er wird Sie am Ausgang des Terminals 1 erwarten. Sie erkennen Ihn daran, dass er ein aktuelles Exemplar der FUZ (Frankfurter Unabhängige Zeitung) in die Luft hält. Ihr Gepäck befindet sich zu diesem Zeitpunkt schon in ihrem Auto. Der Chauffeur wird Sie direkt zum Hotel Bildergipfel Frankfurt bringen. Checken Sie dort ein. Bei Ihrer Ankunft wird ihnen das Programm der

Veranstaltung überreicht. Achten Sie darauf, dass Sie bei jedem Programmpunkt anwesend sind. Wichtig ist jedoch auch in jedem Fall pünktlich zu erscheinen. Haben Sie mich verstanden?"

„Ja, das habe ich."

„Haben Sie sich auch intensiv mit der Funktionalität des Aufnahmegerätes auseinandergesetzt?"

„Die Kamera in der Brille funktioniert einwandfrei. Wir haben sie schon diverse Male ausprobiert. Ein Stück feinster Technik. Und ihre Aufnahmekapazität beträgt tatsächlich zweiundsiebzig Stunden?"

„Natürlich. Wie Sie schon sagten. Es handelt sich dabei um ein Stück feinster Spionagetechnik aus den Laboren der Oosterbeek Society. Sie werden damit ein einmaliges Ton- und Bilddokument schaffen und der Welt die Augen öffnen. Tragen Sie die Brille ab morgen früh jede Minute."

„Das werde ich."

„Dann wünsche ich Ihnen viel Erfolg mit Ihrer Mission. Der Chauffeur wird Sie am Ende des dritten Tages abholen und direkt zu mir nach München bringen. Dem Ort der bayerischen Revolution zur Gründung des Freistaats. Von hier aus wird die Wahrheit über die Oosterbeek Society ihren Weg gehen und damit die neue Weltordnung ihren Beginn haben."

„Dann wäre ja alles geklärt. Bis Freitag. Tschau."

„Machen Sie es gut." Nachdem das Telefonat beendet war, informierte Max Clara über dessen Inhalt. Endlich hatte das Warten ein Ende gefunden. Zu guter Letzt konnten sie aktiv werden. Jetzt mussten sie nur noch ein paar Stunden überbrücken, ehe sie zum Flughafen fahren konnten. Ab dann mussten sie sich voll und ganz auf ihre Aufgabe konzentrieren. Jeder Fehler konnte tödlich enden. Sie waren jedoch zuversichtlich. Ahnten noch nicht, welche Gefahren tatsächlich auf sie lauerten.

15. Kapitel

Am Anfang lief alles ganz toll. Ich konnte Angela schnell davon überzeugen, zu mir in mein Haus in Groß-Umstadt zu ziehen. Seitdem meine Ex mich verlassen hatte, hatte ich dort ja ausreichend viel Platz. Wir genossen unsere junge Liebe und schlenderten regelmäßig durch die schöne Altstadt und gingen häufig in den Weinbergen spazieren.

Innerhalb kürzester Zeit stellten wir aber auch fest, dass wir sexuell hervorragend zueinander passten. Ihr biegsamer und mädchenhaft schlanker Körper erzeugte immer wieder ein starkes Verlangen in mir, dem sie gerne nachgab. Und auch sie hatte immer häufiger das Bedürfnis, mich in ihr zu spüren und sich durch mich zum Höhepunkt bringen zu lassen. So verging eine ziemlich lange Zeit, ohne dass wir uns um die Oosterbeek Society und ihre dunklen Machenschaften kümmerten. Auch weil ich spürte, dass Angela Furcht davor hatte, sich dem Zorn dieser tödlichen Organisation erneut auszusetzen.

Eines Tages klingelte ein Kurierbote an meiner Tür, der ein großes und schweres Paket bei mir abgab. Das enthielt zu meiner großen Überraschung einen Apparat der Oosterbeek Society zusammmen mit der entsprechenden Dokumentation. Ich hatte es beinahe vergessen, dass mir der Fremde, den ich in der alten Lufthauptmunitionsanstalt Dieburg getroffen hatte, mir versprochen hatte, den besagten Rotoverter zur Verfügung zu stellen. Dadurch wurde erneut ein Fieber in mir entfacht, die Jagd auf die Oosterbeek Society aufzunehmen. Das musste ich aber Angela möglichst sanft beibringen, was nicht einfach war.

Zunächst studierte ich intensiv die Dokumentation zu dem Rotoverter und erprobte ihn ausgiebig. Und es war wirklich so, wie ich vermutet hatte. Mit diesem Gerät hatte ich dank der seltenen Erden, die darin verarbeitet worden waren, einen hochleistungsfähigen Magnetmotor vor mir, der fast zum Nulltarif Energie erzeugte. Wenn diese Erfindung einer breiten Öffentlichkeit bekannt werden würde, würden die Preise für Benzin, Kohle, Strom und Gas in den Keller stürzen, was die Oosterbeek Society natürlich auf keinen Fall wollten. Sie wollten die Bevölkerung in der Abhängigkeit ihrer Monopole belassen und sie weiterhin nach Strich und Faden ausnehmen.

Nächster Schritt, war, dass ich groß einkaufte. Einen guten Wein, leckere Antipasti und ausgesuchte Zutaten für eine fein schmeckende Pasta-Sauce. Als ich anfing zu kochen, begann Angela ständig um mich herumzuschleichen. Irgendwann fragte sie mich dann:

„Kriegen wir Gäste?"

„Nein, wie kommst du darauf?"

„Für wen kochst du dann?"

„Na für uns beide."

„Hast du irgendetwas bestimmtes mit mir vor? Irgendwelche perversen Sexspiele oder wieso treibst du so einen Aufwand?" Ich war in dem Moment überrascht, wie gut Angela mich schon kannte. Sie wusste in dem Moment, als sie mich in der Küche sah, dass ich etwas plante. Zum Glück wusste sie aber nicht was. Daher blieb mir noch die Zeit bis nach dem Essen, ehe ich ihre bösen Blicke aushalten musste.

Nachdem wir gegessen hatten und beide leicht angetrunken waren, begann ich mich langsam vorzutasten, wie weit ich bei Angela heute gehen konnte, ohne bei ihr eine zu große Gegenwehr auszulösen. Bezüglich der Oosterbeek Society war sie verständlicherweise immer noch sehr empfindlich.

„Du hast doch mitbekommen, dass ich mich in den letzten Tagen intensiv mit dem Rotoverter beschäftigt habe?"

„Ja, ich habe mich deswegen schon gefragt, ob du gar nicht mehr mit mir schlafen willst. So beschäftigt warst du damit."

„Nun, ich habe herausgefunden, dass wir damit einen fast unerschöpflichen Energieerzeuger in den Händen halten. Das Patent dafür wurde schon im September 1891 durch Neluka Molnar angemeldet. Schon damals wussten die Oosterbeek Society zu verhindern, dass eine solch ressourcenschonende Technologie allgemein bekannt wird. Als ich dieses Gerät vor mir sah, hatte ich eine Vision. Ich fragte mich, wie es wäre, wenn wir ein Haus bauen würden, in dem sämtliche vorhandene Technologien verbaut wären, die die Oosterbeek Society seit jeher versuchen, den Menschen vorzuenthalten? Was wäre, wenn wir irgendwann nur mit den Fingern darauf deuten müssten, um den Menschen zu beweisen, dass sie ihr ganzes Leben lang angelogen wurden? Sie sich tagtäglich abrackern, um ein paar wenigen die Taschen mit Geld zu füllen, während ihre Taschen so gut wie leer bleiben. Was wäre dann?"

„Ehe wir das schaffen würden, wären wir vermutlich tot, umgebracht von einem Killerkommando der Oosterbeek Society."

„Das glaube ich nicht. Zumindest nicht, wenn wir sehr vorsichtig vorgehen würden."

„Und was wäre meine Rolle dabei?"

„Du müsstest nochmal in das dunkle Netzwerk der Oosterbeek Society eindringen, um die Informationen zu Tage zu bringen, die wir zur Verwirklichung dieses Projektes benötigen."

„Du weißt sicherlich, was du von mir damit verlangst?"

„Ich ahne es. Aber ich habe dir schon einmal versprochen, dass ich gut auf dich aufpassen werde."

„Dieses Versprechen nützt mir recht wenig, wenn ich tot bin." Nun sah ich mich trotz ihres bösen Blicks veranlasst, aufzustehen, zu Angela zu gehen und sie liebevoll in meine Arme zu schließen. Dann flüsterte ich in ihr Ohr:

„Ich werde niemals zulassen, dass dir jemand etwas zu leide tut. Bitte glaube mir. Ich liebe dich." Mein Charme und die Liebesbeteuerung, die aus meinem tiefsten Herzen kam, verfehlten nicht ihre Wirkung. Sie runzelte kurz nachdenklich ihre hübsche Stirn und plötzlich lächelte sie ihr wunderschönes Lächeln und küsste mich voller Zärtlichkeit:

„Ich werde es tun, aber nur, weil du mich darum gebeten hast. Wenn es mir zu viel wird oder ich Angst bekomme, dann erwarte ich, dass du dafür Verständnis hast und wir dieses Projekt sofort abbrechen. Okay?"

„Ja, kein Problem. Ich möchte dich zu nichts zwingen."

„Gut, wann wollen wir anfangen?"

„Am besten gleich. Ehe du es dir noch anders überlegst." So begann unsere Reise in die dunkelsten Tiefen des Universums der Oosterbeek Society. Und nach einer kurzen Weile hatte ich den Eindruck, dass es Angela fast genau so viel Spaß machte wie mir, unsere Widersacher mit ihren eigenen Waffen zu schlagen. Als ob seit ihrem letzten Eindringen in das Netzwerk der Oosterbeek Society nicht schon eine kleine Ewigkeit vergangen war, gelang es Angela ohne große Probleme erneut dort hineinzukommen. Diesmal tarnte sie ihr Eindringen aber so gut, dass niemand mitbekam, was sie dort tat. Mit ihren Fähigkeiten wäre sie für jeden Geheimdienst auf der Welt ein Vermögen wert gewesen.

Ihr ersten Anliegen war, uns das nötige Kleingeld für unser Projekt zu besorgen. Dazu ließ sie mit Hilfe eines Tools der Oosterbeek Society eine ganze Reihe von Aktien zunächst erheblich ins Minus geraten. Vorher hatte sie aber noch

Wetten darauf abgeschlossen, dass das geschehen würde. Viele Anleger reagierten darauf panisch und verkauften ihre Anteile. Das war der Zeitpunkt, dass sie die betreffenden Aktien in großem Umfang ankaufte. Daneben machte sie schon jetzt aufgrund ihrer gewonnenen Wetten Gewinne. Gleich danach ließ Angela die Kurse wieder steigen. Als sie ihren alten Stand erreicht hatten, verkaufte sie die Aktien mit horrenden Gewinnen. Das alles wiederholte sie mehrere dutzend Male an verschiedenen Börsenstandorten. Schließlich hatte sie ein nicht unerhebliches Vermögen aus dem Nichts geschaffen. Das brachte sie zunächst auf verschiedenen Konten in Liechtenstein unter.

Jetzt konnten wir beginnen, einkaufen zu gehen. Wir fühlten uns wie zwei frisch gebackene Millionäre. Und um genau zu sein, waren wir das ja auch. Es hatte für uns einen großen Reiz, soviel Geld zur Verfügung zu haben. Zu wissen, dass wir uns fast alles leisten konnten, was wir wollten. Vielleicht auch deshalb bestand manchmal die Gefahr, das wir von dem vielen Geld korrumpiert wurden. Gemeinsam schafften wir es, dass das nicht geschah, wenn es auch nicht ganz einfach war.

Zuerst begannen wir mit der Suche nach einen passenden Grundstück für unser Haus. Es sollte nach Möglichkeit etwas abseits gelegen sein. Wir durchstöberten sämtliche Immobilienportale nach unserem Traumobjekt und nahmen auch verschiedene Besichtigungstermine wahr. Lange Zeit war nichts dabei. Entweder war das Grundstück zu klein oder die Gegebenheiten vor Ort zu ungünstig. Schließlich wurden wir doch noch fündig. Im Sensbachtal wurde ein mittelgroßes Waldgrundstück angeboten, auf dem sich schon eine unterkellerte Waldhütte befand. Das ganze wurde von privat verkauft. Als Angela und ich das Häuschen besichtigten, waren wir auf Anhieb darin verliebt. Wir kauften es.

Dann ging es an den Umbau. Mit Hilfe des Zugangs von Angela zu dem dunklen Netzwerk, besorgten wir uns Baupläne für die neuesten Errungenschaften der Energieerzeugung, Datenübermittlung und Überwachungstechnik der Oosterbeek Society und ließen davon Teile von verschiedenen Fachbetrieben nachbauen. Die Endmontage und den Einbau in unser Haus übernahm dann ich. Ich hatte die Vorstellung, dass wir mit Hilfe unseres Hauses sowohl eines sichere Rückzugsmöglichkeit besitzen sollten als auch die Gelegenheit, der Außenwelt zu beweisen, welche technischen Möglichkeiten für ein autarkes und fast sorgenfreies Leben in der heutigen Zeit schon bestanden. Keine sechs Monate später war das Werk vollendet.

Ich wollte dort sofort einziehen. In dem Moment bremste mich Angela allerdings. Sie hatte die Idee, dass, wenn wir schon das Risiko auf uns nahmen, die Oosterbeek Society bloßzustellen, wir uns auch noch etwas von dem ergaunerten Geld gönnen könnten. Da unsere Konten in Liechtenstein über ein erhebliches Plus verfügten, war ich mit dem Vorschlag einverstanden. Ich musste allerdings mehrmals schlucken, als Angela mit ihrem konkreten Einfall schilderte. Sie wollte eine Insel in der Karibik kaufen und dort erst einmal ausgiebig Urlaub machen.

Nachdem wir das eingehend diskutiert hatten, überzeugte sie mich schließlich mit einigen sehr reizvoll vorgetragenen Argumente, ihrem Plan zuzustimmen. Sie hatte mir, während sie mich sanft an einer empfindlichen Körperstelle berührte, eindringlich geschildert, wie schön es wäre, sich an einem einsamen Strand voller Hingabe und mit großer Ausdauer zu lieben. Also begann unsere Suche nach einer entsprechenden Insel in der Karibik. Auch hier wurden wir überraschend schnell fündig und kauften schließlich die Insel Baliceaux, die ein Teil der Kleinen Antillen war.

Nachdem ich das Versprechen von Angela erhalten hatte, nicht länger als sechs Wochen dort zu bleiben, buchte ich unseren Flug. Und ich muss im Nachhinein zugeben, dass die Zeit, die ich zusammen mit ihr auf dieser Insel verbrachte, eine der schönsten in meinem ganzen Leben war. Wir lebten ohne Sorgen einfach in den Tag hinein. Wir aßen, wir tranken, wir liebten uns am Strand, wir liebten uns im Meer, wir schliefen, wir aßen, wir tranken, wir liebten uns in den Dünen. Erst später verstand ich, dass mich Angela aus Angst die gesamte Zeit über von den Aktivitäten gegen die Oosterbeek Society abhalten wollte. Und diese Angst war, wie wir bald feststellen mussten, nur zu berechtigt.

16. Kapitel

Clara und Max standen zu der vereinbarten Uhrzeit am Ausgang des Terminals 1 des Frankfurter Flughafens bereit. Nur ihr Chauffeur tauchte nicht auf. Sie warteten eine viertel Stunde, dann eine halbe Stunde. Daraus wurde eine ganze Stunde. Nach eineinhalb Stunden versuchte Clara schließlich Dr. Frank Hallstein mit dem Prepaid-Handy zu erreichen. Unter der gespeicherten Nummer ging niemand ans Telefon. Beide waren inzwischen äußerst nervös. Was war nur schief gegangen? Sollten sie sich ein Taxi nehmen und einfach zum Hotel Bildergipfel Frankfurt bringen lassen?

Ehe sie weiter darüber nachdenken konnten, tauchte der Chauffeur auf. Er entschuldigte sich vielmals bei ihnen und sagte, dass er in einen Stau am Frankfurter Kreuz gekommen sei. Irgendwie verhielt er sich merkwürdig. So als ob hinter seiner Verspätung mehr steckte als nur ein Stau auf der Autobahn. Seltsam war auch, dass, als sie jetzt über das Frankfurter Kreuz fuhren, in beiden Fahrtrichtungen keine Behinderungen des Verkehrs zu bemerken waren.

Clara und Max warfen sich vielsagende Blicke zu, sagten aber nichts. Eine viertel Stunde später kamen sie in ihrem Hotel an und konnten einchecken. Mit dem Zimmerschlüssel bekamen sie auch das Programm der Veranstaltung, deren Hauptthema „Alternative Fakten – Unsere Lügen sind Eure Wahrheiten" war. Der Beginn war für vierzehn Uhr angesetzt, also hatten sie noch ein wenig Zeit, sich frischzumachen und die Koffer auszupacken. Die Park Suite, in der sie drei Tage wohnen würden, war äußerst luxuriös ausgestattet und ließ keine Wünsche offen. Trotzdem wirkte Clara sehr nachdenklich und sagte schließlich zu Max:

„Seltsam."

„Was ist seltsam?"

„Fandest du es nicht auch komisch, dass der Chauffeur viel zu spät kam und uns dann mit einer durchschaubaren Lüge abspeisen wollte?"

„Doch, aber vielleicht hatte er ein Rendezvous mit einer hübschen jungen Dame und das hat etwas länger als vermutet gedauert."

„Vielleicht. Beunruhigend fand ich aber auch, dass Dr. Frank Hallstein nicht an das Telefon ging, als ich ihn erreichen wollte."

„Worauf willst du hinaus? Denkst du, die Oosterbeek Society hat uns hier in eine Falle gelockt. Glaubst du, sie hätten einen so großen Aufwand betrieben, um uns in die Finger zu bekommen? Das hätten sie auch einfacher haben können."

„Ich weiß nicht, aber es könnte sein, oder?"

„Ich denke, du bist etwas zu misstrauisch. Ich würde auf keinen Fall nun voller Panik hier alles abbrechen wollen. Außerdem haben wir im Augenblick noch nichts gegen die Oosterbeek Society in der Hand. Wir sollten auf jeden Fall noch ein wenig Material sammeln, bevor wir diese einmalige Gelegenheit einfach so verstreichen lassen. Vielleicht müssen wir dazu nicht bis übermorgen warten. Eventuell reichen uns ja schon die Informationen, die wir heute bekommen werden. Ist das okay für dich?"

„Ja, aber ich habe ein ungutes Gefühl dabei. Ich habe eine Ahnung, dass hier irgendetwas nicht stimmt. Das alles nicht so ist, wie es scheint."

„Ich kann deine Gefühle verstehen. Schließlich befinden wir uns hier mitten in der Höhle des Löwen. Auch mir ist das nicht geheuer. Aber ich denke, wir haben von Dr. Frank Hallstein sehr gute Tarnidentitäten erhalten. So haben wir die Möglichkeit, endlich die Fakten zu besorgen, mit denen wir den vernichtenden Schlag gegen die Oosterbeek Society führen können. Außerdem verspreche ich dir, dass, falls es wirklich brenzlig werden sollte, wir hier sofort verschwinden werden. Okay?"

„Gut, ich vertraue dir." Max nahm nun behutsam das Gesicht von Clara in seine Hände und küsste sie zärtlich. Sie bedankte sich dafür bei ihm mit einem scheuen Lächeln.

„Wir sollten versuchen, uns auf die vor uns liegenden Aufgaben zu konzentrieren. Magst du auch nochmal die Unterlagen durchschauen?"

„Ja, das möchte ich." Im Nu verging die Zeit bis kurz vor vierzehn Uhr und war an der Zeit, sich in dem Konferenzsaal einzufinden, der schon fast bis auf den letzten Platz belegt war. Jeder Teilnehmer der Konferenz hatte für die drei Tage einen festen Sitzplatz zugewiesen bekommen. Als sie den Saal betraten, wurden sie daher durch einen Bediensteten des Hotels zu ihren Plätzen gebracht, die sich in der dritten Stuhlreihe befanden. Also ziemlich weit vorne. Einige von den Gesichtern in dem Saal kamen Clara und Max bekannt vor. Hier waren Politiker, aber auch Persönlichkeiten aus der Wirtschaft und verschiedenen Adelshäusern vertreten. Die meisten Menschen waren ihnen jedoch schlicht unbekannt. Wie sie schon von Dr. Frank Hallstein erfahren hatten, legte ein Großteil der Oosterbeek Society sehr großen Wert darauf, im Hintergrund zu bleiben.

Viele der Anwesenden warfen ihnen neugierige Blicke zu. Scheinbar war es ziemlich ungewöhnlich, dass neue Gesichter an einer solchen Konferenz teilnahmen. Aber gleichzeitig waren diese Blicke überwiegend freundlich und wohlwollend, was Clara etwas beruhigte und ihre Aufregung etwas abmilderte. Kaum hatten sie sich hingesetzt, kam schon der erste Redner auf die Bühne. Es war ein mittelalter adrett angezogener Mann, der aber durch die Kälte, die von seinen Augen ausging, eher unsympathisch auf Clara und Max wirkte. Er schien eine führende Persönlichkeit der Oosterbeek Society zu sein.

„Sehr geehrte Damen und Herren, meine lieben Freunde, ich begrüße euch herzlich zu unserer jährlich stattfindenden Zusammenkunft. Wir haben viel erreicht im vergangenen Jahr und werden diesen erfolgreichen Weg in jedem Fall weiterführen. Ich persönlich gehe sogar davon aus, dass das kommende Jahr das Jahr unseres absoluten Sieges werden wird. Ein guter Freund von uns ist nun Präsident der Vereinigten Staaten, was unserem Bestreben nach absoluter Macht den letzten Kick geben wird.

Wir werden uns an den kommenden drei Tagen mit verschiedenen Themenbereichen befassen, die Ihr auch dem Programmflyer entnehmen könnt. Ich muss wohl nicht extra darauf hinweisen, dass die diskutierten Inhalte mit äußerster Diskretion zu behandeln sind. Ich wurde dazu auserwählt, die Veranstaltung zu moderieren und begrüße daher unsere erste Inputgeberin, Frau Gisela von der Heydt sehr herzlich, die die laufenden Vorbereitungen angesichts der befürchteten Proteste aufgrund des D-Days kurz erläutern wird."

Nun trat eine ältere Frau auf die Bühne, der man ihr Alter aufgrund der vielen Fältchen an Mund und Augen deutlich ansah. Sie machte einen verhärmten Eindruck auf Clara und Max, ihre Augen glühten jedoch förmlich vor Fanatismus, als sie zu reden begann:

„Ohne jegliches Aufsehen bei den IPs, den 'inferior people' zu erregen, ist es uns gelungen, europaweit fünfhundert Internierungslager aufzubauen, die bereit stehen, subversive Geschöpfe aufzunehmen. Nach Absprache mit Generalmajor Friedhelm Storch werden diese für die erste Welle der Gefangenen auf jeden Fall ausreichend sein.

In diesen sogenannten 'Lagern der Freude' sollen die Gefangenen mit Hilfe der Verabreichung von Scopolamin umerzogen werden. Wie schon in einem größeren Feldversuch erprobt, werden den IPs genmanipulierte Alraunwurzeln implantiert, die zu einer raschen Abflachung des Widerstandswillen führen werden. Zusammen mit der Beigabe einer erhöhten Dosis von Lithium in deren Trinkwasser wird ihre Aggressionsbereitschaft schließlich gegen Null tendieren.

Die Gefangennahme der subversive Geschöpfe werden die RSUKr (Regionale Sicherungs- und Unterstützungskräfte) und die Stay-Behind-Netzwerke übernehmen. Die entsprechenden Namenslisten liegen den Befehlshabern schon vor. Wir gehen davon aus, dass es bereits kurz nach dem D-Day zu ersten Protesten der subversiven Geschöpfe kommen wird, nachdem schon der Widerstand während der Pandemie größer war als erwartet. Wir sind allerdings darauf vorbereitet und werden den Widerstand im Keim ersticken. Wie schon üblich werden dazu die drei Gewalten gemeinsam in unserem Sinne agieren. Die ganzen Ereignisse werden zusätzlich intensiv medial begleitet. Die Konsonanz der Berichterstattung wird dafür sorgen, dass nicht allzu viel Widerspruch erfolgt.

Wir hatten ja schon Gelegenheit festzustellen, dass ein Großteil der Herde sich entsprechend unseren Anweisungen verhält, wenn nur das Angstlevel ausreichend hoch ist.

Das wäre es erst einmal von meiner Seite. Ich danke Ihnen für Ihre Aufmerksamkeit." Kaum hatte Gisela von der Heydt ihren Vortrag beendet, erklang stürmischer Applaus in dem Saal, der schließlich von lautem Johlen und Kreischen begleitet wurde. Auch Clara und Max konnten es nicht verhindern von der Stimmung mitgerissen zu werden und klatschten frenetisch Beifall. Im Nachhinein bedauerten sie es allerdings, dass sie sich durch diese Rede so haben anstacheln lassen. Aber um ihre Tarnung glaubwürdig erscheinen zu lassen, war dies natürlich sehr hilfreich gewesen.

Nach Gisela von der Heydt traten noch verschiedene andere Redner auf, die aber alle nicht das rhetorische Geschick von ihr aufwiesen. In dieses Redebeiträgen ging es darum, wie es den Medien gelingen kann, Sachverhalte so dazustellen, dass sie der Manifestation der herrschenden Strukturen dienen und damit den Interessen der Oosterbeek Society. Stolz konnte in diesem Rahmen präsentiert werden, dass die modernen Menschen meist schon gelernt hatten, sich mit der eigenen Unterdrückung zu identifizieren und diese als Normalzustand zu akzeptieren. Auch für Journalisten war es normal, sich an den bestehenden Verhältnissen zu orientieren. Eine eigenständige oder kritische Auffassung zu Geschehnissen war weder erwünscht noch wurde sie praktiziert. Die Meinungsführerschaft war somit fest in den Händen der Oosterbeek Society und ihrer Gefolgsleute.

Max nahm die gesamte Veranstaltung mit Hilfe seiner präparierten Brille auf, ebenso wie die Gespräche, die Clara und er hinterher führten. Einige der anderen Teilnehmer stürzten sich förmlich auf sie, als die Redebeiträge für den heutigen Tag beendet waren. Einer davon sah wie ein hochbetagter Adeliger aus, der entsprechend seiner vielen Falten und seiner roten Nase gerne einem guten Wein zusprach. Er kam Max beim Sprechen so nah, dass sich schon fast ihre beiden Nasen berührten.

„Junger Mann, ich kannte Ihren Vater sehr gut. Es tat mir leid, als ich von seinem Tod hören musste. Hat er denn sehr gelitten?"

„Nein, überhaupt nicht. Er ist ganz sanft eingeschlafen. Leider hatte sich seine Vergesslichkeit in den letzten Monaten so verschlimmert, dass er mich kaum noch erkannt hat."

„Ja, davon habe ich gehört. Ich bete immer zu Gott, dass er mich vor der Demenz bewahren möge. Wie hat Ihnen eigentlich die Rede von Gisela von der Heydt gefallen? Sie ist wirklich ein rhetorisches Talent. Ich denke, im Laufe des morgigen Tages werden wir dann auch erfahren, wann D-Day endlich starten wird. Haben Sie Ihre Vorbereitungen denn schon erfolgreich abgeschlossen?"

„Natürlich, für meine Familie und mich steht alles Notwendige bereit. Und bei Ihnen?"

„Nun, ich muss ja nur für mich alleine sorgen. Ich bin sehr gespannt wie die IPs darauf reagieren werden. Jetzt werden wir endlich erfahren, wie gut unsere Maßnahmen zur Willensbeeinflussung funktionieren, oder meinen Sie nicht?"

„Doch, da haben Sie sicherlich recht. Ich denke, wir sind gut auf alles vorbereitet."

„Ja, da stimme ich mit Ihnen überein."

„Meine Frau und ich wollten gerade etwas am Buffet essen gehen. Vielleicht haben wir ja später nochmal Gelegenheit, miteinander zu sprechen. Bis dann. Auf Wiedersehen."

„Ja, auf Wiedersehen."

Es war schon fast Mitternacht, als sich Clara und Max endlich von den sehr neugierigen und teilweise auch aufdringlichen Tagungsteilnehmern lösen konnten, die sie in Beschlag genommen hatten. Erst als schon der Großteil der Teilnehmer die Tagungsräume verlassen hatten, war es auch ihnen möglich, sich in ihre Räumlichkeiten zurückzuziehen. Aber natürlich ließ sie das bisher gehörte nicht los. Besonders Clara machte sich erneut sehr viele Gedanken:

„Es war richtig unheimlich für mich zu erleben, dass ich von der Rede von Gisela von der Heydt so begeistert war und ihr so applaudiert habe. In diesem Moment habe ich mich in so einer Machtposition gefühlt, dass mir das Schicksal der anderen, minderwertigen Menschen fast völlig egal war."

„Ja, mir ging es genauso. Vielleicht wurde uns ja irgendeine Droge in die Getränke gemischt. Der Oosterbeek Society wäre alles zuzutrauen."

„Meinst du, sie würden auch ihre eigenen Leute versuchen zu vergiften, damit sie ihre Ziele erreichen?"

„Auf jeden Fall. Hatte denn nicht Dr. Frank Hallstein erwähnt, dass es auch unter den Angehörigen der Oosterbeek Society blutige Machtkämpfe gibt. Wenn es um die Erlangung der Macht geht, steht sich jeder selbst am nächsten. Geld und Macht können einen im Nu korrumpieren. Uns würde das sicherlich nicht anders gehen. Aber andererseits war es auch gut, dass wir so reagiert haben. Sonst wäre unser Verhalten zu auffällig gewesen."

„Ich hätte nicht gedacht, dass sie schon wieder so weit sind, Leute in Internierungslagern unterbringen zu wollen. Das klingt alles sehr bedrohlich. Und was wohl mit dem D-Day gemeint ist?"

„Der Begriff D-Day steht für den Stichtag einer militärischen Operation. Wenn dieser Begriff von der Oosterbeek Society auf dieser wichtigen Konferenz auf die Agenda gesetzt wird, können wir davon ausgehen, dass es sich dabei um ein weltweit einschneidendes Ereignis handeln wird. Soweit ich die Leute verstanden habe, die mit uns nach den Vorträgen gesprochen haben, haben sie alle schon entsprechende Vorsorge getroffen. Was sie genau damit meinten, konnte ich allerdings nicht heraushören. Dazu waren ihre Aussagen zu wage und haben sie zu viel Vorwissen bei mir vorausgesetzt. Ich denke, dass es sich dabei um einen mächtigen militärischen Konflikt handeln wird."

„Glaubst du, dass wir morgen mehr dazu erfahren werden?"

„Da bin ich mir sehr sicher. Und wenn das geschehen ist und die Wahrheit wirklich so schrecklich ist, wie ich befürchte, dann haben wir wie geplant das Material in der Hand, dass die heimliche Schreckensherrschaft der Oosterbeek Society beenden wird."

„Das hoffe ich sehr. Dann können wir endlich wieder von hier verschwinden und uns erfreulicheren Dingen zuwenden." Da es schon sehr spät war und sie keine Lust mehr hatten, sich weiter auszumalen, was die Oosterbeek Society noch an schrecklichen Dingen vorhatten, legten sich Clara und Max ins Bett und versuchten zu schlafen. Aber ein erholsamer Schlaf wollte sich bei ihnen nicht einstellen. Beide wälzten sich ständig voller Gedanken von einer auf die andere Seite und es dauerte sehr lange, ehe sie in einen leichten und wenig erholsamen Schlaf fielen.

17. Kapitel

Angela hatte voll und ganz Erfolg damit, mich von der Oosterbeek Society und meiner Absicht, Ihr ein schnelles Ende zu bereiten, abzulenken. Allerdings musste ich zugeben, dass mir das nicht ungelegen kam. Auch ich genoss es, das Geld mit vollen Händen ausgeben zu können. Ließ mich durch unseren plötzlichen Reichtum verführen. Selbst als wir von Baliceaux nach Deutschland zurückkehrten, ging unser sorgloses und ausschweifendes Leben weiter. Angela organisierte eine Feier nach der anderen und immer wieder machten wir auf ihren Wunsch hin Ausflüge zu den schönsten Plätzen Europas. So lernte ich Bologna, Paris, London, Prag, Florenz und viele andere Städte und Gegenden kennen.

Da wir mit dem Kauf der Karibikinsel und der Anschaffung und dem Ausbau unserer Waldhütte schon einen großen Teil unseres erschwindelten Vermögens verprasst hatten, musste sie schon sehr bald erneut in das Netzwerk der Oosterbeek Society eindringen, um unsere Konten in Liechtenstein wieder aufzufüllen. Dabei geschah es. Die Handlanger der Oosterbeek Society ertappten sie. Ich erinnere mich noch ganz genau, wie Angela an diesem Abend mit einem entsetzten Ausdruck auf dem Gesicht und vor Schreck weit geöffneten Augen ins Wohnzimmer gestürzt kam:

„Sie haben mich entdeckt. Die verdammte Oosterbeek Society hat mein Eindringen beobachtet und mich aus dem Netzwerk gekickt."

„Wie konnte das geschehen? Ich dachte, du bist so gut getarnt?"

„Ja, das war ich. Aber sie haben ein IDS (Intrusion Detection System) aktiviert. Das hatte mich beim ersten Mal noch ignoriert, aber beim zweiten Mal als Eindringling identifiziert. Ich konnte gerade noch das Geld überweisen, dann war ich draußen."

„Und können sie dich zurückverfolgen?"

„Ich hoffe nicht. Ich hatte mich über ein VPN (Virtual Private Network) dort hinein begeben. Dadurch wurde meine wirkliche IP-Adresse (Internet Protocol-Adresse) verschleiert. Aber ausschließen kann ich das nicht." Angela überlegte kurz. Ihr fiel scheinbar etwas ein. Dann sah ich, wie ihr Gesicht vollkommen blutleer wurde und nicht mehr von der weiß getünchten Wand zu unterscheiden war.

„Mir wird gerade Angst und Bange. Mit ihren Möglichkeiten und ihren Verbindungen zu den verschiedensten Firmen, wird uns die Oosterbeek Society aufspüren können. Wir müssen von hier verschwinden, Max. Lass uns schnellstens von hier abhauen. Bitte. Ich meine es ernst."

„Okay, beruhige dich erst einmal. So schnell, werden sie uns schon nicht aufspüren."

„Das glaube ich schon." Sie hatte mich überzeugt. Die Möglichkeiten der Oosterbeek Society gingen über alles hinaus, was wir uns vorstellen konnten.

„Gut, dann pack deine Sachen zusammen. Wir fahren zu unserer Waldhütte. Ich muss vorher nur noch zur nächsten Tankstelle. Mein Tank ist fast leer." Innerhalb weniger Minuten packten wir die wichtigsten Sachen zusammen und verstauten sie in meinem Auto. Dann ging die Fahrt los. Die Tankstelle war nur ein paar Minuten von meinem Haus entfernt. Ich machte den Tank randvoll und ging zur Theke, um dort zu zahlen. Als das erledigt war und ich zum Auto zurückkam, musste ich allerdings überrascht feststellen, dass niemand mehr darin saß. Angela war verschwunden.

Zuerst dachte ich, dass sie voller Panik das Weite gesucht hatte. Ohne über die Folgen nachzudenken. Aber dann stellte ich fest, dass sich ihre ganzen Sachen noch im Auto befanden. Selbst ihr Smartphone hatte sie zurückgelassen. Da stimmte etwas nicht. War sie von den Häschern der Oosterbeek Society entführt worden? Zur Sicherheit ging ich nochmal zur Tankstelle rein und fragte dort nach, ob deren Toilette derzeit von irgendjemanden benutzt wurde. Der junge Mann wusste es nicht und bat mich selbst nachzuschauen, da er seinen Posten nicht verlassen durfte. Also lief um die Ecke zur Toilette. Diese roch zwar ekelig, war aber leer. Ich ging zurück zum Auto. Gerade als ich eingestiegen war, fing Angelas Smartphone an zu läuten. Ich hob ab:

„Ja, hallo."

„Wollen Sie ihre kleine Freundin lebend wiedersehen? Falls ja, hören Sie mir genau zu. Ich erwarte sie in zwei Stunden in der Mühlstraße 77 in Groß-Umstadt. Und bringen Sie hunderttausend Euro als Lösegeld mit."

„Aber soviel Geld besitze ich nicht."

„Wollen Sie mich veralbern. Ihre Freundin hat vor kurzer Zeit eine halbe Million Euro auf ein Liechtensteiner Konto überwiesen. Besorgen Sie das Geld oder Ihre Freundin stirbt." Ehe ich ich noch etwas erwidern konnte, hatte mein Gegenüber aufgelegt. In der Mühlstraße wohnte Franziska van Heerden. Das war sicherlich kein Zufall. Nur die Oosterbeek Society konnte wissen, dass sich Angela in ihrem Netzwerk befunden und uns dort das Geld besorgt hatte. Aber die Oosterbeek Society besaß Unmengen von Geld. Sie brauchten die lächerlichen hunderttausend Euro von mir nicht. Zudem hatte ich wirklich keine Möglichkeit, soviel Geld so kurzfristig zu besorgen. Es war nach acht Uhr abends. Die Banken hatten schon lange geschlossen und vom

Bankautomaten bekam ich höchstens tausend Euro ausgezahlt.

Das roch sehr stark nach einer Falle. Welchen Sinn machte es, von mir das Zahlen einer bestimmten Summe Geld zu verlangen, wenn ich keine Möglichkeit hatte, mir dieses Geld innerhalb der vorgegebenen kurzen Zeit zu besorgen? Obendrein stellte sich mir die Frage, warum die Oosterbeek Society Angela wieder aus den Fängen lassen sollten, wenn sie sich erst einmal darin befand? Nein, dieses Aktion diente dazu, auch mich in ihre Hände zu bekommen. Das war mir jetzt klar. Ich konnte Angela allerdings nicht im Stich lassen. Ich hatte ihr versprochen, auf sie aufzupassen. Und das um jeden Preis. Außerdem liebte ich sie.

Also fuhr ich zum nächsten Bankautomaten, hob tausend Euro ab, holte mir zu Hause eine alte Trainingstasche vom Speicher und tat das Geld dort hinein. Den Rest der Tasche füllte ich mit Zeitungspapierschnipseln auf, so dass sie gut gefüllt aussah. Dann fuhr ich zum Anwesen von Franziska van Heerden. Wie es mir richtig behalten hatte, besaß ihr Haus die Nummer 77. Dort lag alles in tiefer Dunkelheit. Und es war ruhig hier. Bedrohlich still. Allerdings war das Eingangstor ein Stück weit geöffnet, so dass ich ohne Probleme auf das Grundstück gelangen konnte.

Ich schlich mich zur Eingangstür. Auch hier war kein Geräusch zu hören. Die Tür war fest verschlossen. Ich ging langsam um das Haus herum. Schaute durch das Küchenfenster. Legte meine Hände an den Kopf. Versuchte irgendetwas in dem Haus zu entdecken. Das Haus war dunkel. Niemand schien sich darin aufzuhalten. Ich wurde immer nervöser. Mein Bauch krampfte sich zusammen. Ich hatte Angst. Die Düsternis machte den Anschein, mir etwas zuflüstern zu wollen, ich konnte jedoch nicht verstehen, was sie mir sagen wollte.

Ich erreichte die Terrassentür. Sie war nicht abgeschlossen. Ließ sich durch mich öffnen. Sie machte ein quietschendes Geräusch, als ich sie zur Seite schob. Ich zuckte zusammen. Dann war ich drinnen. Das Wohnzimmer war riesig. Und bis oben hin gefüllt mit bedrohlichen Schatten. Jetzt wusste ich auch, was ich in der Eile vergessen hatte. Eine Taschenlampe. Ich holte mein Smartphone aus der Tasche. Es war nur ein schwacher Ersatz. Die Finsternis blieb beängstigend. Ich schlich durch das Zimmer. Hier war keine Menschenseele. Dann das Esszimmer, die Küche und das Badezimmer. Alle Räume waren menschenleer. Schienen schon eine Weile nicht mehr benutzt worden zu sein. Wiesen kaum Gebrauchsspuren auf.

Plötzlich hörte ich ein Geräusch. Ein Poltern. So als ob etwas umgefallen war. Es kam von unten. Aus dem Keller. Ich war eben an der Kellertür vorbeigekommen, oder nicht? Vor lauter Aufregung wusste ich nicht mehr, wo sie gewesen war. Ich zwang mich dazu, tief durchzuatmen. Zählte bis zehn. Dann wusste ich es wieder. Die Tür zum Keller war in der Küche gewesen. Ich schlich mich zurück in die Küche. Die Tür zum Keller stand halb offen. Das war eben noch nicht der Fall gewesen, oder? Ich spürte, wie sich mein Herzschlag nochmals beschleunigte. Warum versteckte sich der Entführer vor mir? Wollte er mir Angst einjagen? Das war ihm gelungen.

Stufe für Stufe ging ich die Kellertreppe nach unten. Plötzlich fing mein Smartphone an zu piepsen. Der Akku war leer. Das Display ging aus. Ich war von einen Moment auf den anderen von Dunkelheit umgeben. So ein verdammter Mist. Ausgerechnet jetzt. Ich ging vorsichtig weiter nach unten. Langsam gewöhnten sich meine Augen an die Finsternis. Die Dunkelheit war nicht so undurchdringlich, wie ich anfangs gedacht hatte. Ich kam unten an. Dort vor mir befand sich eine Tür. Unter der Tür drang ein gedämpfter Lichtschein in den Kellergang. Ich war mir nun sicher. Das war mein Ziel.

Ich schlich auf die Tür zu. Horchte daran. Glaubte ein leises Stöhnen zu hören. Das klang nach Angela. Ich war davon überzeugt, sie befand sich dort drin. Drückte den Türknauf nach unten. Er ließ sich problemlos bewegen. Die Tür schwang auf. Gleißendes Licht starker Neonröhren blendete mich. Ich konnte für einen Augenblick nichts sehen. Das Stöhnen war jetzt laut und deutlich zu hören. Dann hatten sich meinen Augen an das Licht gewöhnt. Vor mir befand sich ein großer hell gefliester Raum, der mich an die Räumlichkeiten einer gut ausgestattete Pathologie erinnerte und in dem sich drei glänzende Seziertische befanden. Zwei davon waren belegt. Und auf einem davon lag Angela.

Ich eilte voller Hast zu ihr. Sie war bis zum Hals mit einem weißen Leinentuch zugedeckt. Lebte zwar noch, war aber kaum bei Bewusstsein. Stöhnte vor Schmerzen. Ich fasste sie an, versuchte sie zu wecken.

„Liebling, was haben sie mir dir gemacht? Wach bitte auf und sprich mit mir." Tatsächlich öffnete sie nun ihre Augen, ihr Blick war aber so schmerzerfüllt, dass ich ihn kaum ertragen konnte.

„Ich habe ihnen alles gesagt. Ich konnte nicht anders. Es tat so weh. Sie haben mir so weh getan, dass ich nicht anders konnte. Bitte hilf mir."

„Mach dir darüber keine Gedanken. Ich bin jetzt bei dir und werde dich hier herausbringen. Kannst du aufstehen?" Unversehens fing Angela an laut zu schreien. Sie warf den Kopf von einer Seite zu anderen. Erst jetzt bemerkte ich, dass sie mit Händen und Füßen an den Seziertisch gefesselt war.

„Mach, dass das aufhört. Ich kann es nicht ertragen. Es tut so furchtbar weh."

„Wo tut es dir weh?"

„Mein Bauch. Sie frisst sich immer mehr in meinen Bauch. Tu sie weg. Bitte tu sie weg." Jetzt sah ich, dass sich unter dem Leinentuch etwas bewegte. Voller Schrecken zog ich das Tuch zur Seite. Was ich jetzt sah, ließ meinen Atem stocken und mich voller Entsetzen ein Stück zurückweichen. Angela lag nackt darunter und auf Höhe ihres Bauches war ein Gestell befestigt, in dem sich eine Ratte befand, die sich immer weiter in die Gedärme meiner Geliebten fraß. Und sie hatte sich schon fast bis zu anderen Seite durchgefressen. Ehe ich etwas dagegen tun konnte, spürte ich, wie ich von einem starken Würgereiz erfasst wurde und mich übergeben musste. Es dauerte einer ganze Weile, bis ich wieder in der Lage war, mich zu beruhigen und die Ratte von Angelas Bauch zu entfernen.

Die blutverschmierte Ratte wehrte sich zwar mit aller Gewalt dagegen, sich von mir ergreifen zu lassen, aber schließlich gelang es mir. Voller Zorn warf ich sie zu Boden und trat dann so oft auf sie, bis sie leblos dalag. Nun sah ich mir die Wunde von Angela näher an und es kam mir mit meinen nur fragmentarisch vorhandenen medizinischen Kenntnissen so vor, dass meine Geliebte mit solchen schweren inneren Verletzungen auf Dauer nicht überlebensfähig war. Das schien sie aber auch selbst zu spüren.

„Hast du sie getötet?"

„Ja, sie ist tot."

„Gut. Dann helfe mir bitte jetzt auch zu sterben."

„Was!? Warum sollte ich das tun?"

„Es tut immer noch furchtbar weh. So weh, dass ich es kaum aushalten kann. Außerdem werde ich über kurz oder lang sowieso sterben. Zudem schuldest du mir es."

„Ja, ich weiß. Ich habe nicht auf dich aufgepasst. Es tut mir leid. So furchtbar leid. Das musst du mir glauben." Trotz des schmerzerfüllten Ausdruckes auf ihrem Gesicht, lächelte sie mich nun leicht an.

„Das weiß ich. Wir hatten eine sehr schöne Zeit miteinander. Ich werde dich niemals vergessen. Wenn du mich wirklich liebst, dann töte mich bitte." Meine Gedanken wirbelten wie verrückt durch meinen Kopf. Ich sollte die Frau, die ich liebte, auf ihren Wunsch hin töten. Natürlich hatte die Ratte viel Unheil angerichtet, aber vielleicht ließ sich Angelas Leben noch retten. Heutzutage vollbrachte die Medizin manchmal wahre Wunder. Auf einmal fing sie wieder an, laut zu schreien:

„Ich halte es nicht mehr aus. Die Schmerzen treiben mich in den Wahnsinn. Bitte erlöse mich. Ich bitte dich. Tu etwas." Voller Hektik begann ich nun in den Schränken und Schubladen des Raumes nach etwas Verwertbarem zu suchen. Hier waren alle möglichen Arten von Medikamenten gelagert. Schließlich fand ich ein Fläschchen Morphium mit der dazu passenden Spritze. Morphium wirkte schmerzlindernd und in einer hohen Dosierung auch tödlich. Das wusste ich, seit dem ich als Zivi in einem Hospiz gearbeitet hatte. Hatte ich wirklich die Kraft, Angela damit zu töten?

Erneut stieß sie schrille Schmerzensschreie aus. Ihr Flehen ging in lautes Stöhnen über. Ich musste jetzt etwas für sie tun. Ich nahm die Spritze zur Hand und versuchte mich zu erinnern, wie hoch die Dosis zur Schmerzlinderung war. Es waren dreißig Milligramm gewesen. Ich zog das Morphium auf. Gleich darauf setzte ich die Spritze bei ihr an. Sofort nachdem ich ihr das Morphium injiziert hatte, wurde sie ruhiger. Also hatte ich etwas Zeit gewonnen, um zu überlegen, ob ich den letzten und endgültigen Schritt wirklich gehen würde. Außerdem wollte ich erst einmal die schrecklichen Wunden verbinden, die ihr die Ratte geschlagen hatte. Verbandsmaterial hatte ich in einer der Schubladen gefunden. Immer wieder stöhnte Angela auf, als ich ihr den Verband anlegte. Die Blutungen ließen sich durch mich nicht stillen. Langsam wuchs ein Entschluss in mir heran. Es war mir nun klar, was ich als nächstes tun musste.

18. Kapitel

Clara und Max waren so früh wach, dass sie die ersten Gäste im Frühstücksraum waren. Da heute zu erwarten war, dass die aktuellen Pläne der Oosterbeek Society offengelegt wurden, waren sie so angespannt, dass sie kaum einen Bissen von den bereitstehenden Leckereien herunter bekamen. Um einigermaßen wach und konzentriert zu sein, sprachen sie dafür dem Kaffee im Übermaß zu. Der erste Block der heutigen Veranstaltungsreihe sollte um zehn Uhr beginnen. Auch hier gehörten sie mit zu den ersten Besuchern, die ihre Plätze einnahmen.

Pünktlich um zehn Uhr trat der adrett angezogene Mann von gestern auf die Bühne. Wie sie inzwischen wussten, war sein Name Christian Kasen und ein führendes Mitglied der Oosterbeek Society. Weiterhin hatten sie hinter vorgehaltener Hand erfahren, dass er einer der zehn reichsten Männer der Welt und wohl auch einer der skrupellosesten war.

„Sehr geehrte Damen und Herren, meine lieben Freunde, ich begrüße euch herzlich zu dem zweiten Tag unserer jährlich stattfindenden Zusammenkunft. Wie ihr sicherlich schon dem Programmflyer entnommen habt, habe ich die ehrenhafte Aufgabe, euch heute die Einzelheiten des geplanten D-Days vorzustellen.

Es ist nicht immer einfach, Problemlösungen zu finden, die für die überwiegende Mehrheit unseres Freundeskreises tragbar sind, aber mit Hilfe verschiedener Thinktanks und Arbeitsgruppen, die in unserem Auftrag tätig waren, ist es uns nun doch gelungen.

Der ein oder andere, der sehr aufmerksam das Weltgeschehen verfolgt hat, wird gewiss schon ahnen, wie der aktuelle Stand unsere Planungen aussieht. Aber ich möchte auch den Rest von euch nicht zu sehr auf die Folter spannen.

Ein so großes Projekt, wie das von mir in den folgenden Minuten beschriebene, muss von langer Hand vorbereitet werden. Daher liegt das letzte ähnlich umfangreiche Unternehmen schon achtzig Jahre zurück. Seit damals gelang es uns, nicht nur unglaubliche Gewinne zu erzielen, sondern auch unsere Machtposition so zu stärken, dass wir per se nicht mehr angreifbar sind. Nichts auf dieser Welt geschieht, ohne dass wir in irgendeiner Form daran beteiligt sind oder unsere Zustimmung dazu gegeben haben. Wir haben die Bevölkerung vollkommen im Griff. Wie sehr das der Fall ist, haben wir während der Pandemie feststellen können. Die Herde ist unseren Anweisungen nahezu ohne Widerspruch gefolgt.

Trotzdem beklagen sich immer wieder gute Freunde bei mir, dass die Märkte als gesättigt empfunden werden und die Steigerung der Profite immer größere Probleme bereitet. Hin und wieder kommt es sogar vor, dass die Bürger anders reagieren, als wir es erwartet und geplant haben. Diesen Problemen werden wir allerdings mit voller Macht entgegentreten. Um unser Vorgehen zu erklären, muss ich zunächst etwas weiter ausholen.

Anfang der neunziger Jahre erfolgten durch die Auflösung der Sowjetunion geopolitische Veränderungen, die unsere Absatzmärkte bedrohten und die Gefahr eines dauerhaften Friedens in sich trugen. Schon hier mussten wir eingreifen und ethnische Konflikte in Ex-Jugoslawien schüren, um den entgegenzuwirken. Nach und nach gelang es uns damit erfreulicherweise, unseren Machtbereich bis zu den Grenzen Russlands auszudehnen. Das genügte uns allerdings nicht. Wir haben zwar einige Freunde in Russland, stoßen dort aber auch immer wieder auf Widerstände, die durch den russischen Präsidenten und eine nationalistische Clique um ihn herum zu verantworten sind.

Schließlich sahen es wir als notwendig an, die strategisch wichtige Ukraine in die Hände zu bekommen. Wir unterstützen also die Putschvorbereitungen der rechtsnationalistischen und faschistischen Gruppierungen dort, die übrigens in Polen ausgebildet wurden, und konnten den beabsichtigten Regime Change als Erfolg verbuchen. Allerdings erlitten wir mit der Annexion der Krim durch Russland eine schmerzhafte Niederlage. Insbesondere, da eine Eskalation des Konflikts zu diesem Zeitpunkt noch nicht erreicht werden konnte. Zu überlegt und vorsichtig hatte damals der russische Präsident gehandelt. Selbst der Abschuss der indonesischen Maschine KT21 über der Ukraine und die in diesem Zusammenhang fingierten Beweise zeigten keinen ausreichenden Erfolg.

Das werden wir nun ändern. Russland benötigt den Stützpunkt in Sewastopol auf der Krim, um mit der Schwarzmeerflotte Operationen im Bereich des Mittelmeers und im nahen und mittleren Osten durchführen zu können. Daher wird die russische Regierung bei einer Übernahme der Krim durch die ukrainischen Armee nicht tatenlos zusehen. Wir werden für die Rückeroberung der Krim Freiwilligen-Einheiten wie das berüchtigte rechtsnationalistische Azak-Regiment einsetzen. Deren geplante kaltblütige Vorgehensweise gegenüber der russischsprachigen Bevölkerung, wird ein weiterer Grund sein, die Russen zum Eingreifen zu zwingen.

Sobald Russland seinen Gegenangriff gestartet hat und es zu einem größeren Geplänkel kam, werden wir der Ukrainischen Armee befehlen, sich hinter die ehemalige Frontlinie zurückzuziehen. Das wird der Zeitpunkt sein, an dem fingierte Fotos der Öffentlichkeit präsentiert werden, in denen zu sehen sein wird, wie Ostukrainer gemeinsam mit russischen Söldnern vor Ort Frauen und Kinder auf grausamste Weise ermorden. Ähnliche Methoden haben wir schon während des Irak-Krieges und des Kriegs in Jugoslawien angewendet. Ihr erinnert euch sicherlich. In der Weltöffentlichkeit wird es einen hellen Aufschrei geben. Dafür werden wir sorgen.

Danach ist der Zeitpunkt gekommen, dass die Ukraine die NATO um Hilfe bittet. Diese wird dem Hilfeersuchen ihres Beitrittskandidaten aufgrund der begangenen schrecklichen Untaten der Gegenseite stattgeben. Zunächst werden aber keine Atomwaffen eingesetzt werden. Das wird jedoch nicht lange Bestand haben. Wir haben verschiedene Kommandanten der bewaffneten Streitkräfte der Russischen Föderation auf unserer Lohnliste, die aufgrund eines angeblichen Missverständnisses die ersten taktischen Kernwaffen einsetzen werden. Dies wird dazu führen, dass die NATO einen massiver Nuklearschlag mit strategischen Atomwaffen als Präventivschlag durchführen wird, mit dem Ziel möglichst alle Kernwaffen Russlands zu zerstören, bevor sie gegen uns eingesetzt werden können.

Der dritte weltweite Krieg wird damit seinen Anfang finden. Wir werden natürlich beide gegnerischen Seiten weiterhin mit Waffen und anderen notwendigen Gütern beliefern. Bedingt durch die großen Zerstörungen, mit denen zu rechnen ist, werden unsere Absatzchancen ins Unermessliche steigen. Und wie immer, wenn es irgendwo Krieg herrscht, werden wir als Gewinner aus diesem Konflikt hervorgehen. Der D-Day ist übrigens für den ersten Mai vorgesehen. Also habt Ihr noch ein wenig Zeit für Eure Vorbereitungen. Ich danke euch für eure Aufmerksamkeit. Falls noch Fragen bestehen, stehe ich euch dafür gerne zur Verfügung."

„Mit wie vielen Toten müssen wir denn rechnen?"

„Wir gehen nach unseren Berechnungen davon aus, dass in den ersten drei Wochen dieses Konflikts bis zu fünfhundert Millionen Menschen zu Tode kommen werden. Das sind noch nicht einmal sieben Prozent der gesamten Weltbevölkerung. Also ein verschwindend geringer Anteil. In Relation zu den zu erwartenden Gewinnen durch den Wiederaufbau ist die Zahl der Toten eigentlich zu vernachlässigen. Zudem wird es nach unserem Sieg über Russland möglich sein, dort ein uns genehmes Regime zu installieren. Somit lässt sich das alles als eine Win-Win-Situation bezeichnen. Noch Fragen?"

„Wie können wir uns und unsere Familien vor den Auswirkungen dieses Krieges schützen?"

„Hauptaustragungsorte des Krieges werden West- und Osteuropa sein. Die meisten von euch besitzen meines Wissens nach Rückzugsorte in Übersee. Die solltet ihr rechtzeitig aufsuchen und ausreichend gegen Eindringlinge absichern. Diejenigen von euch, die von vornherein in Amerika wohnen, haben rein gar nichts zu befürchten. Die einzigen unserer Kriege, die jemals auf amerikanischen Boden stattfanden, waren der Unabhängigkeitskrieg und der amerikanische Bürgerkrieg."

„Wird es nicht große Widerstände in der Bevölkerung geben, wenn ein Atomkrieg droht?"

„Zu diesem Thema hat gestern schon Gisela von der Heydt einen hervorragenden Vortrag gehalten. Diejenigen Subjekte, die wagen aufzubegehren, werden interniert. Den Rest halten wir mit Hilfe der Medien und der von uns gekauften Politiker vollkommen unter Kontrolle. Ihnen wurde seit Jahren beigebracht, unseren Anweisungen zu folgen. Und das werden sie auch jetzt und in Zukunft tun, auch wenn das ihren Tod bedeutet."

„Wird Europa nach einem Atomkrieg nicht unbewohnbar werden? Und wie sieht es mit dem drohenden nuklearen Winter aus?"

„Das sind Probleme, die zu vernachlässigen sind. Je mehr Aufräumarbeiten danach zu tätigen sind, desto besser für uns. Wir als Elite haben zudem ausreichende Möglichkeiten und das notwendige Kapitel um uns vor den negativen Folgen des Konflikts zu schützen. Dazu besteht schon eine Arbeitsgruppe, die die entsprechenden Infos noch vor dem D-Day an euch weitergeben wird."

Nachdem es keine Wortmeldungen mehr gab, entließ Christian Kasen seine Zuhörer unter tosendem Applaus in die Mittagspause.

Schon während des Vortrags des führenden Mitglieds der Oosterbeek Society, hatten Clara und Max es kaum fassen können, was sie sich da anhören mussten. Die Oosterbeek Society hatte wirklich vor, fast ein Zehntel der Weltbevölkerung in einen grausamen Tod zu schicken, nur um ihre Profite zu erhöhen. Es war unglaublich. Sie blieben wie gelähmt auf ihren Stühlen sitzen, während die anderen Zuhörer sich ungerührt dem Mittagsbuffet näherten und sich ihre feisten Bäuche vollschlugen. Clara und Max mussten sich mit all ihrer Willenskraft zusammennehmen, um ihren Hass und ihre Verachtung für die Oosterbeek Society nicht lauthals herauszuschreien. Wären sie in diesem Moment bewaffnet gewesen, hätte die große Gefahr bestanden, dass sie unter den Teilnehmern ein Blutbad anrichteten. Aber so versuchten sie durch intensiven Blickkontakt und festes Umschließen ihrer Hände sich gegenseitig zu beruhigen. Denn nun war es um so wichtiger, ihre Mission nicht dadurch zu gefährden, dass sie negativ auffielen und dadurch die Chance verspielten, die Weltöffentlichkeit über diese unglaublichen Pläne zu informieren.

Doch Clara war das alles plötzlich zu viel. Sie hatte Schwierigkeiten, Luft zu bekommen. Ihr war hier alles zu eng. Erinnerte sie an die Zeit, in der ihre Mutter sich selbst und sie in ihrem Haus eingeschlossen hatte. Sie verzweifelt hinter geschlossenen Rollläden saß und darauf hoffte, dass es ihre Mutter bald besser gehen würde. Clara wurde kreidebleich. Die Vorstellung, dass viele Millionen Menschen sterben würden, wenn es nach den Plänen der Oosterbeek Society ging, war ein Gedanke, der zusammen mit der großen herrschenden Anspannung, den angstvollen Erinnerungen an ihre Kindheit und dem vielem Kaffee, den sie am Morgen zu sich genommen hatte, eine große Übelkeit in ihr erzeugte. Sie spürte, wie ein starker Würgereiz in ihrem Hals entstand, den sie nicht lange würde standhalten können. Sie konnte Max gerade noch ein Zeichen geben, ehe sie sich voller Panik in die Toilette stürzte. Dort angekommen, beugte sie sich über die erstbeste Toilettenschüssel und erbrach sich mehrmals geräuschvoll. Es verging eine Weile, bis es ihr besser ging und sie sich den Mund abwischen und erneut aufstehen konnte.

Als sie nun aus der Toilettenkabine trat und am Waschbecken ihr Gesicht abwusch, hörte sie auf einmal ein weibliches Kichern, das aus der Kabine links hinter ihr erklang. Kurz danach wurde die dazugehörige Tür geöffnet und trat Gisela von der Heydt mit einem spöttischem Lächeln daraus hervor. Sie stellte sich neben Clara und fing an, ihre Hände zu waschen. Dabei sagte sie:

„Na, Kindchen, hast du gestern zu viel dem gutem Weißwein zugesprochen oder wieso musstest du so übereilt die Toilette aufsuchen?"

„Wahrscheinlich habe ich einfach nur etwas falsches zum Frühstück gegessen. Inzwischen geht es aber schon wieder ganz gut."

„Ja, dein Gesicht hat schon wieder etwas Farbe bekommen. Apropos Gesicht, ich sehe dein Gesicht auf diesem Treffen zum ersten Mal. du bist vermutlich neu hier, oder?"

„Ja, da haben Sie recht. Ich bin zusammen mit meinem Mann hier und nehme an diesem Treffen zum ersten Mal teil. Mein Name ist übrigens Bettina Olbrecht. Ich bin die Schwiegertochter des kürzlich verstorbenen Besitzer des Discounter-Konzerns DiOl."

„Ach ja, sehr interessant zu hören. Komisch ist es nur, dass ich dich noch nie bei den Olbrechts getroffen habe. Bis vor zwei Jahren bin ich dort fast täglich ein und aus gegangen." Plötzlich bemerkte Clara, wie ihr das Blut in das Gesicht schoss. Gleichzeitig verkrampfte sich erneut ihr Magen. Sie fühlte sich von Gisela von der Heydt ertappt. Merkte, dass sie sich in eine äußerst gefährliche Situation hineinmanövriert hatte.

„Dass wir uns dort nie getroffen haben, wird wohl ein Zufall gewesen sein."

„Hör auf mit der Schauspielerei, Kleines. Wir sind von verlässlicher Quelle darüber informiert worden, dass an dem Treffen zwei Verräter teilnehmen werden. Und du bist einer von ihnen. Davon bin ich überzeugt. Die Frage ist nun nur, ob du dich mir ohne Widerstand ergibst oder ob ich erst die zwei Wachmänner rufen muss, die ich vor der Toilette platziert habe?" Claras Gedanken drohten sich zu überschlagen, so überrascht war sie von der Aufdeckung ihrer falschen Identität. Dann überlegte sie fieberhaft, wie sie Gisela von der Heydt entkommen konnte. Gab es überhaupt noch einen Ausweg für sie? Und wenn sie schon nicht fliehen konnte, wie konnte sie Max davor warnen, dass sie beide in eine Falle geraten waren?

„Ich sehe, wie verzweifelst du überlegst, wie du mir entkommen kannst, Kindchen. Diese Hoffnung muss ich dir leider nehmen. Wir werden dich niemals mehr aus unseren Fingern lassen. Da kannst du dir sicher sein." Im gleichen Moment, als sie das gesagt hatte, zog sie eine kleine aber nichtsdestotrotz tödlich aussehende Pistole aus ihrer Handtasche und richtete sie auf Clara. Damit hatten sich Claras Gedanken über eine eventuell mögliche Flucht praktisch in der Luft aufgelöst.

„Nun wird es Zeit, dass wir uns gemeinsam zu deinem Spießgesellen begeben und ihn zu einem kleinen gemeinsamen Plausch einladen. Na, was hältst du davon?" Ohne eine Antwort von Clara abzuwarten, stieß ihr Gisela von der Heydt jetzt die Pistole von hinten in die Rippen und forderte sie damit auf, die Toilette in Richtung Tagungsraum zu verlassen. Dies tat Clara wie befohlen und konnte dabei feststellen, dass tatsächlich zwei riesige muskulöse Wachmänner sie beide vor dem Ausgang zur Toilette erwarteten.

Als sie nun dem Tagungsraum immer näher kamen, merkte Clara, wie ihre Hände begannen zu zittern und sie immer verzweifelter wurde. Sie musste Max die Gelegenheit geben zu fliehen, sonst war alles verloren. Natürlich hatte sie Angst davor, dabei umzukommen, und noch mehr fürchtete sie sich davor, von den Häschern der Oosterbeek Society gefoltert zu werden. Doch das musste sie riskieren. Wie anders hätte sie sich in diesem Moment höchster Niedergeschlagenheit ihr Menschsein bewahren können?

Eben sah sie Max mitten im Sitzungssaal stehen. Er sah auf seine Uhr und wirkte ungeduldig.

„Dreh dich um zu mir, Max. Bitte dreh dich zu mir um.", rief sie ihm in Gedanken zu. Er bewegte sich nicht. Dann stieß einer der Gorillas von Gisela von der Heydt gegen einen der herumstehenden Stühle. Welch ein glücklicher Zufall. Endlich wandte Max seine Kopf in ihre Richtung. Jetzt war der Moment gekommen:

„Verschwinde von hier, Max. Es ist eine Falle. Hau ab!" Sie sah noch, wie Max Gesicht sich vor Überraschung verzog und er sich umwandte, um loszurennen, als sie ein schwerer Schlag auf ihren Hinterkopf traf und es dunkel um sie herum wurde. Ohnmächtig sank sie zu Boden.

19. Kapitel

Ich wusste, dass Angela unter meinen Händen verbluten würde, wenn ich nichts unternahm. Sie war in einen leichten Schlaf gefallen, stöhnte aber immer wieder auf. Wenigstens hatte ich ihr einen Teil ihrer Schmerzen nehmen können. Zumindest für eine Weile. Verbluten war, soweit ich wusste, keine unangenehme Art zu sterben. Aber hatte ich wirklich vor, sie so sterben lassen? Nein, auf keinen Fall. Ich wollte, dass sie überlebte. Nahm mein Smartphone und war im Begriff, die Notruftaste zu drücken. Da erinnerte ich mich, dass der Akku leer war. Verdammt. Was sollte ich jetzt tun?

Zum Glück fiel mir ein, dass ich auch noch ihr Handy bei mir hatte. Suchte es in meiner Jackentasche. Holte es hervor und drückte die Notruftaste. Die Verbindung kam sofort zustande:

„Hallo, hier ist der Notruf der Feuerwehr und des Rettungsdienstes. Was kann ich für Sie tun?" Gerade wollte ich diese Frage beantworten, als ich einen harten Gegenstand in meinem Rücken spürte und eine leise männliche Stimme mir in mein Ohr flüsterte:

„Leg auf, wenn du den morgigen Tag erleben willst." Diese Stimme war so dunkel und bedrohlich, dass mein Finger fast wie automatisch die Ende-Taste des Telefons drückte und die Verbindung damit unterbrach.

„Sehr brav. Damit hast du deine Chancen, zu überleben, um ein Vielfaches erhöht. Nun geh zu dem freien Seziertisch und leg dich dort drauf." Ich tat, was der Fremde mir befahl. Langsam, aber stetig bewegte ich mich auf den einzig freien Tisch zu. Der Druck der Waffe in meinem Rücken war dabei stets zu spüren. Ich überlegte in dieser Zeit angestrengt, ob und wie ich ihn überwältigen konnte. Dachte daran, dass die Zeit, Angela zu retten, langsam knapp wurde. Es vielleicht dazu schon zu spät war. Ich musste versuchen, die Niedergeschlagenheit, die von mir Besitz ergreifen wollte, zu verdrängen. Es fiel mir allerdings sehr schwer. Als ich an dem Tisch eintraf, sagte die Stimme:

„So, nun leg dich auf den Rücken und strecke Arme und Beine aus." Eben sah ich, dass auch dieser Seziertisch dazu vorbereitet war, jemanden daran zu fesseln. Und dieser jemand war wohl ich. Wenn ich erst einmal gefesselt war, konnte der Fremde alles mit mir machen. Mich genauso qualvoll töten wie Angela. Das musste ich verhindern. Egal, ob er eine Waffe besaß oder nicht. Zunächst folgte ich aber seiner Anweisung. Ich legte mich mit dem Rücken auf die Liegefläche. Spannte jedoch alle meine Muskeln an, so dass ich schnell wieder aufspringen konnte.

Jetzt sah ich ihn zum ersten Mal von Angesicht zu Angesicht. Der Fremde war etwas untersetzt und besaß ein feistes nichtssagendes Gesicht, das auch zu jedem Politiker gepasst hätte. Nur seinen Augen blitzten gefährlich. Dort war kein bisschen Menschlichkeit zu sehen. Nur kalte Berechnung und gnadenlose Gier nach Macht. Und er hielt eine schwarz glänzende Pistole in seiner Hand, deren Lauf drohend auf mich gerichtet war.

„Wenn du dich ganz still verhältst, wird dir nichts passieren."

„So wie Angela?"

„Sie war etwas zu aufsässig und außerdem entbehrlich. Mit dir haben wir etwas anderes vor. Sei da ganz beruhigt." Natürlich glaubte ich ihm nicht. Ich würde an seiner Stelle das gleiche sagen, wenn ich mein Opfer widerstandslos umbringen wollte. Nun begann der Häscher der Oosterbeek Society, mein rechtes Bein zu fesseln. So konnte er mich nicht mehr voll und ganz im Blick behalten. Es war soweit. Jetzt oder nie. Ich musste meine Chance ergreifen.

Ich legte sämtliche Kraft in das andere Bein und trat ihm damit in sein Gesicht. Ehe er wusste, was mit ihm geschah, wurde er weggeschleudert und fiel mit blutender Nase auf den weiß gefliesten Boden. Dabei konnte ich erfreulicherweise beobachten, wie ihm seine Pistole aus der Hand fiel und auf dem Boden von ihm wegrutschte. Ich befreite schnell mein Bein von der Fessel, sprang von der Liege und rannte in Richtung Waffe. Aus den Augenwinkel sah ich, wie der Fremde aufstand und versuchte mich einzuholen.

Gerade als ich die Pistole erreichte, spürte ich, wie er mich an meiner Schulter packte und mich zurückhalten wollte. Ich wiederum musste verhindern, dass er die Waffe nochmals in die Finger bekam. Daher gab ich ihr einen so starken Tritt, dass sie unter einen der Schränke rutschte und dort erst einmal unerreichbar war. Kaum war das geschehen, hörte ich ihn laut fluchen. Er zog mich voller Gewalt herum und versetzte mir einen Schlag in mein Gesicht. Ich hörte, wie in meiner Nase etwas laut knackte. Er hatte mir das Nasenbein gebrochen. Der sich nun ausbreitende Schmerz war fürchterlich.

Vor dem nächsten Schlag konnte ich mich erfolgreich wegducken. Nun versuchte ich einen Gegenangriff zu starten. Der Fremde war jedoch äußerst behände und augenscheinlich sehr gut trainiert. Ich konnte keinen Schlag bei ihm platzieren. Seine Faust grub sich in meinen Bauch. Ich hatte den Angriff zu spät gesehen. Ich stöhnte laut auf und sank vor Schmerzen zu Boden. Plötzlich spürte ich einen Stich in meiner Schulter. Verflucht. Er hatte mir irgendetwas injiziert. Mir wurde schwarz vor Augen. Dann wusste ich gar nichts mehr.

Langsam erwachte ich wieder. Ich konnte nicht sagen, wie viel Zeit seit der Injektion vergangen war. Das einzige, was ich mit Bestimmtheit sagen konnte, war, dass mein Kopf fürchterlich weh tat und meine Nase stark geschwollen war und heftig pochte. Ich lag auf dem dritten Seziertisch, war aber nicht gefesselt. Immerhin etwas. Als ich versuchte aufzustehen, wurde mir ziemlich übel. Also blieb ich zunächst wo ich war und versuchte meine Gedanken zu sammeln. Der Fremde war augenscheinlich nicht mehr hier. Warum war er einfach verschwunden, ohne mich zu fesseln? Und was war mit Angela? Lebte sie noch?

Ich musste unbedingt aufstehen und zu ihr gehen. Schauen, wie es ihr ging. Sie stöhnte nicht mehr. Das war kein gutes Zeichen. Ich atmete tief durch. Konzentrierte mich. Versuchte erneut aufzustehen. Diesmal klappte es. Die Übelkeit war nicht mehr so stark ausgeprägt wie eben noch. Trotzdem schwankte ich mehr, als dass ich ging. Beide Seziertische neben mir waren komplett mit weißen Leinentüchern bedeckt. Auch das war kein gutes Omen. Ich erreichte den Tisch, auf dem Angela vorhin noch gelegen hatte. Ich warf das Tuch voller dunkler Ahnungen zur Seite.

Dort lag sie. Bleich und kalt. Sie hatte die Augen offen. Es war kein Leben mehr in ihnen. Sie starrten mich leer und voller Vorwurf an. Zweimal hatte ich versagt. Zweimal hätte ich sie retten können und beide Male hatte ich es nicht geschafft. Sie hatte mir vertraut. Nur mir zuliebe hatte sie sich darauf eingelassen, den Kampf gegen die Oosterbeek Society erneut aufzunehmen. Jetzt war sie tot. Ich fing an zu schluchzen. Tränen strömten aus meinen Augen. Ich schrie meine ganze Wut und Traurigkeit hinaus. Ich weiß nicht mehr, wie lange. Irgendwann hatte ich keine Tränen mehr. Beruhigte mich etwas. Umarmte sie und küsste sie zum Abschied. Drückte ihr die Augen zu und deckte sie wieder zu. Jetzt hatte sie hoffentlich ihren Frieden.

Langsam kam mir zu Bewusstsein, wo ich mich befand. Ich konnte hier nicht sehr viel länger bleiben. Der Scherge der Oosterbeek Society hatte mich hierher gelockt. Nur zu welchem Zweck? Und warum hatte er mich nicht ebenfalls getötet? Ich ging zu der Tür, wollte nach oben gehen. Sie war abschlossen. So ein verdammter Mist. Es war eine stabile Stahltür, die mit einem Sicherheitsschloss versehen war. Hier kam ich nicht mehr ohne weiteres hinaus. Ich wurde jäh panisch. Versuchte das zu verhindern. Atmete mehrmals tief durch. Vielleicht fand ich in dem Raum etwas, mit dem ich die Tür öffnen konnte. Oder es gab hier einen anderen Ausgang.

Ich durchwühlte sämtliche Schränke nach etwas Brauchbarem. Dort waren nur Medikamenten und medizinischen Gerätschaften zu finden. Mit nichts davon konnte man eine Tür aufbrechen. Dann fiel mir die Pistole des Fremden ein. Damit ließe sich vielleicht das Schloss kaputt schießen. Voller Hoffnung kroch ich unter den betreffenden Schrank. Aber der Fremde hatte die Pistole hervorgeholt und mitgenommen. Unter dem Schrank bemerkte ich einen Lüftungsschlitz, der unter Umständen hier heraus führte. Aber ich musste feststellen, dass er zu eng für mich war. Damit waren alle Möglichkeiten ausgeschöpft. Was sollte ich jetzt tun?

Ehe ich Gelegenheit bekam, weiter darüber nachzudenken, hörte ich das vielfache Trampeln fester Schuhe auf der Kellertreppe. Scheinbar bekam ich Besuch. Es erklangen zwei oder drei dumpfe Schläge. Dann flog die Tür nach innen auf und es stürmten ein Dutzend schwarz vermummter Polizisten in den Kellerraum, die mich sofort umringten und zu Boden warfen. Einer von ihnen schrie:

„Sie sind verhaftet. Sie haben das Recht zu schweigen. Alles was Sie sagen, kann und wird vor Gericht gegen Sie verwendet werden. Sie haben das Recht, zu jeder Vernehmung einen Verteidiger hinzuzuziehen. Wenn Sie sich keinen Verteidiger leisten können, wird Ihnen einer gestellt. Haben Sie das alles verstanden?"

„Ja, das habe ich."

„Gut, dann hebt ihn auf und bringt ihn in den Wagen. Jetzt schauen wir uns mal an, was dieser Wahnsinnige hier angerichtet hat."

Kurze Zeit später fand ich mich im Verhörraum des Polizeireviers wieder. Vorher waren mir noch meine Fingerabdrücke und eine Speichelprobe zur DNA-Analyse abgenommen worden. Es traten zwei grimmig aussehende Polizisten in Zivil in den düsteren Raum und setzten sich mir gegenüber an den alten Holztisch. Einer von ihnen holte ein Aufnahmegerät aus seiner Tasche, stellte es auf den Tisch und schaltete es ein:

„Ihr Name ist Max Rilke?"

„Ja, das ist korrekt."

„Ich bin Kriminalhauptkommissar Petersen und mein Kollege ist Kriminalhauptkommissar Baum. Sie stehen in Verdacht, sich gewaltsam Zutritt zu dem Anwesen von Frau Franziska van Heerden verschafft und im Keller dieses Anwesens Frau Angela May und Frau Franziska van Heerden auf grausamste Art und Weise ermordet zu haben. Was sagen Sie zu diesen Vorwürfen?"

„Ich bestreite, die beiden Frauen ermordet zu haben. Ich habe Angela geliebt. Niemals wäre ich auf den Gedanken gekommen, ihr etwas anzutun."

„Sie geben aber zu, sich gewaltsam Zutritt zu dem Anwesen von Frau Franziska van Heerden verschafft zu haben."

„Ich war auf der Suche nach Angela. Deswegen habe ich das Haus über die offene Terrassentür betreten und sie nach kurzer Zeit halbtot im Keller gefunden."

„Wie sind Sie darauf gekommen, dass sich Ihre Freundin dort befinden könnte?"

„Angela war entführt worden und ich hatte kurz vorher einen Anruf von jemanden erhalten, dass ich mich mit einem Lösegeld in Höhe von hunderttausend Euro dort einfinden sollte, um sie damit freizukaufen. Vermutlich war das der gleiche Mann, der mich später im Keller überwältigt hat."

„Warum haben Sie nach Erhalt des Anrufes nicht die Polizei eingeschaltet?"

„Durch meine schlechten Erfahrungen mit der Polizei. Die letzten Male, als ich Kontakt zu Ihren Kollegen hatte, wurde ich von den Beamten als nicht glaubwürdig eingeschätzt."

„Sie meinen den vermeintlichen Tod und das Verschwinden Ihres Kollegen Paul Altmann."

„Ja, nachdem ich behauptet hatte, dass mein Kollege Paul Altmann in meinem Haus ermordet und danach seine Leiche beseitigt worden war, wurde ich von den Beamten nur belächelt. Obwohl die entsprechenden Spuren noch nachzuweisen gewesen wären."

„Ähnliches ist Ihnen auch bei den unterirdischen Bunkeranlagen, die zur Lufthauptmunitionsanstalt Dieburg gehören, passiert?"

„Ja, auch dort hat die Oosterbeek Society die Beweise verschwinden und mich vor Ihren Kollegen als Idiot dastehen lassen."

„Was ist diese dubiose Oosterbeek Society?"

„Die Oosterbeek Society ist ein Zusammenschluss von mächtigen Männer und Frauen, die diese Welt beherrschen, ohne dass ein nichteingeweihter Mensch das jemals bemerken würde. Da ich ihnen auf die Schliche gekommen bin, wollen Sie mich außer Gefecht setzen."

„Diese Oosterbeek Society existiert nach Ihrer Auffassung wirklich?"

„Aber natürlich." Die Polizisten schauten sich gegenseitig an und schüttelten beide die Köpfe. Sie glaubten mir nicht, das wurde mir nun klar.

„Lassen wir dieses Thema. Wie kommt das Blut der beiden toten Frauen an ihre Hände und ihre Kleidung, wenn sie nichts mit deren Tod zu tun haben?"

„Ich wollte Angelas Leben retten und habe versucht mit einem Verband die Blutung zu stoppen. Franziska van Heerden habe ich in dem Raum nicht bemerkt und demnach auch nicht berührt."

„Ich zeige Ihnen nun Fotos von den beiden Opfern. Wie Sie dort sehen, wurde bei Frau Franziska van Heerden mit ungeheurer Fingerfertigkeit der Brustkorb geöffnet und die Verbindungen der Hauptschlagadern zu ihrem Herz nach und nach zerschnitten. Und dies alles bei vollem Bewusstsein. Bei Frau Angela May hingegen wurde diese Arbeit einer Kanalratte überlassen. Auch diese ging mit äußersten Geschick vor und hat die wichtigsten inneren Organe ihrer Freundin innerhalb kurzer Zeit verspeist, was sicherlich ebenfalls sehr schmerzvoll war. Kaum zu glauben, was diese Viecher an Hunger entwickeln können. Von Verbandsmaterial oder dem Versuch Frau Angela May das Leben zu retten, ist durch uns nichts festzustellen gewesen. Wie erklären Sie mir das?" Mir wurde schlecht als ich mir die Bilder meiner getöteten Geliebten anschauen musste, gleichzeitig wurde ich aber auch furchtbar zornig, wie mich diese Polizisten behandelten. Es wurde mir überdeutlich, dass sie ihr Urteil über mich schon getroffen hatten, egal was ich noch sagen würde.

„Ich kann nur immer wieder beteuern, dass ich mit dem Tod der beiden Frauen nichts zu tun habe. Sicherlich hat der Handlanger der Oosterbeek Society das Verbandsmaterial verschwinden lassen. Ebenso wird er das Blut von Franziska van Heerden an meine Hände und meine Kleidung geschmiert haben, um mich damit zu kompromittieren. Anders kann ich mir das alles nicht erklären."

„Wenn Sie Ihre Freundin durch die Zahlung von Lösegeld befreien wollten, wo befindet sich dieses Geld jetzt."

„Ich hatte es mit in das Haus gebracht."

„Wir haben nichts von dem Geld gefunden oder irgendeinen Hinweis, dass sich außer Ihnen und den zwei Opfern irgendjemand sonst in dem Haus befunden hat.

Daher muss ich sagen, dass sich alles, was Sie behaupten, in meinen Ohren ziemlich weit hergeholt anhört.

Soll ich Ihnen mal sagen, was meiner Meinung nach wirklich passiert ist. Franziska van Heerden war ihre Geliebte. Gemeinsam hatten sie viel Spaß mit perversen Arzt- und Sexspielchen, die sie in dem gut ausgestatteten Keller ihrer Geliebten zusammen praktizierten. Das ging eine Weile gut. Als sie nach und nach immer mehr die Verbindung zur Realität verloren und plötzlich dachten, dass ihre Geliebte zur Oosterbeek Society, die Sie übrigens frei erfunden haben, gehörte, kam es zu Streitereien zwischen ihnen. Es gibt Zeugen dafür, dass sie eines Abends ihr vor ihrem Haus auflauerten und es zu einem heftigen Streit zwischen ihnen kam. Kurz danach wurden sie in die Psychiatrie zwangseingewiesen. Vorher behaupteten sie, dass sie eine Lagerstätte der Oosterbeek Society gefunden hatten, die der Beweis für die tatsächliche Existenz dieser Organisation darstellen sollte. Diese Halle war allerdings völlig verwaist und leer. Sie hatten endgültig den Bezug zur Wirklichkeit verloren.

In der Psychiatrie lernten sie Angela May kennen und fingen ein Verhältnis mit ihr an. Da Franziska van Heerden sehr eifersüchtig und zudem auch sehr misstrauisch war, versuchten sie ihr das auf jede erdenkliche Art zu verheimlichen. Trotz der Gefahr aufzufliegen, machten sie verschiedene Auslandsreisen mit ihrer neue Geliebten. Dabei gelang es ihnen irgendwie, Angela May von ihren Theorien über die Oosterbeek Society zu überzeugen und sie dazu anzustiften, mit ihnen gemeinsame Sache zu machen. Da sie psychiatrisch vorerkrankt war, stellte dies sicherlich kein großes Problem dar.

Jetzt fand allerdings Franziska van Heerden heraus, dass Sie sie betrogen. Sie war vor Wut völlig außer sich und drohte, Angela May jedes kleine Ihrer Geheimnisse zu offenbaren. Auch Ihre perversen sadistischen Sexneigungen. Sie sahen sich in die Enge getrieben und ließen Angela May glauben, dass Franziska van Heerden eine wichtige Persönlichkeit bei der Oosterbeek Society war und unbedingt getötet werden musste.

Gemeinsam drangen sie nun in ihr Haus ein und haben sie zunächst sadistisch gequält, um sie dann kurz darauf grausam sterben zu lassen. Angela May war dies nicht geheuer. Sie wollte die Tötung von Franziska van Heerden schließlich doch noch verhindern. Hatte schon die Notrufnummer auf ihrem Smartphone gewählt. Auch das können wir nachweisen. Das konnten sie allerdings nicht zulassen. Daher haben Sie sie zunächst mit Morphium betäubt und danach mit Hilfe der Ratte getötet. Leider haben sie vergessen, ihre Fingerabdrücke auf der Spritze und der Ampulle zu entfernen. Ein eindeutiger Beweis für Ihre Schuld."

„Das ist doch Wahnsinn. So war das nicht. Wenn jemand hier verrückt ist, dann sind das Sie. Sie haben sich eine völlig abstruse Geschichte ausgedacht, die mit nichts zu beweisen ist. Ich bin unschuldig. Das ganze Geschehen wurde durch die Oosterbeek Society in Szene gesetzt. Ich habe nichts damit zu tun."

„Das wird das Gericht entscheiden. Sie sollten sich aber auf jeden Fall auf einen längeren Aufenthalt hier bei uns gefasst machen." Dann zu dem anderen Polizisten gewandt:

„Bring den Verrückten zurück in seine Zelle." In diesem Augenblick wurde mir klar, was die Oosterbeek Society mit mir vor hatte. Sie wollte, dass ich bis zu meinem Lebensende hinter Gittern blieb. Und so wie sich der Kriminalbeamte anhörte, würde es sehr wahrscheinlich auch darauf hinauslaufen.

20. Kapitel

Max hörte ein Geräusch und blickte sich um. Er sah, wie Clara begleitet von Gisela von der Heydt und ihren zwei Leibwächtern den Sitzungssaal betrat. Er bemerkte sofort, dass irgendetwas nicht mit ihr stimmte. Kaum trafen sich ihrer beider Blicke, bewahrheitete sich das und Clara rief ihm zu, dass sie in eine Falle geraten waren und er das Weite suchen sollte. Max ließ sich das nicht zweimal sagen. Innerhalb weniger Augenblicke wandte er sich voller Panik um und rannte in Richtung Hotelausgang aus dem Sitzungssaal. Da die meisten anderen Gäste sich gerade beim Mittagessen befanden, begegnete er in dem Flur fast niemanden. Und vor den Hotelangestellten hatte er nichts zu befürchten. Jedoch bekam er mit, dass ihn die zwei Gorillas verfolgten und immer näher kamen.

Max versuchte die Furcht, die ihn nun zu lähmen drohte, nicht zu beachten. Er rannte gerade an der Rezeption vorbei, als er sah, dass vor dem Hotel ein Taxi hielt und in diesem Moment ein Fahrgast daraus ausstieg. Das war seine Chance. Er beschleunigte nochmals sein Tempo, öffnete voller Hektik die Tür des Taxis und stieg ein. Dann rief er dem Taxifahrer zu:

„Fahren Sie bitte los. Ich habe es sehr eilig."

„Immer mit der Ruhe, Mann. Sind Sie etwa auf der Flucht?"

„Tun Sie, was ich Ihnen sage. Dann ist auch ein dickes Trinkgeld für Sie drin."

„Okay, Mann. Ich habe verstanden." Endlich hatte der Fahrer ein Einsehen und fuhr los. Max drehte sich um und sah noch, wie die beiden Verfolger versuchten, das Taxi und damit ihn zu erreichen. Inzwischen hatte das Auto jedoch schon zu viel Tempo drauf und fuhr ihnen davon. Max atmete voller Erleichterung auf. Nun war es ihm möglich, sich in den bequemen Ledersitz zurückzulehnen und sich etwas zu entspannen.

„Bitte fahren Sie mich auf dem schnellsten Weg zum Hauptbahnhof."

„Wird gemacht, Chef." Nachdem er jetzt erst einmal in Sicherheit war, musste er überlegen, wie es ihm gelingen konnte, Clara aus den Fängen der Oosterbeek Society zu befreien. Denn dass er das tun musste, lag auf der Hand. Ihm würde nie wieder so etwas wie mit Angela passieren. Noch einen Tod eines ihm nahe stehenden Menschen konnte er nicht verkraften. Aber wichtig war natürlich auch, das gefilmte Material in Sicherheit zu bringen. Dazu würde er davon wieder Kopien anfertigen und diese möglichst breit streuen müssen.

Als sie nach zwanzig Minuten in der Frankfurter Innenstadt und dem Hauptbahnhof ankamen, entlohnte Max den Taxifahrer fürstlich und begab sich in das nächstgelegene Internetcafé. Vorher besorgte er sich noch in einem Computerladen eine Handvoll USB-Sticks. Sobald er das Filmmaterial im Internet hochgeladen und auf den USB-Sticks gespeichert hatte, entschied er sich dazu, Dr. Frank Hallstein anzurufen und ihn um Hilfe zu bitten. Außerdem schickte er einen der USB-Sticks per Kurier seiner Ex-Frau zu. Sozusagen als Lebensversicherung.

„Hallo Herr Dr. Hallstein, hier spricht Max Rilke. Leider ist etwas auf dem Treffen der Oosterbeek Society schief gegangen. Claras und meine Tarnidentitäten wurden aufgedeckt. Sie wurde von ein paar Leuten überwältigt. Ich konnte gerade noch rechtzeitig fliehen. Ich brauche Ihre Hilfe. Wir müssen sie unbedingt befreien."

„Haben Sie die Filmaufnahmen machen können?"

„Ja, ich habe an beiden Tagen alles aufgenommen."

„Und ist darin auch genügend kompromittierendes Material enthalten?"

„Aber natürlich. Wenn das, was ich aufgenommen habe, an die Öffentlichkeit kommt, wird es der Oosterbeek Society Kopf und Kragen kosten. Sie haben den Ausbruch eines dritten weltweiten Krieges geplant."

„Hervorragend. Das klingt ja sehr gut. Haben Sie das Filmmaterial bei sich?"

„Ja, das habe ich."

„Und Sie haben keine Kopien davon gemacht?"

„Natürlich nicht. Dazu war gar keine keine Zeit." Max wusste nicht genau, warum er Dr. Frank Hallstein anlog, aber ein inneres Gefühl zwang ihn dazu, ihm nicht zu trauen. Zu viel war inzwischen schiefgelaufen.

„Gut, dann lasse ich die Brille mit dem Filmaufnahmen von meinen Mitarbeitern abholen. Wo halten Sie sich zur Zeit auf?"

„Ich befinde mich in Frankfurt, in der Nähe vom Hauptbahnhof. Ich stehe hier vor einem asiatischen Schnellimbiss in der Taunusstraße."

„Ja, das trifft sich gut. Meine Leute werden in einer viertel Stunde bei Ihnen sein."

„Und was ist mit Clara? Ich kann sie nicht so einfach im Stich lassen. Und Sie können sie nicht einfach aufgeben."

„Hören Sie jetzt mal gut zu, Max. Jeder Krieg fordert seine Opfer. Sie und ihre Freundin wussten, worauf Sie sich einließen, als wir zu unserer Übereinkunft kamen. Clara und ihr Engagement für die Sache bleiben natürlich unvergessen, aber ich kann nichts mehr für Ihre Freundin tun. Wahrscheinlich ist sie schon tot. Wir müssen die Zukunft im Blick behalten und nicht die Vergangenheit. Verstehen Sie mich nicht falsch, aber jetzt muss es darum gehen, Ihre

Filmaufnahmen in die richtigen Hände zu bringen. Den gemeinsamen Kampf voranzutreiben."

„Ich habe Sie verstanden. Ich bin also auf mich alleine gestellt, wenn ich Clara befreien möchte." Max bereute es in diesem Augenblick aufs Tiefste, sich auf den Handel mit Dr. Frank Hallstein eingelassen zu haben. Wenn er geahnt hätte, wie kaltherzig er wirklich war, hätte er einen anderen Weg gesucht, die Oosterbeek Society zu entmachten. Nicht umsonst war dieser Typ einst ein führendes Mitglied dieser Organisation gewesen. So eine Position erhält man nicht, wenn man allzu menschlich ist.

Gleich darauf wurde ihm auch klar, warum sein Instinkt ihm geraten hatte, seinen Gesprächspartner anzulügen. Dr. Frank Hallstein hatte seine Position bei der Oosterbeek Society nie wirklich aufgegeben. Das ganze Spektakel wurde inszeniert, um einen bestimmten Zweck zu erfüllen. Nur um welchen Zweck es ging, wusste Max noch nicht. Aber dass dieser Unmensch nach wie vor ein führendes Mitglied der Oosterbeek Society war, sah er daran, dass die zwei Leibwächter, die ihn schon im Hotel verfolgt hatten, von Dr. Frank Hallstein zu ihm geschickt worden waren, um die Brille mit den Filmaufnahmen entgegenzunehmen. Denn genau diese beiden Kerle, näherten sich ihm gerade in einer schwarzen Limousine.

Zu seinem Glück hatte er sich während des Telefonats so weit von dem asiatischen Schnellimbiss entfernt, dass er sie zuerst erblickte, während sie ihn noch an seinem bisherigen Standort suchten. Gerade wollte er das ausnutzen und sich endgültig aus der Gefahrenzone entfernen, als er die Stimme des einen Kerls hörte:

„Dort drüben steht er. Er hat die Brille noch auf. Lass mich aussteigen, dann nehmen wir ihn in die Zange." Max verfluchte seine Unvorsichtigkeit. Jetzt waren sie wieder auf seiner Fährte. Er hätte sich sofort verstecken müssen, nachdem er sie gesehen hatte. Also musste er erneut versuchen, ihnen zu entkommen. Max begann Richtung Hauptbahnhof zu rennen. Im Menschengewirr dort war es bestimmt ein Leichtes unterzutauchen. Jedoch hatte er nicht mit der Schläue seiner Verfolger gerechnet. Während der eine hinter ihm her rannte und immer mehr an Strecke gewann, erwartete der andere ihn am Ende der Straße in seinem Auto. Das allerdings bemerkte Max erst, als der Wagen mit quietschenden Bremsen vor ihm hielt und der zweite Gorilla aus dem Auto sprang. Jetzt sah es beinahe so aus, als ob er endgültig in der Falle saß.

Der Fremde, der gerade aus dem Wagen gestiegen war, grinste Max voller wildem Triumph an. Er war sich augenscheinlich sicher, dass ihm sein Opfer nun nicht mehr entgehen konnte. Max wuchs in diesem Moment größter Gefahr allerdings über sich hinaus, wich dem Leibwächter geschickt aus und glitt über die Motorhaube auf die andere Seite des Autos. Dabei fiel ihm zwar die Brille herunter und blieb mitten auf der Motorhaube liegen, aber dieses Missgeschick hinderte ihn nicht daran, von dort aus seinen Weg zum Hauptbahnhof eiligst wieder aufzunehmen. Er besaß ja noch diverse andere Kopien des Filmmaterials.

Seine Verfolger gingen jedoch davon aus, dass das einzige Beweismaterial, das existierte, auf der Brille gespeichert war. Daher war es den beiden Gehilfen von Dr. Frank Hallstein in diesem Moment vor allem wichtig, die Brille mit den Aufnahmen in die Hände zu bekommen. Max war inzwischen dem Eingang des Hauptbahnhofes schon sehr nah gekommen. Wenige Augenblicke später konnte er im Gewühl des Bahnhofs erfolgreich untertauchen. Als er sich jetzt nach seinen Verfolgern umdrehte, stellte er voller Erleichterung fest, dass diese nicht mehr hinter ihm her waren. Sie hatten offensichtlich seine Spur verloren. Er atmete auf.

Trotz diesen kleinen Erfolges musste er sich nun dringend Gedanken darüber machen, wie er Clara aus den Fängen der Oosterbeek Society befreien konnte. Dazu würde er in die Höhle des Löwen zurückkehren müssen. Und dabei war er völlig auf sich allein gestellt. Konnte niemanden vertrauen. Würden sie damit rechnen, dass er versuchen würde, Clara zu befreien? Wahrscheinlich schon. Das hatte er ja auch lautstark gegenüber Dr. Frank Hallstein geäußert. Also musste er doppelt vorsichtig vorgehen. Zunächst würde er in die Wohnung seines Freundes in Sachsenhausen zurückkehren und dort nach etwas suchen, was er als Waffe verwenden konnte. Hatte sein Freund ihm nicht einmal erzählt, dass er einen Waffenschein besaß? Vielleicht konnte Max ja etwas Entsprechendes dort finden.

Nach einer kurzen Fahrt mit der S-Bahn kam Max in Sachsenhausen an. Er eilte zu der Wohnung seines Freundes und begann sofort mit der Suche. Er hoffte darauf, dass sein Freund dafür Verständnis haben würde, dass er seine Wohnung durchsuchte. Aber leider hatte er keine Verbindungen zu irgendwelchen dunklen Kanälen oder dem Schwarzmarkt, um sich eine Handfeuerwaffe besorgen zu können. Und er wurde tatsächlich fündig. In einem kleinen Stahlschrank, dessen Schlüssel er im Schreibtisch fand, lag eine schwarze 9mm-Pistole und die passende Munition. Als er die Waffe in seiner Hand nahm, fühlte er sich schon fast wie ein Agent auf geheimer Mission. Dieses Gefühl der Überlegenheit hielt indessen nicht lange an, denn plötzlich wurde ihm erneut bewusst, dass es hier um Leben und Tod ging und nicht alles nur ein Spiel war.

Max beschloss, sich durch ein Taxi zurück zum Hotel Bildergipfel Frankfurt fahren zu lassen. Die Zeit war gekommen, Clara zu befreien. Als er den Taxifahrer bezahlt hatte, trat er in die Eingangshalle. Bereits dort beschlich ihn ein seltsames Gefühl. Der Empfang war nicht besetzt. Das war sehr ungewöhnlich für so ein renommiertes Hotel wie das Hotel Bildergipfel. Aber die Merkwürdigkeiten setzten sich weiter fort. Als er versuchte den Sitzungssaal zu betreten, war dieser verschlossen. Überhaupt schien das Hotel wie ausgestorben zu sein. Weder Bedienstete noch Gäste waren in den Gängen zu bemerken. Was konnte hier nur in der kurzen Zeit geschehen sein, seitdem er das Hotel fluchtartig verlassen musste?

Max entschied sich, sein ehemaliges Hotelzimmer aufzusuchen. Vielleicht konnte er dort einen Hinweis auf die Geschehnisse finden. Erfreulicherweise funktionierte die Chipkarte noch. Auf dem Weg dorthin begegnete ihm niemand. Im Zimmer selbst war alles unverändert. Doch das stimmte nicht ganz. Als er das Zimmer wieder verlassen wollte, sah er, dass an dem Spiegel an der Garderobe ein kleiner gelber Zettel hing. Den riss er herunter, begann ihn zu lesen. Clara hatte ihn geschrieben. Zumindest war es ihre Handschrift:

„Sie haben angedroht, mich zu foltern. Bitte hilf mir. Such mich im Untergeschoss." Max hoffte darauf, dass sie Clara noch nichts angetan hatten. Er begab sich ins Treppenhaus, rannte förmlich die Treppen nach unten. Im Untergeschoss erwartete ihn Dunkelheit. Die Lichtschalter waren funktionslos. Das erinnerte ihn an die Situation vor seiner Inhaftierung. Damals befand er sich auf der Suche nach Angela. Diese Erinnerung verhalf ihm zu einem bitterkalten Schauer auf seinem Rücken.

Wie damals schaltete er sein Smartphone ein, um zumindest über etwas Licht zu verfügen. Vom Treppenhaus gelangte er in einen langen, fast endlos wirkenden Gang.

Rechts und links gingen in regelmäßigen Abständen Türen ab. Wie sollte er Clara hier finden? Er probierte die erste Tür. Sie war abgeschlossen. Das ging so weiter. Erst bei der sechsten Tür hatte er mehr Glück. Sie ließ sich öffnen.

Er trat in einen dunklen Raum. Er erschien ihm riesig. Seine Schritte hallten so laut wie in einer mächtigen Kathedrale. Der Schein seines Smartphones reichte kaum zwei Meter weit. Seine Chancen damit Clara zu finden, waren eher gering. Vielleicht half ihm aber sein Gehör weiter. Er blieb stehen, horchte in den riesigen Raum hinein. Tatsächlich befand sich dort etwas. Es hörte sich wie ein defekter Wasserhahn an. Nicht weit von ihm entfernt tropfte etwas auf den Boden. Er ging in diese Richtung. Leuchtete vor sich auf den Boden.

Plötzlich sah er, was dort auf den weißen Fußbodenfliesen tropfte. Er wich vor Ekel und Grausen zurück. Stieß einen erstickten Schrei aus. Es war Blut. Das Blut eines Menschen bedeckte vor ihm den Fußboden. Und dieses Blut war das Blut von Gisela von der Heydt. Sie hing tot an der Wand. War dort mit einer Reihe von großen Nägeln befestigt worden.

Auf einmal hörte er ein Stöhnen. Er eilte in Richtung dieses Wehklagens. Sah jetzt einen Seziertisch vor sich auftauchen. Oh nein, das durfte nicht wahr sein. Nicht noch einmal. Dort lag Clara. Sie war gefesselt, so wie damals Angela. Auf ihrem Bauch befand sich ein seltsames Gestell, eine Art Käfig. Ihr Gesicht war schmerzverzerrt. Scheinbar hatte sie ihn gehört. Blickte nun in seine Richtung. Sah ihn mit flehenden Augen an:

„Max, bist du das? Bitte hilf mir. Ich halte diese Schmerzen nicht aus. Rette mich!" Er rannte zu ihr. Musste sich zusammennehmen, um nicht erneut aufzuschreien. Erblickte, was sie Clara angetan hatten.

21. Kapitel

Ich wurde täglich mehrere Stunden verhört und die Dinge, deren ich beschuldigt wurde, wurden von Tag zu Tag mehr. So sollte ich inzwischen nicht nur Angela May und Franziska van Heerden grausam ermordet haben, sondern auch noch eine gewisse Petra Schlierbach. Eine Frau, die mir völlig unbekannt war und angeblich mit mir im BAkI zusammen gearbeitet haben sollte. Immerzu bekräftigte ich meine Unschuld. Aber das nützte nichts. Angeblich sprachen die erdrückenden Beweise und die Indizien eine ganz andere Sprache. So versuchten sie mich zu zermürben. Das schafften sie jedoch lange nicht.

Das änderte sich zum ersten Mal als dieser Gutachter bei mir in der Zelle auftauchte. Professor Dr. Bernd Neuhaus stellte mir eine Reihe von seltsamen Fragen. Dabei ging er insbesondere auf mein Verhältnis zu der Oosterbeek Society ein:

„Wie sind sie darauf gestoßen, dass es die Oosterbeek Society wirklich gibt?"

„Durch einen Kollegen von mir. Er wurde durch die Oosterbeek Society ermordet. Er hieß Paul Altmann."

„Fühlen Sie sich durch die Oosterbeek Society bedroht? Und glauben Sie, dass diese Leute versuchen, Ihnen absichtlich Schaden zuzufügen?"

„Ja, das glaube ich."

„Ist Ihnen bewusst, dass jemand wie Paul Altmann niemals existiert hat und sie somit auch niemals einen Kollegen mit diesem Namen gehabt haben können?"

„Nein, das bestreite ich. Ich weiß, dass Paul Altmann gelebt hat."

„Sie haben mir kürzlich erzählt, dass Sie, als Sie versucht hatten, Ihren Kollegen ausfindig zu machen, feststellen mussten, dass er unter der angegebenen Adresse niemals gewohnt hat. Außerdem war er auch keinem ihrer anderen Kollegen bekannt. Wie erklären Sie sich das?"

„Das war das Werk der Oosterbeek Society."

„Die Oosterbeek Society, auf deren Existenz Sie erst gestoßen sind, nachdem ihr nicht existenter Kollege Paul Altmann sie darüber informiert hat?"

„Sagen Sie, wollen Sie mich mit diesen Fragen in den Wahnsinn treiben?"

„Nein, ich möchte Ihnen nur beweisen, dass viele Dinge, von denen Sie denken, dass sie real sind, nur in Ihrem Kopf existieren." Professor Dr. Bernd Neuhaus gelang es wirklich sehr gut, mich zu verwirren. Er streute Zweifel, wo bisher keine waren. Er zeigte Widersprüche auf, wo es bis dahin keine gab. Er war ein wahrer Künstler seines Faches. Nach gewisser Zeit kam er täglich zu mir. Wahrscheinlich weil die Oosterbeek Society merkte, wie gut er es schaffte, mich nach und nach zu zermürben.

„Wo haben Sie Ihre Freundin Angela May kennengelernt?"

„In der Psychiatrie."

„Weshalb sind Sie in der Psychiatrie aufgenommen worden?"

„Zwei Polizisten hatten mich mit dem Verdacht auf eine schizophrene Psychose dort hingebracht."

„Was war vorher passiert"

„Ich hatte die Polizei angerufen, da ich ein großes unterirdisches Lager mit hochmodernen technischen Gerätschaften, die die Oosterbeek Society vor den übrigen Menschen verbergen wollten, entdeckt hatte."

„Wieso waren diese Dinge nicht mehr vor Ort als die Polizei eintraf?"

„Die Oosterbeek Society hatte sie weggeschafft."

„Wie viel Zeit war zwischen Ihrer Entdeckung und dem Eintreffen der Polizisten vergangen?"

„Zwei oder drei Stunden."

„Sie behaupten also, dass die Oosterbeek Society mit ihren schon fast unheimlichen Kräften in der Lage waren, ein riesiges Lager, voll mit seltsamen Apparaten, innerhalb kürzester Zeit leerzuräumen und spurlos verschwinden zu lassen?"

„Ja, das behaupte ich. Die technischen Möglichkeiten dieser Organisation sind unvorstellbar weit fortgeschritten. Das reicht von der Entstofflichung von Gegenständen und deren Transport über große Entfernungen hin zu der hydraulischen Versenkung großer Gebäuteteile."

„Wissen Sie, wie sich eine schizophrene Psychose äußert?"

„Ja, das habe ich in der Psychiatrie gelernt. Die betroffenen Patienten haben oft Wahnvorstellungen, die nichts mit der Wirklichkeit zu tun haben. Sehen sich von äußeren Dingen und anderen Menschen bedroht. Glauben, dass sich alle gegen sie verschworen haben. Trotzdem erscheinen ihnen diese Vorstellungen aber als absolut schlüssig.

Außerdem leiden sie häufig an Halluzinationen. Sehen und hören Dinge, die real nicht vorhanden sind und die sie als bedrohlich empfinden.

Manchmal erscheinen diesen Menschen auch andere Personen und Dinge als unwirklich und fremdartig."

„Sehr gut. Das klingt ja nach Auszügen aus einem Lehrbuch für Psychologie. Nun aber Scherz beiseite. Nehmen wir einmal an, dass die Oosterbeek Society nie wirklich existiert hat. Ein reines Produkt Ihrer Fantasie ist. Erst dadurch haben sie die Möglichkeit gehabt, die tief in Ihnen schlummernden Bedürfnisse nach Gewalt und Macht über andere Menschen auszuleben. Gedeckt durch den angeblichen Kampf gegen die Oosterbeek Society, konnten

Sie sich eine Welt erschaffen, in der Sie ungestraft und ohne Schuldgefühle spüren zu müssen, andere Menschen quälen und töten konnten. Immer war es die Oosterbeek Society, die dieses Unrecht verübte. Sie hatten stets eine weiße Weste. Konnten sich sogar in ihrem Kampf gegen diese Organisation als Held fühlen.

Bei Ihrer Umwelt lösten Sie dadurch große Ängste aus. Ihre Freundin Angela May hatte gegenüber ihrer Therapeutin in der Psychiatrie viele Male Furcht vor Ihnen und Ihren seltsamen Benehmen geäußert. Als Sie dann Franziska van Heerden in ihrem Beisein grausam folterten und töteten, wollte sie fliehen. Sie betäubten sie daraufhin mit Morphium und brachten sie um. So ist jedenfalls der derzeitige Stand der Ermittlungen.

Aber dies alles realisieren sie nicht. Können es vielleicht in Ihrem Zustand gar nicht. Es gibt aber eine Lösung für dieses Problem. In der Forensische Psychiatrie werden Sie gemeinsam mit den Ärzten daran arbeiten, einen Weg zurück in die Realität zu finden. Und ich bin mir mittlerweile sicher, dass das Ihnen gelingen wird." Das war also das, was die Oosterbeek Society wollte. Sie wollte mich unbefristet in den Maßregelvollzug einer Forensische Psychiatrie einsperren. Dort war ich ihnen auf Gedeih und Verderben ausgeliefert. Konnten sie mit mir machen, was sie wollten. Professor Dr. Bernd Neuhaus sagte mir noch, dass der Beginn der Gerichtsverhandlung für Mitte nächster Woche angesetzt war, dann verabschiedete er sich mit einem süffisanten Lächeln von mir. Er hatte seine Aufgabe erfüllt.

Während der Gerichtsverhandlung wurde dann, wie von mir befürchtet, festgestellt, dass ich die drei Frauen grausam ermordet haben sollte. Aufgrund des psychiatrischen Gutachtens von Professor Dr. Bernd Neuhaus fanden die Paragraphen 20 und 21 des Strafgesetzbuches Anwendung, nach denen ich schuldunfähig war. So beschloss das Gericht nach Paragraph 63 des Strafgesetzbuches meine Unterbringung in der Klinik für forensische Psychiatrie Hadamar. Dort sollte ich noch am gleichen Tag untergebracht werden.

Die Presse nahm natürlich regen Anteil an all den Geschehnissen. Noch bevor der erste Verhandlungstag vorbei war, galt ich als Mörder der drei Frauen. Dies hatte ich auch der Oosterbeek Society und ihrem Einfluss auf die Medien zu verdanken. Ein ganzer Tross von Presseautos verfolgte mich, als ich von einem Gefangenentransporter nach Hadamar transportiert wurde. Dort angekommen musste ich ein Blitzlichtgewitter über mich ergehen lassen, ehe sich die Tore der Klinik für forensische Psychiatrie sich hinter mir schlossen. Jetzt war ich gefangen. Wahrscheinlich für mein Leben lang. Die tiefe Verzweiflung, die ich schon die ganze Zeit über unterschwellig gespürt hatte, drohte mich nun voll und ganz einzunehmen und nicht mehr loslassen zu wollen. Ich wurde von einem Krankenpfleger in Handschellen zu meiner Zelle geführt. Als die Zellentür endgültig hinter mir zuschlug, nahm diese Niedergeschlagenheit solche Ausmaße an, dass sie mich drohte zu erdrücken. Ich sank auf die Knie und fing an zu weinen.

22. Kapitel

Clara wachte allmählich auf. Sie spürte einen dumpfen Schmerz in ihrem Hinterkopf und ihr war leicht übel. Langsam erinnerte sie sich wieder. Sie war von hinten niedergeschlagen worden, als sie Max warnen wollte. War es ihm gelungen zu fliehen? Sie konnte sich nicht mehr daran erinnern, hoffte es aber sehr. Wie es aussah, befand sie sich auf dem Bett in dem Hotelzimmer, das Max und sie gestern angemietet hatten. Sie hörte jemanden sich im Nebenraum unterhalten. Es erklangen eine weibliche und zwei männliche Stimmen. Sie lauschte gespannt:

„Ist der Raum im Untergeschoss inzwischen vorbereitet?"

„Ja, Frau von der Heydt, die Vorbereitungen für die Befragung der Gefangenen sind abgeschlossen. Wir haben wie besprochen eine größere Menge Scopolamin bereitgestellt. Und auch der Käfig mit den Tieren ist inzwischen eingetroffen."

„Gut, dann kann es ja nun losgehen. Ist die Gefangene noch immer bewusstlos?"

„Ja, der Schlag, den Sie ihr verpasst haben, war etwas stärker als vermutet."

„Wenn Sie in zehn Minuten noch nicht aufgewacht ist, weckt sie und bringt sie dann nach unten. Verstanden?"

„Ja, Frau von der Heydt." Nun hörte Clara, wie Gisela von der Heydt die Park Suite verließ und die Tür hinter ihr ins Schloss fiel. Sie hatte also noch zehn Minuten Zeit, um Max eine Nachricht zu hinterlassen. Sie ging einfach davon aus, dass er zuerst in diesem Zimmer nach Hinweisen von ihr suchen würde. Als sie versuchte aufzustehen, bemerkte sie jedoch, dass sie an Händen und Füßen gefesselt war. Gleichzeitig stellte sie fest, dass ihr Kopf, sobald sie sich bewegte, erheblich mehr weh tat als im Liegen. Ihr Vorhaben war also kein leichtes Unterfangen. Irgendwie schaffte sie es trotzdem, sich aufzurichten und auf den Bettrand zu setzen. Ihr Blick wanderte durch das Zimmer. Dort auf dem Schreibtisch lag ein kleiner Block und Stift. Sie konnte ihr Glück kaum fassen. Jetzt musste sie nur noch dorthin gelangen.

Clara stand auf und begann, langsam zum Schreibtisch zu tippeln. Dabei versuchte sie, jedes Geräusch zu vermeiden. Als sie sich kurz vor dem Tisch befand, lief sie allerdings über eine lose Bodendiele, die laut knarrte. Ihr Herzschlag setzte einen Moment aus. Sie hielt kurz inne und horchte. Die beiden Männer unterhielten sich angeregt über die neuesten Fußballergebnissee. Hatten das Geräusch scheinbar nicht gehört. Sie atmete auf.

Endlich hatte sie ihr Ziel erreicht. Versuchte so gut es ging, mit ihren gefesselten Händen zu schreiben. Dann kam bei ihr die Frage auf. Wo sollte sie den kleinen Zettel hinhängen? Wo würde er Max auf jeden Fall in die Augen fallen, aber ihren Kidnappern nicht? Da Max mitunter ziemlich eitel war, entschied sie sich für den Spiegel. Dort würde er höchstwahrscheinlich hinschauen. Gerade hatte sie die Nachricht dort befestigt und sich auf den Weg zurück zum Bett gemacht, vernahm sie eine tiefe Männerstimme, die ihr einen riesigen Schreck versetzte:

„Dann hatte ich doch damit recht, dass ich irgendetwas gehört habe. Na, mein kleines Vögelchen, wolltest du deinen hübschen Käfig ungefragt verlassen und weg fliegen? Lass das mal brav sein." Clara zuckte sichtbar zusammen, als sie den riesigen Mann erblickte, der diese Worte ausgesprochen hatte. Er war beinahe zwei Meter groß und blickte sie mit dunklen und unerbittlichen Augen an. Einen kurzen Moment später war er bei ihr angelangt, hob sie scheinbar ohne größere Kraftanstrengung hoch und warf sie sich über seine

Schulter. Zufrieden nahm sie dabei zur Kenntnis, dass ihm der Zettel, den sie soeben an dem Spiegel befestigt hatte, nicht aufgefallen war.

„Ich weiß nicht, wie lange du schon wach bist und was du alles mitbekommen hast? Aber sicherlich interessiert es dich, zu erfahren, dass Frau von der Heydt eine besondere Art der Befragung für dich vorgesehen hat. Nur besonders wichtige Menschen kommen in den Genuss dieser Behandlung." Clara konnte sich gut vorstellen, wie diese außergewöhnliche Art des Verhörs aussehen würde. Nicht umsonst hatte sie von Max schon ausführlich die Gräueltaten der Oosterbeek Society beschrieben bekommen. Trotz ihrer immer größer werdende Angst deswegen, wollte sie dem Büttel der Oosterbeek Society nicht die Genugtuung geben, diese Furcht offen zu zeigen. Daher sagte sie mit einem spöttischen Unterton in der Stimme:

„Da freue ich mich aber von Herzen, dass ich zu so einem auserwählten Kreis von Menschen gehöre." Der Typ quittierte ihre Äußerung nur mit einem Grunzen und winkte seinem Kumpan zu, dass er ihnen beiden folgen sollte. Über das Treppenhaus gelangten sie in das Untergeschoss des großen Hotelkomplexes. Dort gingen sie einen Gang entlang, der sie schließlich zu ihrem Ziel führte. Sie betraten einen vom Boden bis zur Decke weiß gekachelten Raum, der augenscheinlich von der Oosterbeek Society für die Durchführung von Experimenten an Menschen genutzt wurde. Denn in den Regalen des riesigen Raumes befanden sich dutzende von in Formaldehyd eingelegten menschlichen Körpern und Körperteilen, die teils schreckliche Verstümmelungen aufwiesen. Außerdem roch es in dem Raum nach frisch vergossenem Blut.

In der Mitte des Raumes war eine Handvoll Seziertische aufgebaut. An einen davon erwarte sie Gisela von der Heydt, bekleidet mit einem Arztkittel und einer Art grünen Gummischürze mit passenden grünen Gummihandschuhen. Ihr kaltes Lächeln verstärkte Claras schon vorhandene Furcht nochmals erheblich. Gisela von der Heydt schien es kaum erwarten zu können, Claras Bauch aufzuschneiden und die dort enthaltenen Organe zwecks Begutachtung entnehmen zu können. Nun machte die schreckliche Frau eine einladende Geste und sagte:

„Bringt unseren Gast zu mir und bindet sie an dem Tisch fest. Dann können wir endlich mit der Befragung beginnen. Ich freue mich schon auf die Auskünfte, die sie mir erteilen wird." Die beiden Leibwächter taten gehorsam, was ihnen befohlen worden war. Sie brachten Clara zum Seziertisch und banden sie dort fest. Clara versuchte sich zwar dagegen zu wehren, da sie wusste, dass, wenn sie erst einmal dort festgebunden war, sie nie mehr entkommen würde, doch die beiden Männer waren zu kräftig und zu brutal für sie. Schließlich ergab sie sich ihrem Schicksal und hoffte darauf, in Ohnmacht zu fallen, falls die Schmerzen der Folter zu groß werden sollten.

Gisela von der Heydt gab ihren beiden Helfern nun ein Zeichen zu beginnen, woraufhin einer von den beiden eine große scharfe Schere aus einer Schublade holte und bösartig grinsend auf Clara zukam. Als sie den kalten Stahl auf ihrer Haut spürte, erwartete sie voller Entsetzen nun den ersten verletzenden Stich. Der Mann hatte allerdings nur die Aufgabe, ihre Kleidung zu entfernen. Das tat er allerdings mit sichtlichem Vergnügen und betrachtete begierig ihren nackten Körper, als er sein Werk vollendet hatte.

Ehe sie dazu kam aufzuatmen, setzte der andere Helfer die Vorbereitungen fort. Er holte ein Gittergestell aus einem der Schränke und befestigte dieses mit Lederriemen auf ihrem Bauch. Gleich darauf begann Gisela von der Heydt mit zuckersüßer Stimme damit, Clara zu erklären, was sie mit ihr vorhatten:

„Wir haben vor längerer Zeit feststellen können, dass die Foltermethoden, die unsere Urahnen angewandt haben, sehr effizient und zielführend sind. Daher werden wir bei dir eine dieser Techniken anwenden. Behilflich wird uns dabei ein kleines, aber sehr hungriges Nagetier sein. Vorher möchte ich dir natürlich die Möglichkeit geben, mir auch ohne die Hilfe meines kleines Haustieres die Wahrheit zu sagen. Ich finde, dass ist äußerst fair von mir, oder nicht?" Wieder gab Gisela von der Heydt einem ihrer Handlangern ein Zeichen. Dieser holte aus einem der Schränke einen Käfig voller quiekender Ratten, die gerade dabei waren, sich gegenseitig vor Hunger zu zerfleischen.

Als Clara das sah, fing sie vor lauter Angst und Ekel an, laut zu schreien.

„Sie wollen keines dieser ekelhaften Tiere, mir auf den Bauch setzen, oder?"

„Doch, wenn du nicht kooperierst, werde ich das mit großem Vergnügen tun. Und nicht nur das. Wenn oberhalb des Käfigs von meinen Helfern ein kleines Feuer entfacht wird, wird die Ratte noch ein wenig mehr motiviert sein, sich in deinen Bauch hineinzufressen."

„Nein, tun sie das bitte nicht. Ich verabscheue Ratten aufs Tiefste. Ich werde Ihnen alles sagen, was ich weiß. Nur bitte, tun Sie mir das nicht an."

„Nun, das hört sich ja sehr gut an. Dann werde ich dir gleich einmal meine erste Frage stellen. Wo befindet sich das Filmmaterial, das dein Komplize aufgenommen hat?"

„Max hat es bei sich. Es ist auf dem Speichermedium in seiner Brille gespeichert."

„Wohin ist er geflohen? Wo ist euer Unterschlupf?"

„In einer Wohnung in Frankfurt. Es ist die Wohnung eines Freundes von Max."

„Sag mir die Straße und die Hausnummer?"

„Die weiß ich leider nicht mehr."

„Wie du sicherlich ahnst, war das die falsche Antwort." Erneut nickte Gisela von der Heydt einem ihrer Gehilfen zu. Der zog sich umgehend ein Paar bissfeste, kratzfeste Schutzhandschuhe an und holte eine besonders aggressive Ratte aus dem Gitterkäfig. Diese quiekte furchtbar, als er sie nun zu Clara trug und in dem Käfig auf ihren Bauch einschloss. Der ganze Ablauf wurde begleitet von dem lauten Kreischen von Clara und ihrem Versuch sich mit aller Gewalt von den Fesseln zu befreien. Diese gaben aber keinen Millimeter nach.

„Wie heißen die Straße und die Hausnummer?" Clara schluchzte vor Angst und Schmerzen und versuchte sich verzweifelt zu erinnern. Die Ratte hatte schon begonnen, Teile ihrer Bauchdecke zu fressen. Das tat so unglaublich weh. Sie musste sich einfach erinnern, sonst würde diese Tortur niemals ein Ende finden. Eben sah sie das Straßenschild vor sich, dann das Gebäude mit der Hausnummer.

„Es war der Hainer Weg 12."

„Gut. Und wer hat euch beauftragt, an unserem Treffen teilzunehmen, und euch mit den notwendigen Informationen versorgt?"

„Das war … .," Ehe Clara ihren Satz vollenden konnte, wurde die Tür des Raumes mit einem lauten Krach geöffnet. Gleich darauf stürmte ein Dutzend schwarz bekleideter und bis an die Zähne bewaffnete Männer in den Raum. Nun erscholl der laute Ruf:

„Hände hoch. Niemand bewegt sich." In Clara flammte in diesem Augenblick die Hoffnung auf, gerettet zu sein und die Folter nicht mehr länger ertragen zu müssen. Diese Erwartung erfüllte sich jedoch nicht. Gleich nach den maskierten Männern betrat Dr. Frank Hallstein den Raum und er schien nicht die Absicht zu haben, sie aus ihrer misslichen Lage zu befreien, in der sie sich befand. Der Zweck seines Eindringens war ein ganz anderer.

„Das war ich, meine liebste Gisela. Dieses Wissen, wird dir allerdings nicht sehr viel nützen, in der kurzen Zeit, die du noch zu leben hast." Jetzt gab er zwei von seinen Begleitern ein Zeichen, Gisela von der Heydt festzuhalten. Ihren beiden Leibwächtern gab er folgenden Befehl:

„Demir und Ergun, Ihr seid ab sofort mir unterstellt. Eure erste Aufgabe ist es, in der Nähe vom Hauptbahnhof vor dem asiatischen Schnellimbiss in der Taunusstraße die Brille mit den Filmaufnahmen Max Rilke abzunehmen und ihn dabei festzusetzen. Und lasst ihn diesmal nicht entwischen. Habt Ihr mich verstanden?"

„Ja, Chef, das haben wir. Wir erledigen das sofort." Mit diesen Worten verließen die beiden Handlanger mit eiligen Schritten den Raum. Als Clara sich dessen bewusst wurde, was sie gerade gehört hatte, vergaß sie für einen kurzen Moment die Schmerzen, die ihr die Ratte zufügte. Max lebte noch. Und sie war der festen Überzeugung, dass er sie sehr bald befreien würde. Etwas anderes konnte und wollte sie nicht glauben.

Dr. Frank Hallstein wandte sich erneut Gisela von der Heydt zu und erklärte ihr mit einem grausamen Lächeln auf den Lippen:

„Ich finde, es ist Zeit für einen Führungswechsel innerhalb der Oosterbeek Society gekommen. Ihr seid viel zu zaghaft und sanft mit unseren Mitmenschen umgegangen. Das wird sich aber nun ändern. Und welcher Rahmen hätte sich dazu mehr angeboten, diesen Wandel anzustoßen, als unser jährlich stattfindendes Treffen, oder?"

„Frank, das kannst du nicht machen. Das habe ich nicht verdient. Ich war der Oosterbeek Society gegenüber immer loyal."

„Ja, das weiß ich natürlich, meine liebste Gisela. Aber warst du es nicht auch, die befohlen hat, meiner Tochter die genmanipulierte Alraunwurzel einzupflanzen? So war es doch, oder?" Gisela von der Heydt brachte nur noch ein Schluchzen als Antwort hinaus, denn sie ahnte, dass ihr Todesurteil damit gesprochen war.

„Deshalb habe ich mir für dich auch etwas besonderes ausgedacht." An die beiden Bewaffneten gewandt, die Gisela von der Heydt festhielten, sagte er nun:

„Nagelt sie an die Wand, aber so, dass sie noch ein wenig lebt und die Schmerzen eine Weile auskosten kann." Und die beiden Söldner taten, was ihnen ihr Herr befohlen hatte. Kurz darauf verließen Dr. Frank Hallstein und seine Begleiter den Raum, ohne Clara auch nur eines Blickes gewürdigt zu haben. Sie war erneut auf sich selbst gestellt. Hoffte darauf, dass sie Max finden würde, ehe sie in diesem Kellerraum elendiglich zu Grunde ging.

Die schrecklichen Schreie, die Gisela von der Heydt ab diesem Zeitpunkt ausstieß, bis sie endgültig starb, zerrten an Claras Nerven und ließen ihr ihre eigenen Schmerzen als fast unbedeutend erscheinen.

23. Kapitel

Unverzüglich, nachdem ich in meiner Zelle untergebracht worden war, kam der Chefarzt Dr. Ralph Peters zu mir und begrüßte mich. Er offenbarte mir gleich zu Beginn, dass Professor Dr. Bernd Neuhaus ein sehr guter Freund von ihm und dass er sehr froh war, mich nun in seiner Obhut zu wissen. Das nächste, was er tat, war, mir ein Medikament zu verordnen, dass mich über mehrere Wochen fast völlig außer Gefecht setzte und mich in einem Zustand des hilflosen Dahinsiechens versetzte. In dieser Phase konnte ich nicht mehr zwischen Traum und Wirklichkeit unterscheiden. Alles schien unscharf und verschwommen zu werden. Ich war nicht mehr in der Lage, auch nur einen klaren Gedanken zu fassen.

Später hat mir einer der Pfleger unter der Hand erzählt, dass ich es nur einem der Assistenzärzte zu verdanken hatte, jemals wieder aus diesem komatösen Zustand erwacht zu sein. Dieser hatte wohl keine medizinischen Grund mehr gesehen, mich in diesem geistlosen Zustand zu belassen, und daraufhin versucht, auf den Chefarzt Einfluss zu nehmen, dass bei mir die Medikation umgestellt wurde. Was ich zu diesem Zeitpunkt noch nicht wusste, war, dass sie mir in dieser Zeit des Dahinvegetierens eine genmanipulierte Alraunwurzel in meinem Nacken implantiert hatten. Deren Wirkungen sollten sich erst viel später zeigen.

Als ich endlich wieder Herr meiner eigenen Sinne war, machte ich mir Gedanken darüber, ob ich irgendwie aus der Klinik entkommen konnte. Dies erwies sich allerdings als aussichtslos. Ohne fremde Hilfe würde ich hier niemals mehr herauskommen. Zu gut waren die Sicherheitsmaßnahmen.

Aber ich konnte etwas anderes tun. Ich konnte aufschreiben, was ich erlebt hatte, damit die, die nach mir kamen, nicht die gleichen Fehler begangen wie ich. Außerdem würde mir dadurch klarer werden, was wirklich alles passiert war. Aber irgendetwas hielt mich davon ab. Immer wieder setzte ich dazu an, konnte meine inneren Widerstände dann aber nicht überwinden. Was war das, was mich davon abhielt? Waren es meine Träume? Ich hatte seit meinem Wiederwachen aus dem Koma so intensive und lebensechte Träume, wie bisher noch nie in meinem Leben. Manchmal kam es mir so vor, als ob diese Träume die Realität waren und mein wirkliches Leben nur ein Traum. Immer öfter zerfloss der Unterschied zwischen den beiden Dingen für mich. In solchen Situationen dachte ich, das ich, wenn ich mich nur genug anstrengte und es wollte, in eine höhere Daseinsebene wechseln konnte. Dies alles mich gar nicht betraf. Ich die Macht hatte, mich selbst aus der Ausweglosigkeit der Gefangenschaft in der Psychiatrie zu befreien.

Aber diese Träume machten mir auch Angst. Ich befürchtete, dass ich vielleicht wirklich wahnsinnig war und mir die Oosterbeek Society und ihr Wirken nur eingebildet hatte. Dann waren da immer wieder Hinweise, dass es diese Organisation wirklich gab. Chefarzt Dr. Ralph Peters war erkennbar einer von ihnen. Seine Aufgabe war es, die Aufrührer, die eine Gefahr für die Oosterbeek Society darstellten, aber gleichzeitig aus irgendwelchen Gründen nicht getötet werden durften, unter Kontrolle zu halten. Viele meiner Mitpatienten hatten außerhalb der Klinik ähnliche Erfahrungen gemacht wie ich, waren mit ihrem Widerstand aber genauso kläglich daran gescheitert. Vielleicht nannten sie die geheimen Machthaber der Welt nicht die Oosterbeek Society, allerdings hatten sie feststellen müssen, dass in dieser Welt etwas nicht mit rechten Dingen zuging und sie machtlos dagegen waren.

Eines Tages bekam ich den letzten Anstoß, um meine Vorbehalte hinter mir zu lassen. Trotzdem ich immer noch träumte und die Wirklichkeit mitunter zu zerfielen schien. Der Assistenzarzt, dem ich meine Befreiung aus dem Koma zu verdanken hatte, war verschwunden. Wahrscheinlich war er der Oosterbeek Society zu aufrührerisch gewesen. Jemand musste Widerstand leisten. Also besorgte ich mir gegen eine kleine Gefälligkeit Stift und Papier von einem Mitpatienten. Am gleichen Tag, fing ich an zu schreiben. Die Träume hörten kurz danach auf.

24. Kapitel

Max sah er voller Entsetzen, dass die Schergen der Oosterbeek Society Clara das Gleiche angetan hatten wie Angela. Ihr Bauch wurde von einer hungrigen Ratte zerfressen. Diesmal würde er seine Geliebte jedoch retten. Koste es was es wolle.

„Es tut so schrecklich weh. Bitte hilf mir und mach sie weg."

„Ja, mein Liebling, hab keine Angst. Gleich ist alles vorbei. Ich rette dich." Konzentriert und vorsichtig griff er in den Käfig auf Claras Bauch und packte die sich mit Klauen und Zähnen wehrende Ratte. Diese quiekte vor Empörung. Er warf sie voller wutentbrannter Kraft an die weiß gefliese Wand. Dort blieb sie einen Moment hängen, rutsche dann langsam in einer Spur hellen Blutes nach unten auf den Boden und blieb dort tot liegen.

Gleich darauf fing er an, voller Hektik in den Schränken des in der Dunkelheit sehr unübersichtlich großen Raumes nach Verbandsmaterial zu suchen. Und er wurde tatsächlich fündig. Schon in der zweiten Schublade, die er durchsuchte, fand er einen Verbandskasten. Diesen riss er förmlich auseinander, suchte sich die notwendigen Dinge heraus und eilte erneut zu seiner Geliebten. Nachdem er den Rattenkäfig entfernt hatte, begann er vorsichtig, Clara zu verbinden.

„Hast du die elende Ratte umgebracht?"

„Ja, ich habe sie getötet. Und nun werde ich versuchen, die Blutung zu stillen." Mit voller Aufmerksamkeit begann Max die Wunde zu verbinden. Als er einen Großteil des Blutes weggewischt hatte, sah er, dass Claras Wunde nicht so tief war, wie damals die von Angela. Ihre Chancen zu überleben waren also um ein vielfaches größer. Trotzdem stöhnte sie voller Qual auf, während er die Wunde mit Verbandsmaterial bedeckte. Als das geschafft war, zerschnitt er mit der Schere aus dem Verbandskasten ihre Fesseln.

„Jetzt müssen wir dich schnellstmöglich zu einem Arzt schaffen. Meinst du, du kannst aufstehen?" Clara rieb sich ihre Handgelenke, die von den Fesseln befreit waren, und versuchte, sich auf dem Tisch langsam aufzurichten. Ehe ihr das endgültig gelang, schrie sie vor Schmerzen laut auf und griff sich an ihren Bauch.

„Es schmerzt so sehr. Fast fühlt es sich so an, als ob sämtliche meiner Eingeweide von der Ratte gefressen worden sind."

„Ich kann mir vorstellen, wie schrecklich weh das tut. Mach dir aber nicht zu große Sorgen. Deine Verletzungen gehen nicht allzu tief. Die Ärzte kriegen das bestimmt schnell wieder hin. Jetzt müssen wir uns aber beeilen. Ich befürchte, dass die Leute der Oosterbeek Society bald zurückkehren. Ich möchte dich hier möglichst schnell herausschaffen. Verstehst du das, Liebling?"

„Ja, ich versuche, die Zähne zusammenzubeißen." Erneut begann Clara damit, sich auf dem Tisch aufzurichten. Es war ihr deutlich anzusehen, welcher Tortur sie dabei ausgesetzt war. Sie hielt sich tapfer und schließlich gelang es ihr. Nun atmete sie heftig aus und ein. Ruhte sich ein wenig aus.

„Nun können wir es probieren. Bitte halte mich aber gut fest."

„Das mache ich." Max griff Clara unter die Arme und half ihr von der Liege auf den Boden zu steigen. Erneut verkrampfte sich ihr Gesicht vor Pein. Sie ließ ein unterdrücktes Stöhnen hören. Jetzt gingen sie langsam zur Tür. Es schien immer besser zu klappen. Kurz danach erreichten sie das Treppenhaus. Auf der Treppe nach oben, musste Clara sich allerdings öfters ausruhen und hinsetzen, ansonsten wären die Schmerzen unerträglich geworden. Das

Hotel schien immer noch wie ausgestorben zu sein. Still und unheimlich.

Endlich erreichten sie das Erdgeschoss und damit war der rettende Ausgang nicht mehr weit entfernt. Schon sahen sie das Licht des winterlichen Mondes in die Eingangshalle strahlen. Plötzlich stand Dr. Frank Hallstein vor ihnen. Stoppte sie mit einem grimmigen Lächeln auf den Gesicht und drohte ihnen mit vorgehaltener Waffe.

„Sie wollen uns doch nicht etwa schon verlassen, oder? Jetzt beginnt erst der gemütliche Teil unserer jährlichen Veranstaltung. Kommen Sie bitte und leisten Sie meinem Freund und mir etwas Gesellschaft." Mit diesen Worten deutet er mit seiner Pistole auf den Eingang des Sitzungsaals und zwang sie dazu, dort hineinzugehen. Dort bot sich ihnen ein schreckliches Bild. Überall lagen blutverschmierte Leichen mit weit aufgerissenen starren Augen herum. Die meisten der Toten waren Mitglieder der Oosterbeek Society, aber auch einige Bedienstete des Hotels waren diesem Massaker nicht entgangen.

Und mitten im Raum stand jemand, der Max nur allzu gut bekannt war. Sein Kollege Paul Altmann. Dieser sah allerdings vollkommen anders aus, als Max ihn zuletzt gesehen hatte. Er trug einen teuren Anzug und seine Gesichtszüge deuteten jetzt eher daraufhin, dass er ein skrupelloser Geschäftsmann war, als ein Beamter einer Bundesbehörde. Tot war er jedoch auf keinen Fall. Max war so verblüfft davon, dass das einzige war er herauskam „Du lebst?" war. Paul Altmann bereitete es indes sichtbar große Freude, seinen ehemaligen Kollegen so verblüfft zu sehen:

„Mittlerweile solltest du wissen, dass man in dieser Welt der Lügen und Täuschungen seinem Gefühl eher trauen sollte als seine Augen. Der Oosterbeek Society stehen hervorragende Maskenbildner und Experten für Special

Effects zur Verfügung, die ein Blutbad anrichten können, ohne dass wirklich ein Mensch zu Schaden kommt. Natürlich lebe ich. Und im Gegensatz zu dir, werde ich auch den morgigen Tag noch erleben."

„Langsam verstehe ich."

„Das wird aber auch Zeit, mein Lieber. Siehst du es endlich ein. Du warst nur Mittel zum Zweck, um die veralteten Machtstrukturen der Oosterbeek Society aufzubrechen. Alles was du getan und erreicht hast, geschah unter unserer Aufsicht und mit unserem Willen. Deine Aufgabe, die Filmaufnahmen zu erstellen, war nur als Ablenkungsmanöver gedacht. Wir wollten damit die anderen Leute der Oosterbeek Society von unseren wirklichen Aktivitäten ablenken. Nämlich dem Sturz der Führungsriege und der Übernahme der Macht. Außerdem wirst du auch weiterhin den Sündenbock spielen. Wir werden dir die Morde hier in die Schuhe schieben. Das wird kein Problem sein, da du ja als flüchtiger psychopathischer Killer giltst.

Du kannst stolz auf dich sein. Dank deiner Hilfe wird sich ab heute die Welt von Grund auf ändern. Die Oosterbeek Society wird nicht mehr im Geheimen tätig werden, sondern sich offen als Machthaber präsentieren. Die bestehenden Demokratien werden abgeschafft und einem totalitären System weichen, dem weltweit die Mitglieder der Oosterbeek Society vorstehen werden. Wer sich dem nicht fügt, kommt in ein Gefangenenlager oder wird kurzerhand getötet." Ehe Paul Altmann weiter ausführen konnte, was die neuen Machthaber der Oosterbeek Society noch alles vorhatten, sank Clara mit einem Stöhnen auf den Boden und blieb dort regungslos liegen. Sofort bückte sich Max, um nach ihr zu sehen. Fast im gleichen Moment läutete das Smartphone von Dr. Frank Hallstein:

„Ja, bitte."

„Was, das ist nicht möglich? Haben Sie das Notwendige veranlasst?"

„Wie bitte, die Truppen weigern sich. Das kann nicht wahr sein? Jeder, der den Befehlen nicht folgt, soll standrechtlich erschossen werden. Habe Sie mich verstanden?" Dann zu Paul Altmann gewandt:

„Es ist etwas schief gegangen. Die Filmaufnahmen sind auf sämtlichen Plattformen im Internet und bei vielen TV-Stationen verfügbar. Weltweit gibt es Aufstände. Unsere Leute haben entsprechend den Richtlinien reagiert, aber die Einsatzkräfte weigern sich, von der Waffe Gebrauch zu machen und die Aufrührer zu erschießen. Es sollen jetzt schon mehrere Millionen sein, den den Aufstand proben. Immer mehr laufen zu den Aufständischen über. Selbst hier in Deutschland. Es ist nicht auszudenken, was passiert, wenn sich die Unruhen noch weiter ausbreiten. Wir verlieren soeben die Grundlagen all unserer Macht." Jetzt blickte er sich zu Max um, der immer noch bei Clara kniete und versuchte, sie wieder auf die Beine zu bekommen:

„Sie verdammte kleine Missgeburt. Entgegen Ihren Behauptungen, haben Sie doch eine Kopie der Aufnahmen gemacht und diese der Öffentlichkeit zugespielt. Hätte ich das damals gewusst, als wir uns zum ersten Mal begegnet sind, dass sie so verlogen sind, hätte ich Sie von den Hunden zerfleischen lassen." Dann hatte Dr. Frank Hallstein scheinbar eine Idee, denn sein furchtbar wütender Gesichtsausdruck hellte sich etwas auf.

„Aber was noch nicht ist, kann ja noch werden." Dann von neuem zu Paul Altmann gewandt:

„Ich werde mich jetzt nochmal intensiv um unsere beiden Gäste im Untergeschoss kümmern und dafür sorgen, dass ihnen das, was sie getan haben, leid tut. Kannst du in dieser

Zeit bitte die Niederschlagung des Aufstandes koordinieren?"

„Aber wir hatten vor, ihn als Sündenbock zu benutzen. Das wird allerdings schwierig, wenn sein Bauch von einer Ratte zerfressen ist." Das Gesicht von Dr. Frank Hallstein lief rot an, als Paul Altmann wagte, ihm zu widersprechen.

„Das ist mir egal. Es muss getan werden. Ich will es so." Die Augen von Dr. Frank Hallstein waren so hasserfüllt und kalt, dass Paul Altmann nicht wagte, ihm nochmals zu widersprechen. Max erschien Dr. Frank Hallstein inzwischen als vollkommen wahnsinnig.

„Gut, wenn du es so haben möchtest, dann mach es. Ich kümmer mich um den Rest." Kaum waren diese Worte ausgesprochen, zwang Dr. Frank Hallstein Max mit vorgehaltener Waffe dazu, Clara aufzuhelfen und in Richtung Treppenhaus zu führen. Gerade als sie an der Treppe nach unten eingetroffen waren, sah Max, dass die Bauchwunde von Clara sich erneut geöffnet hatte und ein großer roter Fleck auf dem Verband erschienen war. Auch war ihr Gesicht bedrohlich blass. Er befürchtete, dass sie, wenn sie nicht sehr bald in ärztliche Behandlung kam, sterben würde. Dies ließ augenblicklich eine schreckliche Wut in Max entstehen, die die vorhandene große Angst ablöste. Als nun Dr. Frank Hallstein ihn aufforderte zusammen mit ihr nach unten zu gehen sagte er:

„Nein, ich werde sie nicht nach unten bringen. Sehen Sie nicht, wie schlecht es ihr geht? Ich habe Angst, dass sie hier vor meinen Augen stirbt. Bitte lassen Sie zu, dass sich ein Arzt um sie kümmert. Vor ihr haben sie nichts zu befürchten. Mit mir können Sie dann alles machen, was Sie wollen. Ich bitte Sie eindringlich."

„Wenn sie zu hinfällig ist, dann lassen Sie sie einfach hier auf der Treppe liegen. Das ist der Lauf der Dinge. Es wird immer wieder Menschen geben, die zu schwach sind zum Überleben. Das ist die natürliche Auslese. Gehen Sie einfach weiter!" Jetzt reichte es Max. Was bildete sich dieser Schnösel ein? Herr über Leben und Tod zu sein? Er zog die Pistole, die er aus der Wohnung seines Freundes mitgenommen hatte und bedrohte jetzt seinerseits Dr. Frank Hallstein damit. Dieser schaute nun voller Panik auf den Pistolenlauf, ließ seine Waffe sinken und fing an vor Angst zu zittern. Scheinbar war er es nicht gewohnt, dass man sich seiner Autorität widersetzte. Außerdem steckte hinter den großen Worten wohl ein noch größerer Angsthase.

Max nutzte die Gelegenheit, solange Dr. Frank Hallstein wie gelähmt war, und schlug ihn mit seiner Pistole nieder. Dann wandte er sich ein weiteres Mal Clara zu, half ihr aufzustehen und ging mit ihr Richtung Ausgang. Kaum dort angekommen, hörte er allerdings die Stimme von Paul Altmann hinter sich. Hatte dies denn alles niemals ein Ende?

„Du hast keine Chance uns zu entkommen, mein Lieber. Also leg deine Waffe weg. Du willst doch nicht dein kostbares Leben aufs Spiel setzen. Du hast nur das eine", sagte er, während er mit seiner Pistole auf Max Kopf zielte. Dieser sah die Entschlossenheit in Paul Altmanns Augen und machte sich in diesem Moment wenig Hoffnung, ihm so entkommen zu können wie Dr. Frank Hallstein. Auch wich seine Wut erneut einer immer größer werdenden Furcht und Hoffnungslosigkeit.

Plötzlich wurden die beiden abgelenkt. Paul Altmann von seinem Vorhaben, Max zu ermorden, und Max von seiner großen Angst. Zwei Dutzend Soldaten stürmten in diesem Augenblick mit gezogenen Waffen in die Eingangshalle des Hotels. Sie zwangen Paul Altmann und Max dazu, ihre Waffen niederzulegen. Augenblicklich hatte Max Stimmung ihren Tiefpunkt erreicht. So wie es schien, war jetzt alles verloren. Der Befehlshaber der Einsatztruppe fragte nun laut:

„Ist einer von Ihnen Max Rilke?"

„Ja, das bin ich."

„Dann muss ich Sie bitten, mich zu begleiten. Ist das Ihre Freundin? Ist sie verletzt?"

„Ja, das ist sie. Sie braucht dringend ärztliche Hilfe."

„Sie nehmen wir auch mit. Kommen Sie bitte, die Zeit drängt."

„Wohin bringen Sie uns?"

„Das werden Sie gleich erfahren." Clara wurde nun von zwei Soldaten nach draußen gebracht, während Max dem Anführer der Truppe folgte. Draußen erwartete sie ein Jeep und ein Truppentransporter mit laufenden Motoren. Nachdem sie in den Jeep eingestiegen waren, ging die Fahrt auch schon los. In der Ferne hörte Max nun noch zwei Schüsse. Ehe er sich darüber Gedanken machen konnte, wer in dem Hotel auf wen geschossen hatte, stellte sich der Offizier ihm vor:

„Ich bin Leutnant Heiko Weinheimer und freue mich Ihre Bekanntschaft zu machen. Wir werden Ihre Freundin in das nächstliegende Feldlazarett bringen. Dort sind einige sehr gute Ärzte vor Ort. Meine Männer und ich sind Teil der neuen deutschen Widerstandsarmee (NDWA), die sich gegen die Oosterbeek Society auflehnt. Dank Ihrer Filmaufnahmen, die durch Monika Keller in ihrem Namen veröffentlicht wurden, sind uns und weiten Teilen der Bevölkerung die Augen geöffnet worden.

Weltweit stehen die Menschen gegen die Oosterbeek Society auf und wehren sich gegen die Knechtschaft, unter der sie standen. In vielen Ländern der Welt haben die Menschen ihr Schicksal nun selbst in die Hand genommen. Korrupte Politiker werden abgesetzt und geldgierige

Industrielle und Banker verjagt. Es werden Räte gegründet und Räterepubliken aufgebaut. Möglichkeiten einer direkten Demokratie geschaffen. Sie sind von einem Tag auf den anderem zum Helden geworden, Max Rilke. Und meine Männer und ich sind dazu da, sie zu beschützen und zu unterstützen." Max konnte das fast nicht glauben und hatte seine Augen vor Erstaunen weit aufgerissen:

„Das klingt ja unglaublich. Ich hatte meiner Ex-Frau Monika Keller einen USB-Stick mit den Filmaufnahmen per Kurier zugeschickt und ihr mitgeteilt, wo ich mich aufhalte. Dann hat sie darauf scheinbar sehr angemessen und gut reagiert. Clara und mir damit das Leben gerettet und gleichzeitig eine weltweite Revolution ausgelöst." Max war überwältigt von diesen guten Nachrichten. Die Menschen der Welt waren dabei, sich von dem Joch, unter dem sie seit sehr langer Zeit standen, zu befreien. Ihm standen Tränen der Freude in den Augen. Ein wenig gefiel ihm aber auch, was für eine wichtige Persönlichkeit er inzwischen geworden war. Nur noch die Sorge um Claras Wohl trübte diese Freude noch etwas. Dann näherten sie sich dem Sanitätszelt, wie Leutnant Heiko Weinheimer es angekündigt hatte. Und Max war erstaunt, wie professionell dort alles ablief. Sofort, nachdem der Jeep vor dem Zelt hielt, wurde Clara von zwei Sanitätern abgeholt und in das Zelt gebracht. Dort war schon der Operationsaal vorbereitet worden und stand alles für den Eingriff bereit.

Nach zwei Stunden war die OP vorüber. Der Arzt, mit dem Max danach sprach, war sehr zuversichtlich, dass Clara sich sehr bald wieder erholen würde. Es waren durch die Ratte keine lebenswichtigen Organe zu Schaden gekommen. Die Verletzungen an Darm und Milz konnten ohne große Probleme behoben werden. Nach einer Woche Bettruhe würde sie wahrscheinlich wieder aufstehen können.

Jetzt hatte Max die Gelegenheit, sich über die Geschehnisse in der Welt zu informieren. Von Leutnant Heiko Weinheimer erfuhr er zunächst, dass Dr. Frank Hallstein und Paul Altmann, da sie sich gegen ihre Verhaftung durch die NDWA (neue deutsche Widerstandsarmee) widersetzt hatten, erschossen worden waren. Alle anderen Mitglieder der Oosterbeek Society, die sich noch lebend im Hotel Bildergipfel befunden hatten, wurden verhaftet. Sämtliche Länder der EU waren inzwischen fest in Händen der Aufständischen. In den U.S.A. und Teilen von Kanada leistete die Oosterbeek Society noch Widerstand. Russland und China hatten ihre Solidarität mit den Aufständischen erklärt, aber auch dort begann es unter der Bevölkerung zu rumoren. Die Welt befand sich im Umbruch und nichts würde mehr so sein wie vorher. Die Menschheit hatte sich entschieden, für ihre Freiheit zu kämpfen. Es entstand eine neue Normalität. Vielleicht würde so ein Jahrtausende währender alter Traum der Gleichheit und Brüderlichkeit endlich in Erfüllung gehen. Max war voller Hoffnung, dass das so war.

25. Kapitel

Was war das? Grelles Licht schien auf mich. Das starke Licht blendete mich durch meine Augenlider hindurch. Ich konnte meine Augen nicht öffnen. Ich war noch so müde, wollte jetzt noch nicht aufwachen. Dann hörte ich eine weibliche Stimme. Es war die von Clara. Sie klang gereizt:

„Wachen Sie auf, Herr Rilke. Sie müssen jetzt aufwachen. Es ist etwas passiert." Gerade wollte ich meine Augen mit meinen Händen vor dem grellen Licht schützen. Das Licht etwas erträglicher machen. Da merkte ich, dass meine Hände festgebunden waren. Genauso wie meine Füße. Ich war auf meinem Bett fixiert. Was sollte das? Hatte mich Clara gefesselt? Nun schlug ich doch die Augen auf. War jetzt zu neugierig geworden.

Es war tatsächlich Clara. Aber sie schaute mich völlig entnervt an. Kein bisschen liebevoll. Was hatte ich getan?

„Ich binde Sie jetzt los. Dann müssen sie mir zu den anderen Patienten folgen. Haben Sie mich verstanden?"

„Ja, ich habe dich verstanden. Aber was soll das?"

„Es ist etwas Schreckliches passiert. Ein Krieg ist ausgebrochen. Sie und die anderen Patienten müssen evakuiert werden. Die Russen haben schon Polen und Tschechien überrannt. Sind gerade dabei, die Oder zu überqueren. Nicht mehr lange und sie sind hier bei uns. Die Amerikaner planen einen Gegenschlag. Dabei wird wahrscheinlich ganz Europa verwüstet werden. Wir müssen hier schnellstens verschwinden. Nach Westen flüchten."

„Aber das kann nicht sein. Wir beide haben gemeinsam die Verschwörung der Oosterbeek Society aufgedeckt. Die Menschen dazu gebracht, gegen ihre Unterdrücker zu revoltieren. Die Verschwörung dieser Verbrecher zum Auslösen des dritten weltweiten Krieges öffentlich gemacht und damit verhindert, dass er ausbricht. Das ist alles nur Lug und Trug, was du mir da erzählst."

„Jetzt reicht es mir aber mit Ihren Verschwörungstheorien. Sie leiden an Wahnvorstellungen, Herr Rilke. Die Oosterbeek Society existiert nicht. Das hat sich alles nur in Ihrem Kopf abgespielt. Was meinen Sie warum Sie hier schon seit über vier Jahren behandelt werden? Sie sind vollkommen irre."

„Und wir haben uns auch niemals ineinander verliebt?"

„Sie und ich? Wie kommen Sie nur darauf? Auf diesen Gedanken wäre ich niemals gekommen. Nein, das wäre ja völlig abstrus." Nun fing Clara auch noch an zu lachen. Erst verhöhnte sie mich und dann auch noch das. Ich hatte ihr das Leben gerettet. Die Ratte, die sie beinahe getötet hätte, an die Wand geworfen. Und das war ihr Dank dafür. Ich wurde auf einmal sehr wütend. Konnte mich nur noch schwer zusammennehmen. Jetzt hatte sie mich losgebunden. Ich musste ihr Manieren beibringen. Nur ein wenig. Dieser kleinen Schlampe. Ergriff sie an ihrem Hals. Drückte immer fester zu. Bis sie schließlich aufhörte zu lachen.

Dann wurde mir bewusst, was ich soeben getan hatte. Ich hatte meine Geliebte getötet. Das durfte nicht wahr sein. Wozu trieb mich die Oosterbeek Society noch? Plötzlich spürte ich einen Schmerz in meinem Nacken. Griff dorthin und fühlte eine Erhebung. Sie schmerzte fürchterlich. Das war die Alraunwurzel. Es gab die Oosterbeek Society wirklich. Sie hatte mir das alles angetan. Ich hatte das alles nicht nur geträumt. Ich würde Rache üben. Da konnten sie sich sicher sein. Fürchterliche Rache.

- ENDE -

Dieses Buch ist ein Roman. Handlungen und Personen sind frei erfunden. Ähnlichkeiten mit lebenden oder toten Personen sind nicht gewollt und rein zufällig.